JN208825

反訓詁学

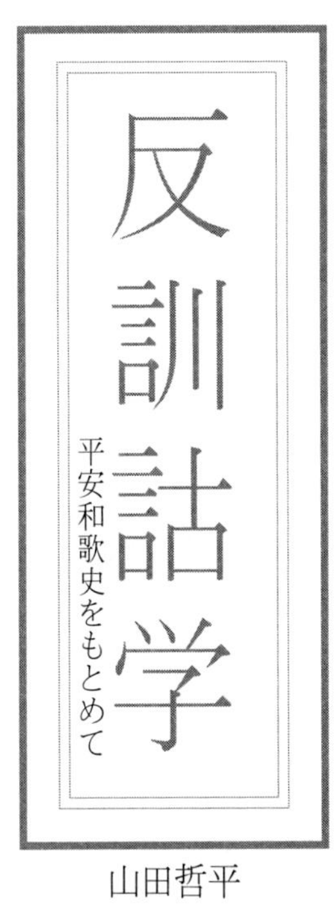

山田哲平

反訓詁学　目　次

反訓詁学

序

紀貫之は、一つの理念によって『古今和歌集』の「春の項」を編纂した。

桜は日本原産で、梅は大陸から招来された樹木花である。共にバラ科に属し、春に花を咲かせる。紅梅を別にすれば、白や薄紅色の無数の花を咲かせる点でも似ている。大陸には桜がほとんど存在しなかったが、日本には桜と梅という二つの花が共存した。その中にあって貫之は、この二つの花を、コントラストを微妙に避け、パラレリズムの形で和歌の中に描き出している。

桜はもともと日本古来の神・木花咲耶姫（コノハナサクヤヒメ）の顕れでもあり、日本土着の花であるがゆえ、その場に留まる性質を持つ。具体的にいえば、自らの大きな樹冠の下でしか、桜は散らない。ごく一部の例外を除き、「散り来る」「散り行く」という表現が「八大集」の桜の歌に見えないように、たとえ風が吹いても、桜がどこか遠くに吹かれて行ったり、逆に吹き寄せて来るようなことはない。またその花弁は、肩や袖に落ちること皆無である。ちなみに、その香りは薄く弱いため、それを詠った歌も『新古今和歌集』にわずかに認められるだけである。桜の花において最も重要なのは、運動の方向を持たないことである。あくまで樹のもとで咲き、樹のもとで散る、これが桜である。

これに対して、大陸に由来する梅は動く花である。桜とは違い、運動の方向を持つ花として歌に登場する。大宰府に流された後、この花を耽溺していた菅原道真の元には、花が「飛び梅」となって飛んできたという伝説もある。桜には与えられなかった花の香りは、もっぱら梅の花に帰せられた。梅の花の香りは浸透力が強く、遠方まで達し、闇をも貫く。それゆえ、梅の花と夜、および風は深い親和性を持つ。時代が下って『新古今』の頃になると、その香りは夢の中まで入り込んでいく。ともかくも梅の花は運動の方向を強く発揮する。

日本人は物事の白黒をはっきりさせ、二者の対立点を明確にする大陸文化に対してもともと生理的な違和感を持っていた。それはとりわけ遣唐使の中止以降強く自覚されるようになる。貫之は、この感覚に基づき、対極へ飛躍するコントラストの代替として、隣接へシフトするアナロジーを日本文化の基礎として提唱し、その象徴的な規範として、桜と梅の花の並行的表現を編み出した。桜と梅の表現における特徴を、貫之特有の花の描き方・捉え方という意味で、以下本書では「貫之のカノン」と呼ぶこととする。和歌（史）の中で、このカノンが、どれほど重要で、精緻に構成されたものであったかを論説・証明するのも、本書のねらいの一つである。それは言うまでもなく、貫之あるいは和歌史全体の再評価への新たな一歩であると信じる。

第一章　平安和歌史概観

大陸と列島

消化も嘔吐もし得なかった漢字、それを我が国は異物のまま自身の一部とした。同じ漢字文化圏のヴェトナムや韓国よりも、その点で、日本文化ははるかに大陸的であり得た。しかし事実は逆だ。日本は、平安期にはユーラシア文明から完全なる離反を完成させていた。詩はすでに和歌であった。対句の代わりに縁語を作り出した。陰陽の代わりにパラレリズムを作り出した。

縁語とは、世界を自然の流れとして理解することである。たとえば「梅」の縁語として、「鶯」が挙げられる。「『梅』が咲く。すると『鶯』が喜んでやってくる」という具合に、二文は順接となる。その具体例の和歌を挙げよう。

折りつれば袖こそにほへ梅の花ありとやここに鶯の鳴く　読み人知らず

（訳）梅の花の枝を折ると、袖にその香りが移るのか、梅が咲いていると勘違いした鶯がそばまでやってくる。

一方、大陸の詩の骨格は対句にある。人為が自然に抗うかのような対立がその本質である。「梅」といえば、次に「雪」が続く。「『雪』が降っている、しかしけなげにも『梅』が花を咲かせている」というように、二文は逆接となる。大陸では同一の事柄もしばしば対照的に表現される。著名な漢詩である曹植の「七哀詩」から例を挙げよう。

君若清路塵　　　　君は清路の塵のごとく
妾若濁水泥　　　　妾は濁水の泥のごとし

（訳）道を掃くたび、飛ばされていく、あなたは塵
　　　濁り水の底に沈んだままの、私は泥

いつ帰るとも分からない夫をじっと待つ妻の悲しみ。ここでは「清」に対する「濁」、乾いた「路」に対する濡れた「水」の対がある。最後の一組「塵」と「泥」は汚れの点で類似ではあるが、その方向が上下へと分かれていることを勘案すると、三組ともコントラストをなしているといえる。二人のいる空間の性格はまったく別で、途方もなく離れている。しかし実際は、両者共に運命に翻弄されている。あなたと私とは互いに遠い所にあって、同じ運命を耐えている、という同一性へ帰着する。こうした大陸の詩法に対して、和歌というきわめて少ない文字数の形式からして相手の境遇と自らのそれとの対照化できるほどの余裕がないために、以下の歌は二者を一つのものとして描いている。

思ひやる越の白山知らねどもひと夜も夢に越えぬ夜ぞなき　貫之

相手は白山にいて、自分はそれを知らない。「しら」の響きで、両者を同一化させる。しかも夢の中で毎晩、彼に会いに行く。大陸の詩では、まったく違った境遇の出合うことのない二人だが、日本列島では、分かれていても夢の中で繋がっている二人。次の謝霊運の詩でも同一の状態をまったく別の角度から、描出する。

潜虬媚幽姿　　　　潜虬は幽姿媚（うるわ）しく
飛鴻響遠音　　　　飛鴻は遠音を響かす

（訳）清らかな淵に棲む竜は、自らの姿をいとおしみ
鴻の列は、雲の上から声だけを送ってくる　（『登池上楼』）

二種の生物を描写している。透き通った水底に棲む竜、しかし水が深すぎてその姿は見えない。大空を飛ぶ鴻、しかし鳴き声は聞こえても、雲が遮って姿を見せない。視線の上下、暗い透明と明るい不透明。表面上はコントラストをなしているが、その内実は共に隠棲のアナロジーになっている。大陸は対極と遮断を目指し、日本列島は連鎖と類似を求める。

縁語に順ずるものとして、パラレリズム・並行を挙げねばならない。類似する二者の並置によって、本来生じるべきコントラストを忌避する方法である。中国での詩にとって重要なファクターである花においても、コントラストが見られる。梅と牡丹である。陳舜臣氏は、牡丹は文化の最盛期に愛される花であり、梅は厳しい時代に愛玩される、と述べている[1)]。二者は別個の花であり、開花時期も外見も対照的である。一方、我が国の代表的な花である、梅と桜はすでに序で述べた通りである。梅と桜、この似たもの同士をあえて分けて、それぞれに別の役割を分担させて、両者の間に明確なコントラストの関係が成立することを忌避するところの、並行・並列のカノンを貫之は作り上げた。これが、和歌におけるパラレリズムである。

平安和歌史は、貫之に始まり俊成女で終わる

貫之が確立した縁語とパラレリズムによる国風化と、彼と親しい関係を持ちつつ、真っ向から対峙した女流歌人・伊勢の貫之の詩法に対する反逆という二事象を除くと、その後の日本和歌史においては、いわゆるめざましい対決は、明治期までみられない。これを西欧近世美術史などと比較すると、いかに日本人が対立や変革を忌避していたかを思い知らされる。たとえば西欧近代の十九世紀半ば、フランスの画家のクールベは、それまで夥しい数の天使の絵が描かれてきた絵画史を前に、「自分は、天使は描かない、なぜなら

見えないからだ」と言い放った。あるいは十六世紀末のカラヴァッジョは、当時、主流であった、「マニエリズム」とその後、呼び習わされることになった、それまでの沈滞を、上方斜めから差す、直射光の激越な光線によって打ち砕き、絵画を一挙に推進させる歴史的力動を与えた。このような大転換を、たとえば伝統とは無縁であった武士・西行が起こしても良かったのではないか？ しかし彼は自らの歌風とはまさに対極に位置し、権力抗争において敗北した崇徳院に対して、誠心誠意ひれ伏すことによって、逆に、自らの存在をかろうじて確認しえた。これは一体どういうことなのか。部外者の西行には和歌の権威の後ろ盾が不可欠であり、それに対して刃向かうことなど、想像もつかなかったというべきなのか。もしそうであるならば、なぜ西行は、崇徳院の和歌から何一つ学ぼうとはしなかったのか。これは、筆者にはまったく理解不能な事件である。その意味において西行は平安和歌の主要な歌人たる資質と態度を備えていなかった。貫之、伊勢、それ以降は幾分、間が空いて、崇徳院、式子内親王、俊成女の五名こそが日本の代表的歌人である。

事実上の父である白川院の死後、対立する政治的勢力に包囲され、孤立の度をますます深めていった崇徳院が、埋もれていた貫之の桜と梅のカノンを掘り起こし、これを歌の方法として守りえたこと自体、奇跡的である。それは見事な復古である。崇徳院の歌は、その基本において、主知的傾向を示すと同時に、貫之の完璧なスタイルとは異なって、体験的・身体的であり、同時に、院政期の絵画を思わせるような都会的爛熟と繊美さを誇る。しかも為政者には稀な、他者への深い愛情を含んだ、燃えるような情念に彩られている。

崇徳院と後白河院は保元の乱で争ったが、その後、後白河院の皇女・式子は叔父・崇徳院の和歌を熟読した形跡が二人の数々の和歌の比較から伺える。彼女は深い教養を感じさせるが、しかし和歌の知識は乏しかった。彼女は、崇徳院の発見した貫之のカノンには気づき得なかった。不動の尺度や基準を見つけ得なかった彼女は、その代わり、絶対者の前の無力な一個人として、それまでの誰よりも宗教的な体験に富んだ、言い知れぬ孤絶感、と寄る辺のなさを歌った。

平安和歌の最後の集大成を成し遂げたのが俊成女である。俊成女が俊成女たりえたのには、当時の歌壇において指導的役割を果たしていた御子左家の藤原俊成の孫として生まれたことが大いに関係している。貫之に始まり、貫之から逸脱していった日本和歌史が、彼を再発見することによって、正道に戻り、その最終的頂点に至りえるという洞察を、彼女は崇徳院を通して獲得した。

日本人は微かにずらすことを大いに好む。当時の一般の歌人とは明らかに異なった方向を志向した崇徳院や俊成女もそれゆえ、決して反逆者でも、異議申し立て人でもなかった。彼らの変革は大きかったが、誰とも共有しない復古が、ただ心の内で成し遂げられただけであった。崇徳院と俊成女が、和歌史に登場することがなかったとすれば、貫之の日本化の理念は時の流れの底に深く沈んでしまい、日本和歌史は、貫之からひたすら外れて崩れ、「もののあはれ」に向かって押し流されて、平坦かつ平板な歴史だけが残っただろう。明治期に入ると、その卑俗と無教養から、正岡子規が貫之に対して罵倒の限りを尽くす不祥事が起こり、その後の日本詩歌は、現在に至るまでその悪しき影響下にある。貫之と子規は共に歴史的な大転換をもたらした。しかしその意味するところは対極的である。貫之は伝統を築き、子規はそれを破壊した。明治期のお雇い外人・ベルツはその日記の中で、若い医者である日本人の「日本はまだ生まれたばかりです」という発言を聞いて、なぜ日本人は栄光ある自らの伝統を軽んじるのかとあきれている。子規もまた、そのような多くの明治人の例に漏れず、自らの歴史の重要さに気づくことも、それを振り返る能力も備えてはいなかった。

平安末期の定家があらゆる文学資料を手元に置くことのできる僥倖に恵まれていたにもかかわらず、その膨大な資料に愛と理解の眼差しを注ぐ代わりに、一方的な美学的独断のもとに、職業歌人としての矜持にのみ基づいて、恣意的な擬似伝統を作り出し、和歌史に多大な悪影響を与え続けたのとは逆に、姪である俊成女は、ひたすら原典の意図を忠実に解釈し、それを包括的に総合しようとする意志と知性によって、平安和歌史に壮麗な伽藍を建造した。しかしその有様を、当時の歌人の誰一人として仰ぎ見るものはいなかった。知識と権威とを誇った奇術師・定家の張り巡らした壮大な煙幕の背後に隠されてしまったからである。

最後に一つだけ付け加えておきたいことがある。作品と呼ばれるものが表すものが、社会的な問題と対峙する代わりに、より芸術的、もしくは宗教的な世界に埋没した、反時代的な様相を呈している、私的内容にすぎないものであったとしても、かえってそれが、作品が作られた時代・社会を、より色濃く反映する場合もある。この逆説的な現象は、否定され得ないし、軽視されるべきでもない。こうした現象が起こるのは、時代が作者に書かせたものの方が、作者が書こうとしたものを威圧しているからなのではないだろうか。優れた芸術作品がその根底において最終的に顕す本質とは、個人の有り様などではなく、その個人を呑み込んでいく歴史的力動に他ならないはずである。

注

1）陳舜臣『中国的日本的』（祥伝社、１９９８年）１１１頁。

第二章　日本はいかにして中国から離脱したか

入れ子構造の貫之の和歌

紀貫之の和歌「桜散る木(こ)の下風は寒からで空に知られぬ雪ぞ降りける」(『貫之集』) は、古来より、日本人に愛され続け、『国歌大観』によれば、三十に及ぶ歌集に載録されている。これだけの数の歌集に収録されているのだから、この歌には何か日本人の心に深く響くものがあったに違いない。しかしこの歌は明治期、正岡子規によって突然「駄洒落」という冤罪を蒙り、その栄光は一挙に地に墜ちる。昭和末期に、大岡信氏が著書『紀貫之』において、この歌への再評価を試みるが、失敗に終わっている。同書において大岡氏は、次のように歌を評している。

> 子規はこの歌を「駄洒落にて候」と一言のもとに切り捨てたが、それはこの歌の見どころを、単に散りしきる桜をその白さゆえに雪と見立てて興じているだけのものとみたからで「見立て」の趣向という技巧だけをとりあげるなら、確かに駄洒落にすぎないようなものにちがいない。けれども、そういう技巧は、その当時には、生活の必要物としての和歌に新しい血を注ぎこむことを意味していたのであり、その範囲内では、明らかに、優れた作もあればそうでない作もあったのである。今引いた「桜散る」の歌については、藤原俊成のほめことばがある。俊成は古来風体抄でこの歌をとりあげ、「この歌は、古今に承均法師、はなのとこ

ろは春ながらといへる歌の、古き様なるをやはらげて詠みなしたれば、末の世の人の心にかなへるなり」と評した。承均法師の『古今集』の歌とは、

雲林院にて、桜の花の散りけるを見てよめる
桜散る花の所は春ながら雪ぞ降りつつ消えがてにする（『古今集』七五）

二つの歌を較べてみれば優劣は瞭らかで、承均の歌には艶も余情もない。「桜散る花のところ」という詞は興ざめな低調さをもっている。それにくらべて、貫之の歌には、口ずさめば一層あきらかになる、サ行の囁きのひめやかな音楽性があって、そういうところに費やされた貫之の苦心とそれの成功は、勇壮活発を好んだ子規の耳をもってしては捉え得なかったのであった。その点では、俊成ははるかにいい耳をもつ鋭敏な批評家であった。そもそも風体抄は俊成が式子内親王に、歌の姿のよさ、詞のをかしさ、つまりよい歌の本質をなすものは何かと問われて書いた歌論書だが、そこで彼がとりわけ強調していることは、「歌はただ詠みあげもし詠じもしたるに、何となく艶にもあはれにも聞ゆることのあるなるべし。もとより詠歌といひて、声につきてよくもあしくも聞ゆるものなり」ということだった。つまり、この、和歌史最大の存在の一人というべき中世の歌人は、和歌の良しあしの判定を、声に出して詠みあげた時に「なんとなく」艶にもあはれにも——つまり「艶」と「あはれ」（ここでは幽玄とほぼ同義に用いられている）という通常対比的に考えられる美感の双方が、わかちがたく重なり合って——聞えるような歌を最高のものとしたのである。そういう観点から、貫之の歌を高く評価したのである。それはつまり、貫之が仮に当時流行をきわめて比喩や見立ての風潮に身を浸し、その先頭を切りもしたにせよ、なお、そういう一般的流行の水準を越える「なんとなく」すぐれたところ、つまり、この場合でいえば音楽を持っていたことを、俊成が高く評価したという

ことであろう[1)]。

大岡氏は、未だ揺るぎない権威の子規に寄りかかろうとするのであろうか、貫之に対する子規の無教養、錯誤に満ちたいわれなき批判、歴史的大罪「駄洒落にて候」を、幾分、語調を和らげただけで、そのまま継承して、この歌は良き駄洒落、よい見立てであるとする。次に、承均法師の歌「桜散る花の所は春ながら雪ぞ降りつつ消えがてにする」を俊成の意図とは裏腹に悪い見立てと貶める。ただ承均法師との比較によって、相対的に良いという評価を与えられているにしても、そこには何らの分析も施されてはいない。最後に、氏はこの歌を、「なんとなく」優れた歌の典型と捉え、その本質は音楽にあるとする。ここでいう音楽とは、平安時代の音楽でも伝統的日本音楽でもなく、西欧音楽であろう。だとすれば、音楽は「なんとなく」とは真逆の三度和声と対位法による精緻な体系である。この歌が「音楽」であるというならば、その背後に控える体系との関係を明らかにする責任があるはずだが、それは放置されたままだ。大岡信氏は実作者であるから、このような主観的な見解を持つに至ったのだろうと想像するが、実はそうでもない。国文学者による誤読も続く。藤岡忠美氏も俊成が取り上げた「桜散る花の所は春ながら雪ぞ降りつつ消えがてにする」との比較を次のように試みている。

> この承均歌の古風なところを和らげたのが貫之歌であり、それが後世の人心にうったえたというのである。確かに承均歌が落花の風情を消えない雪にたとえたのは、比喩として平凡であるために古めかしさを感じさせよう。花を雪にたとえる趣向は型として固定しており、「春ながら雪ぞ降りつつ消えがてにする」の詞句では、新鮮さを引き出すことができない。貫之歌の場合も、落花を雪に見立てるという基本の趣向は同じである。しかし、それに加えたもうひとつの趣向として、桜の樹下を吹く風はすでに寒くなく暖かいのに、空にはわけのわからぬ雪が舞っていることだと、上空と樹下の際立った対照を指摘してみせるのである。

「木(こ)の下風は寒からで」と「空に知られぬ雪ぞ降りける」という、共に自分で着想した二つの表現を用いながら、しかも両者の対照のおもしろさの中に、桜花の咲きそして散ってゆく春の季節の到来を喜び、陶酔している貫之の心境がよくあらわれている承均歌よりも明らかに手のこんだ見立ての工夫を盛り込み、一首全体をすっきりまとめて、春にふさわしい華やかな印象を美しいイメージとして描いたところに、この歌が人々に愛された理由があるのであろう[2)]。(傍線引用者)

俊成は、この歌の起源が承均の歌にあることを述べているが、両者のいずれが優れているかについては、あえて言及していない。にもかかわらず、氏もまた論点を比較の問題にすり替えている。また後半の「空にはわけのわからぬ雪が舞っていることだ」というのも、空から花が散っているのか、それとも雪が降っているのか、理解が曖昧である。和歌のどこから「わけの分からない」という意味をつむぎ出してきたか理解不能である。さらには「すっきりまとめ」ている、あるいは「春にふさわしい華やかな印象を美しいイメージとして描いた」とあるが、こうした印象批評が学問といえるのだろうか。文化勲章を受章した詩人で批評家の大岡信氏も、国文学者である藤岡忠美氏も、歌の印象と感想を述べたにすぎないのではないか。そこで以下では、正当な方法でこの歌の分析を試みる。

＊時間と空間

都市文明の中国においては、純粋な時間•空間というものは存在しない。時間とはすなわちどこかの歴史である。空間とは歴史を担ったどこかの地理である。他方、強大な中国文明を摂取し続けつつも、非都市文明に生まれ育ってきた貫之にとって、自らのアイデンティティを獲得するためには、時間とは否定されるべき大陸との歴史であり、空間とは、大陸の影響の及ばない、純粋空間でなければならなかった。以下、貫之の空間指向に注意を向けて、三首の関連を探って見たい(論の便宜上、番号は列挙順と別にした)。

1. 雪降れば冬ごもりせる草も木も春に知られぬ花ぞ咲きける
3. 桜散る木の下風は寒からで空に知られぬ雪ぞ降りける
2. 鶯の花踏みしだく木の下はいたく雪降る春べなりけり

1と3の類似は一目瞭然である。花と雪の錯覚の入れ替えが起っている。さらに「ぞ・ける」の係り結びと「に知られぬ」による構文も共通する。この点がこれまでの研究では一切、言及されてないのはなぜか、筆者には想像もつかない。類似点ばかりではない、相違点もまた大きい。1には、「冬」「春」の時間規定の二語があるが、3ではそれが「木の下」、「空」という場所を表す語に取って代わっている。つまり、両歌は構文的に類似しつつ、単語レベルでは対極にある。両首はいわば対句的対称性を持つ。

次に、両歌に対して、仲介的な役割を果たす、2について考えてみよう。「あたりはすっかり春であるのに、鶯の飛び跳ねる木の下だけはまだ雪が降っている」という春に残存する冬を描写した歌である。それは、1の「雪を花と見る」という表現の逆転だが「冬が木の下だけにある」として、季節を空間的に捉えている点に特徴がある。線上に並ぶはずの「冬」と「春」という時間が、「春」という空間の中の小さな「冬」として表象されている。春と冬という時間が入れ子的に二重に設置されることで、時間の空間化という、貫之特有の発想の萌芽が見られる。

実は、時間と空間に関して、似たようなことが大陸でも追求されていた。中唐の詩人・劉禹錫である。現在までのところ、貫之が劉禹錫の詩を読んでいたという資料的確証はない。仮に読んでいなかったとなれば、数十年の間隔をおいて、ほぼ同じような発想が、大陸と列島で別個に発生していたということになるだろう。以下にその数篇の詩を引用する。

何処秋風至　　いずくより秋風は至るのか
簫簫送雁羣　　肅簫として雁群を送り

朝来入庭樹　　朝来、庭樹に入る
孤客最先聞　　孤客最も先に聞く　（『秋風引』）

「秋風はどこから来るのだろうか、高い空を飛んで帰っていく雁の群に風を送っているようだ。次の朝、庭の高い樹木の中にその風が入ってきて木立をざわめかしている。ついに、この地上にしっかりと根を下ろしているわけではない旅人の孤独な私が、最初の秋風を感知する」という詩である。茫漠とした空間から始まった秋が次第にその密度を高めながら下降し、旅人の心に鋭角的に進入する。ちなみにこの詩は、敏行の和歌「秋来ぬと目にはさやかに見えねども風の音にぞ驚かれぬる」との関連が疑われる。この歌の意とは「いまだ夏であると思っていたはずなのに、空気の乾燥によって、葉摺れの音色が変わってきたのを感じ取り、風の音に私は（誰よりも先に）秋の微かな予兆を感知する」である。いずれも、孤独の中で、秋の予兆を誰よりも先に感じ取るという点において、共通している。この詩をここであえて取り上げたのは、劉が一貫して、時間を主題としていることを示すためである。実際、この詩と貫之とのかかわり合いはまだない。同一の詩人による次の詩では、幾分、それが具体化する。

煬帝行宮汴水浜，　　煬帝の行宮、汴水の浜，
数枝楊柳不勝春。　　数枝の楊柳、春に勝えず。
晩来風起花如雪，　　晩來、風起りて、花雪の如く，
飛入宮牆不見人。　　宮牆に飛び入りて、人を見ず。　（『楊柳枝詞』）

訳は以下である。「昔、煬帝が建てた、御幸のための豪華な宮殿がここ汴水の川岸にあった。今、わずかに残った並木の柳絮が春爛漫に耐え切れず、夕暮れ時、風に乗って雪のように飛んでいく。塀のその先には、だが、もう一行の影はない」。塀（牆）は、過去と現在を仕切る役割を担っている。こちらが現在で、向こう側が隋の時代だ。後者の栄光の時代に帰るかのよう

に、綿毛のような柳絮が塀を越えて飛んでいく。けれども、その向こうにあるのは、だだっ広い何も無い空き地でしかない。回帰が希求されるものの、その実現はない。劉の次の代表作では、ダイナミックな時空の共振が起きる。

朱雀橋辺野草花	朱雀橋辺野草の花
烏衣巷口夕陽斜	烏衣巷口夕陽斜めなり
旧時王謝堂前燕	旧時、王謝の堂前の燕
飛入尋常百姓家	飛んで尋常百姓の家に入る　（『烏衣巷』）

この詩の訳は、松枝茂夫氏によれば以下である[3)]。「朱雀橋のたもとには野草の花が咲きみだれ／烏衣巷の入口には夕陽が斜めに射しこんでいる／その昔、王氏や謝氏の邸の本屋の軒先に巣くっていた燕が／今ではそんじょそこらのつまらぬ民家の軒に飛び入っている」。一節目が描くのは、都市から田園への回帰ではない、過去の栄光と現代の荒廃との対照化である。その風景は「野草が咲き乱れる」というほど積極的な意味を持つとは思えない。崩れかけた敷石の隙間から雑草が噴き出している程度なのであろう。ここで何より大きな疑問は「その昔、王氏や謝氏の邸の本屋の軒先に巣くっていた燕が」の部分にある。詩には「堂前」とあっても「軒先」とは記されていない。実際、六朝に編まれた『玉台新詠』第一巻にある「艶歌行」の冒頭も次のように始まる。

翩翩堂前燕	翩翩たる堂前の燕
冬蔵夏来見	冬はかくれ夏来るを見る
兄弟両三人	兄弟両三人
流蕩在他県	流蕩して他県にあり　（『艶歌行』）

「翩翩」とは燕が自由に飛ぶさまのことを指す。燕は季節と共に回帰して

くるが、私たち兄弟は、異郷において、行方も知れずただ彷徨するばかり、とある。この詩によれば「堂前」とは軒下ではなく、屋敷の前の広大な空間のことである。したがって、先の劉の詩の「王謝堂前」も王家や謝家の壮大な屋敷前の燕が燕返しに飛ぶことのできる大空間というのが当然の理解であろう。松枝氏の訳のもう一つの疑問は、昔と今の二羽の燕が別個に描かれていることだ。柳絮は時間の塀を超えて飛んで行く。時間の隔てを超えて来る、という観念がこの詩人には巣食っていたと見える。それが、柳絮から燕へと展開し、燕は柳絮が果たしえなかった時間の壁をとうとう超え出る、という解釈こそ正当ではあるまいか。壮麗なお屋敷の前の庭を飛んでいた燕は、そのまま突然、時空を飛び越えて、現代の民家の軒下に突っ込んでくる。燕は二匹ではなく一匹である。訳は「朱雀橋には野の草花が生い茂る。烏衣の町の入り口には夕日が斜めに射している。昔、王家や謝家の広い庭を自由に飛び回っていた燕が今、名もない民家の軒下に、突然、飛びこんで来る」となる。

ここには、さまざまな色を持った鳥が看て取れる。神話上の怪鳥「朱雀」、その語の一構成部分である「雀」、王氏や謝氏に仕えていた人々が着ていた黒い衣を表わす「烏」、そして主題である「燕」。鳥づくしである。朱雀は超越世界に棲む、雀や烏は街中に定住する、燕は南北の境界を超える渡り鳥だ。つまり、燕とは朱雀と烏・雀との間を行き来する。速度が速く、急峻に方向転換して世界を超え出て行く。優美な姿、端正な色、俊敏な飛び方をするのだから、それが向かう先は、戦国時代や三国時代ではなく、当然、貴族文化を生んだ六朝時代となる。こうして詩人の魂は燕となって、王家、謝家の壮麗な建物の広々とした庭を自由に飛び回った後、突如、名もない民家の軒先に舞い戻る。それは、どこか映画「バック・トゥー・ザ・フューチャー」を思わせる。共に、異常なまでの速度で空間を飛び続けると、やがて別の時空へとワープするからである。こうして、栄光の過去への到達、過去から現在への移行という形で、時空が重なり合う。劉のどちらの詩においても、単に昔と今が対比されているのではない。一方は、現在から過去へ、他方は過去から現在への時空の移行が問題になっている。ただ、いずれの場合も、劉が時空を操作するといっても、アプリオリな無色透明の枠組みを操作するのではなく、歴史の重々しい刻印が絶えずそこには付きまとっているのではあるが。

これに比して、貫之の時空の扱いはまったく別の様相を呈している。貫之の関心は、大陸の歴史から如何に離脱して、日本文化の自立性を確保するかが重要であり、そのためには歴史を生む時間を日本から排除・消去する必要があった。

3. 桜散る木(こ)の下風は寒からで空に知られぬ雪ぞ降りける

ここには劉の詩に見られた、流れ去る時間に抗って、過去にワープする燕のような急峻な飛翔も、また求め得ぬ過去を追って、どこまでも舞っていく柳絮の飛翔も見ることができない。そこに散っていく桜の運動があるにしても、どこまでも受動的、スタティックな継続・落下である。主体的アクションはここでは皆無だ。方向も、空間の広がりも、重さもない。あるのは、時間によって腐食されることのない純粋空間だけである。劉が現在空間から歴史的空間へと展開したのに対して、貫之は、時間を歴史によって汚染されていない純粋空間へと移設する反歴史性を指向した。

貫之が劉の漢詩を読んでいたとするならば、彼は劉禹錫の時空融合の詩的技法を継承しつつも、そこから歴史を除去し、和歌の中に、時間の空間化を根づかせた。(もしそうでないならば、貫之はこれをまったく独自に考え付いたことになり、彼の歌作りの独創性はさらに深いものとして評価されなければならない。)

＊順接と逆接

先に引いた和歌2「鶯の花踏みしだく木の下はいたく雪降る春べなりけり」には、春の遍在下における冬の残留というテーマが読み取れる。もしこれだけが主題であるならば、『古今』にも見受けられるいわば一般的な表現形式であった。

題知らず

A. 春の色のいたりいたらぬ里はあらじ咲ける咲かざる花の見ゆらむ

読み知らず

延喜の御時に御厨子所に侍ひへる時、沈めることを嘆きてある人におくり侍りける

B. いづくとも春の光は分かなくにまだみ吉野の山は雪降る　躬恒

Aは、「あらゆる所に春が来るのに、咲いている花と咲かない花がみえるようだ」、Bは、「あらゆる所に春の光が行き渡っているのに、み吉野の山だけにはまだ雪が降っている」の意である。ところがBは詞書から、昇進を嘆願する歌であることが直ちに了解され、A歌に関しても、後に詳細に論じる通り、昇進がままならない不運を嘆く歌の可能性がきわめて高い。つまるところ二つの歌は共に、表面上は、春における冬の残存を歌いながらも、その内実は「世界は春爛漫なのに、自分には春が来ない」という官位をめぐる怨嗟と懇願を主題とした歌として同じ作りになっている。両歌は共に逆接文によって構成され、それが不可避的に上下関係ないしは主従関係を作り出している。他方、貫之作の2は、前述二首に見られた逆接からなる、分割構成ではなく、連体節のある一文である。比較の観念はここでは完全に払拭され、純粋に客体となった風景がインパーソナル、かつ高踏的に輝きでている。

2. 鶯の花踏みしだく木の下はいたく雪降る春べなりけり

以下の3では、他の貫之の二首にみられた季節の錯覚が継承されている一方で、時間概念「冬」と「春」とを脱落させ、時間を想起させる語を完全に排除する。さらに主体的な動きをする「鶯」も不純物として消す。こうすることで、自己意識以外の要素を消去する。加えるに、すでに2にみられた

「木の下」と並んで、もう一つの空間規定の語として「空」が付加される。ついで、場所を示す二語を導入することで、「春散る桜」ではなく、「木の下で散る桜」、そして、「冬、降る雪」ではなく、「空の知る雪」という空間イメージを形成することで、和歌全体が無時間の純粋空間へと変質していく。

3. 桜散る木(こ)の下風は寒からで空に知られぬ雪ぞ降りける

＊並立ペアの変遷

1. 雪降れば冬ごもりせる草も木も春に知られぬ花ぞ咲きける

この歌には、季節の語「冬」・「春」、物の名「雪」・「花」、動詞「降る」・「咲く」なる対句的なペアが見える。「雪は冬、降る」と「花は、春咲く」という自然の摂理を示す対称的な二文がこの歌の根本に存在する。とりわけ「冬、雪が降る」という表現が「花が咲く」というイメージを導引することは漢詩であれ和歌であれ、しばしば見られる表現である。そこに、急転する天候を加えることで、とりわけ鮮麗な印象を与えた詩の例として、以下に高麗時代の卓越した詩を挙げよう。

昨夜粉粉端雪新	昨夜の紛々たる端雪は新たなり
暁来鵷鷺賀中晨	暁来、鵷鷺賀中して晨なり
軽風不起陰雲捲	軽風起らずに陰雲、捲き
白玉花開万樹春	白玉は花開きて、万樹には春がきたる　『新雪』

訳は以下である。「昨晩激しく降った雪はまだ真新しい。幼い鳳凰が宮廷やってきて王に敬礼すると夜が明ける。風もないのに厚い雲が突如、カーテンのように開き、木々の上に珠と積もった雪は満開の華となり春が来る」。雪を花と錯覚することを描くにしても、貫之は、鄭知常のような、錯覚によ

るところの、芸術性の高い細密描写だけでは満足しきれない。まさに主知主義の詩人としての面目躍如というべきであろうか、「知られぬ」という貫之独自の述語に対する主語として、我々の想像を絶する「春」を設定し、「春の知りえない」自律的領域を冬に付与する。冬がその先にある春の花を知らないのは幾分、想像できるにしても「春が冬の花を知らない」という独特の結論まで造形していく。こうして、本来ならば、一方向に進行する時間の流れの中にあるはずの、接続する冬と春が、時間の流れを超え出て、明確に二者として分離され、互いに独立し、排除しあう孤立空間を持つに到る。2.「鶯の花踏みしだく木の下はいたく雪降る春べなりけり」の歌における入れ子的構造を筆者はすでに指摘し、そこでは時間が空間として扱われている、ということは述べた。このような時間の空間化は、実は、この1の歌においてすでに実現されていることになる。2の歌でその第二段階として、単なる並列から、二重の入れ子構造として、組み上げられることになる。この構造が3の歌への足がかりになったのは間違いない。ただし、この歌全体は、1の歌とは異なり、連体節を含む一文で構成されているので、複文への還元は不可能であり、文法的な視点から見る限りは、1の歌に見られたような、相互に独立的な二者並存を獲得できてはいない。

次のC歌は、貫之と親しかった躬恒によるものだが、二者を比較している点で、「3．桜散る木の下風は寒からで空に知られぬ雪ぞ降りける」に見られる、「木の下」と「空」というペアを生み出す契機となった可能性が高い。Cは、2同様に、1から3への発展の橋掛かりとなった可能性がある。

C. 菅の根の長き日なれど桜花散る木のもとは短かりけり

「春が来て、菅の根のように日は長くはなったのではあるが、桜の散っている木の下においては、時間がたちまち過ぎてしまう、時間が短くなる」といった意味である。この歌は、一方では、春がこの世界に訪れたことによって日が長くなることを言い、他方では桜の咲いている木の下という特定の空間における開花時間が短い、という複文による並列構成をとっている。要するに「菅の根のように春の日は長い」と「桜の木のもとでの開花は短い」の長短の比較がある。しかし「木のもとは短かりけり」は、実際には「木のもと」の空間が「短い」のではなく、そこでの時間が速いことを指している。比較する二つの対象が同一基準上に並んではいない。一方は春という時間において日照時間が客観的に長くなったことであり、他方は木の下という空間における主観的時間経過速度の速さだからだ。この結果、歌の整合性が損なわれ、持ちえたかもしれない象徴力も失う。さらにいえば、もう一つ欠点がこの歌にはある。美しいはずの桜が、開花期が短いことで、ネガティヴな言及に留まっていることだ。

比較されるべき二者を同一の尺度に収めるべく、Cの時間「日」が3では「空」に変換された、という発展的理解が可能である。これによって、共に二空間における比較が可能な状況が確定する。躬恒は純粋な詩人であった。貫之は哲学者でもあった。ゆえに、時空の分節概念に関しても貫之は厳格かつ明晰であった。また、両歌人は実に親しく、互いに切磋琢磨して和歌を詠んでいたことからみても、このような関連を読み取り得るだけの親和性があって何ら不思議はない。

3. 桜散る木(こ)の下風は寒からで空に知られぬ雪ぞ降りける

最終的に、貫之の3において、ついに「木の下」と「空」という空間規定の二語が併置される。1では「冬」と「春」なる時間概念の併置がみられた。2では二つの季節の共時性が描写された。3では1にみられた時間規定が完全に空間のそれに取って代わる。さらに「寒くはない」という生理的快感が加えられる。またCに見られた、桜の開花時期が「短い」という、時間から見たネガティヴな側面も克服される。この歌で最も注目すべきは、「木の下」という小空間が「空」の下という大空間の内側で自立し、それぞれの場所で、異なった雪が降るという、二現象が2よりもさらに明確な形で、入れ子構造に納められていることだ。

＊主従関係としての複文

1. 雪降れば冬ごもりせる草も木も春に知られぬ花ぞ咲きける
3. 桜散る木(こ)の下風は寒からで空に知られぬ雪ぞ降りける
2. 鶯の花踏みしだく木(こ)の下はいたく雪降る春べなりけり

1では、複文によって構成される「冬であるはずなのに、花が咲いている」なる文法構造を持つために、不可避的に逆接の意味が生じる。2では、複文を構成する二文は存在せず、「その木の下だけはまだ雪が降っている春」という一文があるのみで、ほぼ逆接の意味は消え失せる。3では「寒からで」は、「寒くは無くて」の意味で、順接である。その結果〈桜が散ることと〉〈雪が降ること〉の二文は、主従関係から外れて、並立する。このような並行二者という観念は、貫之にはもともと強くあったものと考えられる。たとえばその典型の一つが、桜と梅のペアである。

＊梅と桜・大陸と列島

『古今集』においては、桜の歌と梅の歌とは相補・並行的な関係にある。桜には場所、梅には運動の方向が与えられることによって、二つの花には明確な住み分けが見える。まず桜に関して言えば、『古今集』には、先ほど大岡信氏が挙げた、「桜散る花の所は春ながら雪ぞ降りつつ消えがてにする」の歌も含めて運動の方向を示す桜の歌は一切存在しない。

Ⅰ. 雪とのみ降るだにあるを桜花いかに散れかと風の吹くらむ
Ⅱ. 春風は花の辺りをよきて吹けこころづからやうつろふと見む
Ⅲ. 久方の光のどけき春の日にしづ心なく花の散るらん

Ⅰの奇異は、作者は「どこに」ではなく「どのように」と問うて、桜の花びらが散る運動の方向を意図的に消去している点にある。Ⅱでは、風に対して、桜の花の辺りは避けて吹け、呼びかけ、桜の花が自から散るのを見たいという。つまり桜の花がどこかへと飛ばされていくのを見たくない、そういう現象を認めないことを意味する。Ⅲでは、確かに桜の花は枝から地上に向かって散っているが、作者の眼球は、その一枚一枚の落下を追ってはいない。同じ運動が長期に亘って継続すると、方向を持たない状態の継続となる。これに対して、梅の歌の場合には運動の方向が強く現れる。

a. 折つれば袖こそ匂へ梅の花ありやとここに鶯の鳴く
b. 梅の花にほふ春べはくらぶ山闇に越ゆれどしるくぞありける
c. 月夜にはそれとも見えず梅の花香をたづねてぞ知るべかりなる
d. 春の夜の闇はあやなし梅の花色こそ見えね香やはかくるる

aは、梅の枝を折ったら袖に香りが移り、それが届いて鶯が自分のところまでやってきたという。bでは、梅の香りが闇を貫いて香ってくることを歌う。cでは、闇を貫通する梅の香りが歌われる。dでも、闇が梅の姿を隠しても、その香りは隠すことが出来ない、いわば梅の空間貫通力が歌われる。以上のように、『古今集』において梅の花は、香りは空間や闇を貫通して動き回るが、桜の花は運動の方向を示すことなく、たえず桜の木の下でのみ散るのである。ちなみに、これより十年前に歌われた道真の、以下の梅と桜を歌った二首では、共に運動の方向を与えられている。そこでは、桜と梅は未だ切り分けられてはいなかったことが確認できる。

桜花ぬしをわすれぬものならば吹き来む風に言伝てはせよ

（訳）桜の花よ、お前の主人をもし忘れない、というならば、左遷された大宰府の配所まではるかに吹いて来る風に、言伝をしてくださいね。（「言伝て」とは、この場合、桜の花弁でも、あるいは微かに香る桜の花の香りでも良い。）

東風ふかば匂ひおこせよ梅の花あるじなしとて春をわするな

（訳）春を知らせる風が吹いたなら、その匂いを流された私のところまで、吹き寄せてほしい。主人がいないからといって、春を忘れないでください。

＊「知る」とはすなわち支配である

花弁に覆われた桜の木の根元からは空が覗かないように、空からも、満開の桜の木の下で散る花弁は見えない。ただし、そこに強い風が吹けば、花弁は樹冠の外に散らされ、上空からそれは見える。しかしながら、満開の桜の木の下で散る花弁が、木の下を通り越してどこかに吹かれていくことは和歌の世界ではありえない。なぜなら、貫之のカノン「桜の花弁は運動の方向を持ってはならない」があるだ。したがって、桜の花が散るという事実は、いかに広い空といえども、空は把握し得ないし、支配することもない。そもそも「知る」の語には古来より支配の意味があった。

3．桜散る木の下風は寒からで空に知られぬ雪ぞ降りける

ここでは、「知る」に加えて、「下」の語も、支配領域を示す意味を担っている。それは「配下」「部下」「閣下」等の熟語を想起すれば自明である。この結果、「『桜の木』の『下』」「『空』が『知る』」は共に、支配の主体と支配される領域の意味を持っている。桜穹は空の下にありながら、空の支配が及ばないようなあり方で、空から降る雪よりもはるかに美しい、もう一つの花という雪を降らしているという意味が構成される。ここでは時間の観念が完全に払拭されているために、雪の遍在と花の偏在がパラレルに生起する。

あらためて3の歌の生成過程を振り返ってみよう。まずは1にあった時間概念である「冬」と「春」の語を共に排除し、代わりに、「木」と「空」という空間規定の2語を導入し、さらに「知る」と「下」という語を与え、それに加えて、2にあった入れ子構造を継承して、「空の下にある木の下」と

いう二重空間を設定する。その結果、3では、蒼穹からは雪が降り、樹冠という桜穹からは花が降る、という共時的ダブルイメージを立ち上がらせる。この歌の本来の意味は、「空のあずかり知らぬこの桜の木の下において、もう寒くはない風を受けながら、本物の雪よりもはるかに麗しい、桜の花弁という、もう一つの雪を降らしている」となる。徹底的に論理の整合性を追求することによって、一つのものごとを磨き上げると、その表面に、もう一つの世界が写し込まれてくるかのようである。それ自体は透明でありながらも、おそらく貫之が意図しなかったような象徴的世界が、最終的にこの歌には映し出されている。

ちなみに、2では縮小した冬空間が、強力な春の空間に取り囲まれていた。ここにはすでに「春」という時間を示す語が残されていることによって、歌全体は時間に落し込まれる。実際、空間化された春は、そのたけなわにある一方、同じく空間化された冬は、一時的幻想としてその中に消えていく。2では春と冬は持続力に違いがあるにしても、実際には、二空間は共に過ぎゆく通時的存在でしかない。3でも確かに桜の花は散ってはいる。しかしそれは、時間が完全に排除された空間となっているために散る桜は意識の裡で永遠化している。

空間から地政学へ、そして日本文化創設

当該の歌から時間を排除した第一の理由は、直ぐに散ってしまう日本の桜を永遠化したかったからである。その意味で、この歌は、日が長くなった春における桜の開花期間の短さを嘆いた躬恒作のC歌「菅の根の長き日なれど桜花散る木のもとは短かりけり」の対極にある。第二の理由は、貫之が政治的・文化的な象徴を歌に創設するためであったと考えられる。日本は、中国とインドという二つの文化の軸を抱え込んだ歴史を持つ東南アジアとは地政学的状況が大きく異なるだけでなく、韓国やヴェトナムとも異なって、大陸から海によってはるかに隔てられ、そこに赴くことが命がけとなるほど、

中国から遠い国であった。にもかかわらず、日本では、文化なるものは、韓国を通過しながらも、あくまで中国に由来するものであった。日本は、こうして歴史の開闢以来、海の彼方の中国に対してのみ、死を賭した遣隋使・遣唐使を送り続け、その文化を弛まず摂取してきた。いわば中国文化依存国であった。実際、平安当時の日本の文化や歴史なるものは、中国なしには存立し得ない。時間とは歴史である。中国が衰退し冬に向かっていることを知って遣唐使を中止してから十年、国風文化を形成し始めた平安盛期の日本は、もともとの風土には合わず、負債と化した中国文化への依存の歴史から、新たに脱却する必要に迫られつつあった。そこで、歴史という時間を切り離して、自立のための空間を確保するというオリエンテイションが強く求められた。それがまさに日本の春ともいうべき時代に、この歌によって実現した。強大な冊封体制下の中国文化世界にありながら、その支配を潜り抜けて、自らの自立性を確保するという矜持が、当該の歌に現れていると解さなければならない。いうなればこの歌は、天皇制を軸とする日本文化創設を高らかに歌い上げた、日本そのものだったのである。

注
1）大岡信『紀貫之』（筑摩書房、１９７１年）９２－９４頁。
2）藤岡忠美『紀貫之』（講談社、２００５年）。
3）松枝茂夫編『中国名詩選（下）』（岩波文庫、１９８６年）９３－９４頁。

第三章　貫之と永遠

春の遍在の発見

題知らず

A. 春の色のいたりいたらぬ里はあらじ咲ける咲かざる花の見ゆらむ

読み人知らず[1)]

上句「春の色のいたりいたらぬ里はあらじ」は、自然観察から直接得た発見ではなく、歌人の経験総体から演繹された自然定理の提示であるという解釈もあるかもしれない。「春というものは、あらゆる場所に来る」という季節に関する観念的な定理と、「咲いている花と咲かない花があるようだ」という観察による個別的事実との乖離を問題にしているという解釈だ。しかし、視覚や感覚によって知覚し得ない自然の根本定理の結論を、いきなり上の句で述べる硬直した和歌など存在するはずもない。そこで別の視点からこれを解釈する必要がある。

春の色とは、漢語の「春色」のことであり、これは単なる気配などとは違った、具体的な春の現前を指している。それは人間の心の内の動きを意味し、春の心地や趣に当たる「春意」に対峙するものである。つまり、春色は花なのだ。となると、この歌は上の句でも、下の句でも、花に言及していることになる。「辺りを見回すと、どこにも花が咲いているのに、目の前に目を移すと、咲いている花と咲かない花があるのはなぜなのか」という訳が自然ということになる。遠くから見た時には、春爛漫なのに、近づいてみるとそうでない箇所があることを発見しての疑問であろうか。しかし、これがこの歌の真意とも思えない。そこで今度は、「春色」と「花」がまったく別の二者であるという前提のもと、解釈の可能性を探ってみよう。

「人の花」とは春の除目(じもく)の際に、昇進した者を指しているのではないか。そうなると、この歌は自然と社会の乖離を表現したものとなる。比較的地位の低い人の「読み人知らず」の作とあれば、その可能性は高い。つまり、春は自然界のあらゆるところに来たのに、世間だけは別で、昇進は特定の人々だけに訪れ、微官の自分にはそれがなかった、と嘆いている。そう解釈すると、実際この歌の作者がすべての昇進者のリストを手にしている訳もなく、下の句に推量、疑問の「らむ」をつけたことも納得がいく。「題知らず」という詞書も、この解釈に何ら支障とはならない。表向きは、春を主題にしているものの、実は昇進できなかったことを嘆く、あるいは昇進を嘆願する歌なのだ。これは前章で取り上げた躬恒の歌に重なる。

延喜の御時に御厨子所に侍ひへる時、沈めることを嘆きてある人におくり侍りける

B. いづくとも春の光は分かなくにまだみ吉野の山は雪降る　躬恒[2)]

詞書を併せて読むことで、あらゆる所に春が到来しているのに、自分だけには春が来ることなく、何とか少し上の位を与えてもらえないだろうか、と上司に訴えている歌であることが分る。それに比べるとこの歌は、表の意味の自立性がより強い。それは、単に表の意味と裏の意味という位階を超え出て、自然と人為がパラレルには進行してはいない、つまり文化という人為の大自然のダイナミックな秩序からの離反をこの歌は表現していることになる。従来の日本文化は、万葉の歌が示すように、自然の延長上にあった。しかし平安に入ると、日本文化は自然から自らを切り離して、次第に都市的なものに変わっていく。そうした歴史的な転換を、この歌は反映しているのではないか。都市化とは、中国化が進むことである。この歌は、文法、および構文の側面から見ても興味深いものがある。

A. 春の色のいたりいたらぬ里はあらじ咲ける咲かざる花の見ゆらむ

上下の句に二分割されうるといえども、その文字数からいって、不対称な和歌形式に、「至り至らぬ」と「咲ける咲かざる」というように、二つの動詞を一つの歌の中で、一方を否定形にして繰り返し、その対称性を壊すかのように、下の句で「いたらぬ里はあらじ」と、さらに否定形を付与する複雑な表現構図になっている。この操作を通じて、もともと強い対称性をもつ漢詩風の対句形式が、不対称の形式をもつ和歌に無理やり押し込まれていることになる。この歌は、元来、詩の様式を重視し対句形式を基本とする漢詩との混血的かつ折衷的な所産であろう。そこから浮かび上がってくるのは、自然界における春色の**遍**在と、世間における昇進の**偏**在という対照化である。外見こそ日本的だが、その手法は大陸的だ。

七世紀後半の『万葉集』に見られる中国文化の摂取とは、日本独自の自然感情という液体を、文字という中国からの輸入物である容器に注ぎ込んだ、幾分、稚拙なものであった。『古今集』における最初の情緒的国風化の表れである「六歌仙時代」を迎える前の「読み人知らずの時代」の日本の和歌は、一度『万葉集』をはるかに超え出て徹底的に大陸化していった。文化の香りを強く放つ、ダイナミック・メカニズムとでも呼ぶべき、大陸的骨格を持った論理的で男性的な様式が確立しているのを、この和歌からも見ることができる。「平安の和風化」とは、詩文に関する限り、まず中国文化が我が国に浸透し内在化され、根を張ることから始まった。さまざまな抽象概念を内包したこの種の新たな中日の混交的ハイブリッド法は、後に貫之によって更なる発展を遂げ、最終的には手法そのものを純日本化する方向へ向かい、そこにおいて日本独自の和歌は確立することになる。

月光の遍在

月の明るい晩、躬恒が突然、貫之を来訪した折に、即座に詠んだ即興歌が次である。

月おもしろしとて、凡河内が、まうで来たりけるに、詠める

C. かつ見れどうとくもあるかな月影の至らぬ里もあらじと思えば

貫之

一気に歌い切った感じで、リズミカルで歯切れがいい。「『一緒に月をみようよ』といって、突然、来訪してくれたのはうれしいけれど、月が至るところを照らすように、至る所に友人の居る君のことだから、どうせまたすぐ行ってしまうんだろう？」。このような、たわいのないやり取りを、貫之が苦吟したはずはない。前述の歌「春の色のいたりいたらぬ里はあらじ咲ける咲かざる花の見ゆらむ」という同じ語句を持った歌を展開したとしか見えない。実際、その後多くの歌に表れる月光の遍在というイメージは、すべてこの貫之の歌を源にしているといって過言ではない。次の貫之の歌では、遍在はより明確になって現れている。

久方の天つ空より影見ればよくところなき秋の夜の月

木村正中氏[3)]によれば、「より」は経過を示すということだが、そうなると「空を通って」という意味になるが、これでは和歌全体の意味はよく分からない。田中喜美春氏[4)]は「あまつ空　天空の高い所。この場合は実際には宮中を意味する」としている。氏は、「より」の語に取り立ててこだわらずに、「雲の上である宮中から地上の光を見ると、避ける所がないように一面に照らす秋の月であるよ」という解釈をしている。筆者も、田中氏同様、

天皇の威光の遍在を賛美する歌と理解したい。「高い天から見下ろすと、地上には月光の届かない場所がない、それとおなじように天皇の威光は世界に満ちている」とは、天空から下界を見下ろすことが、当時の社会において、身近な実体験として蓄積されていたことを裏付けるものでもある。空に向かって、シャーマン的な意味で、意識を飛ばして、さもなければ、高い山から地上を見下ろして得たイメージを転用したのか。いずれにせよ、地上にあまねく月が照っているというイメージなしには、この歌は理解できない。深読みをするならば、太陽は中国、それに対して日本は月だとすれば、月の照らすところが日本というオリエンテイションという自覚が無意識に巣食っていたのかもしれない。

次の白川院の歌は、貫之から約二世紀後のものだが、これも冒頭の読み人知らずの、春の歌に影響されていると考えられる。

処処花をたづぬといふことをよませたまひける
春くれば花の梢に誘はれて至らぬ里のなかりつるかな　白川院

ここでの春とは季節の春ではなく白川院自身であり、「至る」のも白川院本人である。春とは我が世の春であり、それが地上に遍在している。白河院が日本中を御幸したかどうかは問題ではない。各々の場所への到達ではなく、それらの場所を支配していることが重要である。ここでの「春」は『古今集』の読み人知らず時代の場合と異なって、他者から拡大していく自己へと意味を変えている。それは、日本が中国の影響から十分自立したことを物語っているのかもしれない。つまり、中国は遠くなっていったのだ。このように自己の権力の十全さを歌った歌となると、以下の道長の歌がすぐに想起される。

この世をば我が世とぞ思ふ望月の欠けたることもなしと思へば　道長

道長の即興歌には、浸透はおろか、「あまねく」という遍在の概念のかけらもない。摂関体制が、藤原氏の直接の権力ではなく、天皇の権威に支えられた、脆弱な権力であったことが、ここからも想像される。また月を歌っている点からして、歌の背後には太陽が隠されているとも解釈できる。逆に、白川院の歌には、はるかに現実的な権力があったことも見えてきそうだ。「私が行かなかった場所はない」とは、院が「俺はまさに今プレゼンスである春のように、どこにでもいるぞ」と誇っているのだ。これを、院政権力の遍在と理解するよりは、実質的な院政は始まったばかりなのだから、自らの権力が浸透する過程の誇示とする理解のほうが妥当だろう。白川院の歌は、遍在が、ダイナミックな浸透の意味に取って代わっていく、まさに過渡期に位置しているということができるかもしれない。またそうした変質は、政治的な力動の背景を暗示してもいる。武士が勃興する時代が迫っていた。ただし、この浸透もまたたちまち武士による院政への浸透によって、置き換えられてしまう。春がすぐに過ぎ去ることも予感しての歌であったのだろうか。

ここで再び月の遍在に的を絞ってみると、躬恒には、貫之の月光の遍在という理念に影響を与えた可能性があるユーラシア的かつ仏教的な、歌が見つかる。

久方の天の空なる月なれどいづれの水に影なかるらむ　躬恒

この歌の上句は貫之の「久方の天つ空より影見ればよくところなき秋の夜の月」と共通している。「月」の語も共有されている。だが月をめぐって違いも明らかだ。一方はあらゆるところに光をもたらす月であるが、他方は、あらゆる水に映る月の像である。つまり月は一つ、水は無数である。ここに見られる一なるものと多なるものの観念はおそらく仏典に由来する。というのは、隣国の韓国において、五百年後の十五世紀に仏陀の生涯を綴った、歴史上初の活版印刷の本「月印千江曲」が現れるからである。「月は千の河に映る」というこの書物の表題は、「久遠常住」を説く涅槃経の教義の反映だけでなく、それまで手書きで写されていたために、数に限りがあった書物が、活版印刷によって無限に複製されることを誇るという、これまでまったく顧みられていない意味も含まれている。他方、仏教嫌いであった貫之の歌には、一と多という観念は読み取れない。こうした反仏教的な傾向は和歌の世界に関する限り、躬恒以後消えていくこととなる。院政時代に入り、仏教的な教養を背景に、躬恒の思想を継承していったのが、肥後である。

月毎水宿
山の端に出で入る月は一つにてあまたの水に澄める影かな　肥後

一と多を抜きに語れない遍在の思想は、肥後が、おそらく自らに課したのだろうか、その詞書「月毎水宿」の中にすでに現れている。改めて躬恒の詩と並べてみよう。

久方の天の空なる月なれどいづれの水に影なかるらむ
山の端に出で入る月は一つにてあまたの水に澄める影かな

躬恒では、一者と多者という数字は歌の表面からは隠されている。それよりもむしろ、天と地との距離の大きさに関心が向かっている。これに対して肥後の歌では、「一つ」「あまた」というように意識的に一と多との関係が明示されている。前者がナチュラルかつ日本的であるのに対して、後者は、ロゴス的かつ大陸的である。見様によっては、男性の躬恒の方が女性的で、女性の肥後の方が男性的ですらある。いずれにしても、思想的に歌を詠む肥後は、もっと評価されてよいのではないか。

遍在から永遠へ

北欧では白夜がある一方で、冬は真昼でさえ暗い。北極に近くなればなるほど、日照時間は年間を通じて大幅に変化する。こうした地域では出し抜けに新しい季節がやってくる。季節の立ち上がりが急峻なのだ。一方、ほぼ亜熱帯に属する日本では、季節による温度差は激しいものの、季節そのものはきわめて緩やかに訪れる。春は立春に訪れるとされるが、立春を過ぎても、しばしば雪は降るし、気温の上昇も行きつ戻りつして、期間をかけて実質的な春が到来する。カエルを鍋に入れて蓋をせずに極端に緩慢に暖めていくと、ゆで上がるまでとび出さないという俗説があるが、日本人の場合、そうした感覚の鈍磨とは程遠いことも事実だ。捉えがたい微かな気温の変化に、ほとんど感じがたい微かな風の音の音色の変化に、季節の変わり目を感じ取る。変化の幅そのものは大きいが、その度合いが著しく平坦なのが日本の気候の特徴である。日本人にコントラストや対立がもともと馴染まないのは、日本が島国であると同時に、きわめて緩慢に変化する気候に従って、季節の微妙な変化に敏感であることにおそらく由来している。そうした風土の感覚を敏行は見事な和歌に仕上げている。

秋来ぬと目にはさやかに見えねども風の音にぞ驚かれぬる　敏行

四季の移ろいは、和歌の中心的な主題の一つである。四季の変化が印象的な日本の風土では、すべてのものが滅び過ぎ去っていく無常観も強い。しかし日本文化の創始者・貫之は、日本人には珍しく、永遠の観念を強く持っていた。彼は常盤である松に特別の愛着を持っていた。松と同じく永遠を象徴するヨーロッパの糸杉は、かつてその木によって棺桶が作られ、墓地にもしばしば見られるように、死や哀哭の象徴でもあった。日本では、死のイメージは、棺桶が作られる槇に帰せられたために、松は糸杉の永遠と死の二面性を脱却して、不老長寿のめでたい樹木となっている。視覚からしても、松は糸杉のように強張っておらず、豊かに年老いた老人のようにリラックスしている。

A. うつろはぬ常盤の山に降るときは時雨の雨ぞかひなかりける　貫之

（訳）色の変わらない松の山に時雨が降っても、時雨はその緑の色を変えることが出来ない

ちなみに、この歌は、以下の紀淑望（よしもち）の三歌から影響を受けたと考えられる。

(あ) 秋来れど色も変らぬ常盤山よその紅葉を風ぞかしける
(い) 紅葉せぬときはの山に吹く風の音にや秋をききわたるらむ
(う) うつろふを厭ふと思ひて常盤なる山には秋も越えずとありける

貫之の一世代前のこれらの歌には、逆接のコントラストを軸とする中国的色彩が濃い。（あ）は、幾分、理屈が勝った単純な歌である。色の変わらないはずの松の山に紅葉の葉がちらちらと見えるのは、風が松の山にそれを貸したからであろう、という。紅葉しない松と紅葉樹との間の対比である。（い）は、多くの樹木を色づかせ、枯らせていく秋の到来がある一方で、常盤の山、つまり松の山には、秋が到来しないという。そこでは秋は噂のレベルにとどまる。（う）では、常盤の山は変化を嫌うから、秋はこの山には訪れないという。貫之はこのうちでも二首目を発展させて、上述のA歌を作ったと見える。両歌をさらに比較検討してみたい。

い. 紅葉せぬときはの山に吹く風の音にや秋をききわたるらむ　紀淑望
A. うつろはぬ常盤の山に降るときは時雨の雨ぞかひなかりける　貫之

貫之は淑望の歌に見られた「もみじ」という視覚的な喚起力のある、色彩に満ちた言葉を排除して、「うつろはぬ」という観念的な言葉に置き換えている。次に「聞き渡る」つまり、「噂に聞く」という世俗的・社会的な言葉の代わりに「甲斐なし」という無力感に満ちた、これまた具体的な動作のイメージを欠いた言葉を選ぶ。どちらの言葉にも具体性がないために、全体と

しては、イメージが曖昧になる。その上で、さらに抽象的な「ときは」という語を二度重ねて用いる。その結果、不可視の永遠だけが、いやがおうにも強まる形になっている。淑望の歌では、常盤の山は、秋の到来を噂でのみ知るとある。どこにでも到来するはずの秋が、常葉の山だけには来ない。そこには統一的に秋の到来がないという。だが、秋が来ない場所などあるわけがない。

貫之の場合は、まず時雨の遍在に触れる。そこでは塗り残しをしない。しかしその下でなお、紅葉に染まらない山、いわばロウケツ染めされた山がある、という。あらゆるところに染料は回るが、臘の箇所には秋は来ようにも来ない。秋は遍在している。しかも松の緑という特殊な偏在も成立している。遍在する秋の中にあって、なお秋が来ない場所があるという**遍**在下における**偏**在といえよう。

時雨は、当時、紅葉を惹起させると考えられた。雨の冷たさが葉中に染み入って紅葉を呼び覚ますのだ。時雨を貫之自身もまた身体的に受け止めている。底冷えを感じている。貫之の歌では、時雨という季節を想起させる語をまだ用いているものの、淑望の歌々に見られた、「秋」の語は排除されている。さらに紅葉に染まる山を全否定し、年月が経ても色変わりしない松林の山を立ち上がらせている。常盤の山は、風土の時空を超出する貫之の純粋意識の象徴として存在する。

常盤なる松のみどりも春くれば今一しほの色まさりけり　源宗于

貫之の親友でもあった宗于（むねゆき）が「常盤」の語に込めたものは、紀淑望とも貫之とも対極の性格を持つものだった。もともとの常緑の松も春になると、いっそうその緑が鮮やかに見えるという。たとえ常緑の松であっても、季節の影響を受けないわけがない、というのだ。周囲から孤立して、四季の変化の影響を受けずに超然と、泰然自若としているのが、貫之の松だとすれば、宗于のそれは、季節の変化で鮮やかに変化する。こうした純日本的な感性が和歌の主流になり、貫之という名前こそ残ったものの、貫之が本当に目指した永遠、時間の空間化といったものは、中世以降、和歌の歴史から忘れ去られていくこととなった。日本人としては例外的に不易、永遠に強い関心を持っていた貫之の姿を、ここに確認しておきたい。永遠を志向した貫之の歌を、もう少しみてみよう。次の歌では、松に内在する永遠が抜け出て、水の中へと転移していく興味深い様が描かれる。

松をのみ常盤と思ふに世とともに流す泉も緑なりけり
松とのみ常盤と思へば世とともに流るる水も緑なりけり

一首目では、「泉」は他動詞「流す」の主語で、言葉としては現れない「水」がその目的語となる。貫之は松だけが永遠であると思っていたら、世を流す泉もまた緑、つまり永遠であるな、という意味だ。これは泉をめぐる発見の歌であり、その風情は描写的・機会的で、「流す」が和歌の中で占める役割はやや不明瞭である。二首目は、その推敲の結果であるにちがいない。物質名詞「水」が「泉」の代わりに表れ、主語となる。他動詞「流す」が自動詞になり、水を修飾する形容句になる点がポイントである。「世とともに流れる水」は、水が流れるように世界も推移していく、の意である。最初の歌には、永遠はあっても流転はなかった。それが次には、一方に永遠の松、他方には流転する水が、共に緑を帯びていると歌われる。つまり、流れるものとしての水が流転している。その水とは、我々が生きている、この世界と並行して流れていく。他方、その水の色は永遠でもある、と指摘する。

これと一見似たものとして、『方丈記』の冒頭「ゆくかはのながれはたえずして、しかももとのみずにあらず」が想起されるかもしれない。絶えず流れていく水は同時に絶えず変わっていく。「絶えないこと」「流れること」という二者は、同時並行的に扱われてはいるものの、最終的には後者「もとの水にあらず」つまり「すべては消滅する」に収斂している。ここで分かることは、鴨長明にあっては、すべては時間だ、という観念といえようか。これは長明に限らず、安定した摂関体制が崩壊し、犯罪が多発し、武士が政権を奪取し、天変地異が重なった世の中を「末法」と信じた中世の人々にとって一般的な性格であった。

これに対して貫之は、水はフィジカルな世界を流れるが、その属性の緑色はメタフィジカルな形相の中にある、と考える。その意味では、この歌はヘラクレイトスの「万物は流転する」の考え方に近いかもしれない。万物は流転するが、土→水→気→火→気→水→土という流転の形式それ自体、言い換えればロゴスは永遠であると、彼はいう。貫之もヘラクレイトスも、永遠を背後に隠した流転を主題にしている。

亀山の劫を映して行く水に漕ぎくる舟は幾代へぬらん

この歌では、永遠の徴を帯びた亀山を、鏡のように、映しだす川面それ自体の中に、永遠の徴を読んでいる。ここでも貫之は、永遠と流転は一つのものであるという。止め処もなく流れていく川ではあるが、その流れが亀山という永遠の徴を帯びた山を映しているため、その水面は永遠化される。その永遠に浮んでいる船は、一体どんな永劫を漕ぎ渡ってきたのか、と彼は問いかける。

次の貫之と伊勢の歌は、どちらかが写し間違いで、本来は一つの歌ではなかったかという見解もあるが[5)]、実は、きわめて類似していながら大きな違いを内包している。

山風は吹けど吹かねど白波の寄する岩根は久かりけり　伊勢
松風は吹けど吹かねど白波の寄する巌ぞ久しかりける　貫之

伊勢は「山からの風が吹こうが吹くまいが、白波の寄せる巨岩は永遠である」というこの巨岩の永遠は、一切の条件から超出している。いわばサブスタンシャルな永遠であり、非常に分かり易い。他方、貫之は「松風が吹こうが吹くまいが、白波の寄せる巌は永遠である」という。松は常盤の意を兼ね備えることから、松からの風は永遠から送られた風の意味を帯びる。その印が巌に移る、だから巌は永遠なのだ、とこれまでの貫之ならはそう考える。彼は、物としての永遠など信じていない。松には永遠の徴がある。その徴は、人間の意識の中に存在するがゆえに、永遠である。その松からの風が吹くから、その恩寵によって、松以外の物にも永遠が乗り移る。しかし、巌はそうした永遠の恩寵なしに、もともと巌自体で、自立的に永遠たりえているのを発見して彼は驚いている。貫之は伊勢と異なって、物それ自体には永遠を見出さない。様態や、属性、あるいは形相、つまり言語だけが永遠の相を持っていると考える。おそらくは二首のうち、伊勢の方が最初に成立した。貫之はそれを再解釈し、一字だけ変えたと理解したい。

次の歌では、永遠の緑は直接歌には現れない。しかしそれは移ろい易い紅葉と対立する概念として、紅葉の中に潜在している。貫之の意識の背後には、過ぎ去るものとしての艶やかな紅葉と、それに相対する、目立たない永遠の緑が、ペアとしてイメージされていたことが伺える。

唐錦竜田の山も今よりは紅葉ながらに常磐ならなん　貫之

（訳）竜田山は裁つた山、その言霊の勢いを借りて、今この瞬間、紅葉は刹那を断って、紅葉のまま永遠化してほしい。

緑こそ永遠の相である、としていた貫之が、今度は、言霊の力を借りて、たちまち散り行く紅葉までが永遠化するように祈願している。以上見てきたように、貫之は常に、「もの」ではなく「こと」の中に永遠を見ようとしている。彼は、物それ自体に関心を持たない。ものが指し示す何かを材料に歌を詠む。ゆえに貫之にとっては、永遠はある時は緑色であり、またある時は不動不滅の山を映し出した水面となる。実は、この意識の不滅を、貫之は一連の桜の歌においても実践している。普通に考えれば、咲けば散ってしまう桜が永遠不滅であるわけはない。しかし意識に刻印された姿として、貫之の意識の中にあっては、桜は永遠に舞い、散り続けるものとして存在する。それは時間ではなく、絶えず彼の立ち上げた意識空間の中に現れる。

永遠の桜

ひさしかれあだにちるなとさくら花かめにさせれどうつろひにけり

貫之

この歌は『後撰集』、『拾遺集』、『貫之集』の三集にわたって採られている。『拾遺集』と『後撰集』の詞書はほぼ同一であるが、『貫之集』と『後撰集』の詞書は少々異なる。ここではその二者を取り上げる。まずは『貫之集』の詞書である。

あつよしの式部卿のむすめ、いせのごのはらにあるが、ちかうすむ所ありけるに、をりてかめにさしたる花をおくるとてよめる

詞書によれば、伊勢と敦慶親王との間に生まれた女性・中務が貫之の家のそばに住んでいた。彼女が（自分の庭の）桜の花を折って、瓶に挿して貫之に贈ったのに応えて、貫之が歌った。歌の意味は「中務さん、あなたは『とこしえ』を意味する瓶と一緒に桜の花を贈ってくれたのですが、その祈念も虚しく、花はたちまち枯れてしまいました」となる。詞書によれば、瓶に挿したのも「ひさしかれ」の祈願の主体も中務である。貫之の歌に対して、中務は以下のような返しの歌を詠んだ。これは『貫之集』と『後撰集』に掲載されている。

千世ふべきかめなる花はさしながらとまらぬことは常にやはあらぬ

中務

「桜の花は散ったかもしれませんが、それがいつもというわけではないでしょう。今回はうまくいかなかったかもしれませんね」という。永遠を意味する亀と同音の瓶に挿せば、桜も永遠に咲き続けるという発想をしたのが中務であるならば、「返し」の歌としては、言い訳になっていない、あまりにもお粗末である。一方、もう一つの出典である『後撰集』では、「さくらの花のかめにさせりけるがちりけるを見て、中務につかはしける」という異なった詞書がある。その意は「中務から頂いた桜の花を、貫之自身が瓶に挿したのだが、散ってしまったので、以下の歌を中務のところに、使いの者に持って行かせた」となる。これならば分かる。貫之は中務から、桜の花のみを贈られ、このままだとたちまち散ってしまうから、貫之が瓶にさした。瓶にさせば、瓶は亀だから、永遠の符牒を負っているので、桜の花は、普段よりも永く咲いていることができるかもしれない、と祈願して。しかしながら、その祈念の努力も虚しく、桜の花はたちまち散ってしまった。そこで歌を詠んで送った。

貫之は桜の花を好んだが、桜の枝を人に送った、というような歌は一首も存在しない。それは、桜の花は集合名詞であり、桜の木から枝を折ってしまうと、それは桜の花ではなくなる、と貫之は考えていたからだ。たちまち散ってしまう桜を他人に送るのは気が引ける。しかし中務から桜の枝を送られてしまった。そうであれば、もうどうしようもない。できる限り、この花を長く生かせたい。そこで、彼は苦肉の策として亀でもある瓶に挿した。『後撰集』の方が正しい。

ちなみに、『中務集』に当たってみても、瓶の文字を含む和歌は一首もない。他方の『貫之集』には、瓶の語が多く見られる。貫之にとっては、瓶は亀であり、永遠の象徴を負ったものとして明確に捉えられている。瓶に花を挿したのは、中務ではなく貫之である。しかしそんな呪いじみたことでは、桜の花は長持ちしない。そこでどこかに恨みを含んだ、あるいは幻滅を含んだ歌を詠んだのではなかったか。この歌には、桜の花など贈ってくれないほうがよかった、という気持ちが見え隠れする。桜はたとえ瓶に挿しても、すぐにも散ってしまう。貫之はそれに耐えられなかった。そこで彼は、桜から物質性を除去する。塩漬けにするのでもなく、押し花にするのでもなく、欲した時には、いつでも新鮮なまま桜の花を呼び出すことができるように、記憶の中の情報として貫之は保存することに努めた。こうして貫之は最も無常であるはずの桜の花を、記憶の奥深くにセーヴして、永遠化した。実際、貫之の別の歌から、桜をどのようにして永遠化したかを確認してみたい。

C. 山高み見つつ我が越し桜花風は心に任すべらなり　貫之

この歌の主題的な面では、以下の二首が深く関わっている。少なくとも、この歌を分析するに当たって、それらは重要な補助的役割を果たすと考えられる。

A. 山高み雲居に見ゆる桜花心のゆきて折らぬ日ぞなき　凡河内躬恒
B. 竜田山見つつ越え来し桜花散りか過ぎなむ我帰るとに　家持

Aの躬恒の歌では、遠方の満開の桜を見る度に、自分の心は自然とそこへと赴いて、桜の枝を折って、しばし留まってから、戻ってくるのが習慣になっていると歌う。肉眼で遠くにある実景の桜を見つつも、魂は桜の元まで飛んでいき、想像上で至近の桜を目の当たりにしている。確かに意識は肉眼の視線に沿って、遠方の桜に向かうが、どこまでも身体性を引き摺っていて、桜のイメージの記憶へのセーヴという作業がまったく関わらない。

Bの歌では、「竜田の高い山の上に咲いていた桜の花を見上げながら私は山を越えてきた。もう桜ははるか彼方にあって、肉眼ではもう見えない」という。そこで家持は「再度あの場所に戻ってきた時、もうあの桜はどうせ散ってしまっているだろう」という。この歌では、満開の桜の花を目の前にして、それをその場で、伊勢がするように、堪能するでもなく、それを貫之のように、記憶にしっかり留めよう、つまり記憶にセーヴしようとするのでもない。現在の豊穣を造形するでもなく、未来に向けて満開の桜を記憶に保管するでもなく、どうせ散ってしまっているだろうと、貧困の未来へ向かう。

Cの歌では、まず初めに肉眼で見た桜がある。そしてそれを数日後、ふとした拍子に思い出す。作者の近辺に桜の花弁が一枚残っていたからかもしれない。貫之は思う、まだあの桜は山の上で相変わらず咲き続けているのであろうか、と。第一段階では回想像がまず意識上にリロードされる。実像は時間と共に刻々変わり行くが、回想像の元となる記憶にセーヴされた情報は、時間の流れの外にあってすでに硬直している。それに気づいた貫之は、次の段階として、この回想像を現在の実像にあわせるべく修正を試みる。時が経ったのだから、あの桜が今でも同じように咲いているはずがない、と。そしてそこから貫之の想像力が急速に加速する。「今頃、あの桜には、強い春風が吹き付けていることだろう。そしてその風が桜の花びらを思う存分に弄んでいることだろう」と。読者の脳裏には、たちまち目くるめく花吹雪の様が浮かび上る。自らが風となり、全方向に夥しい数の桜の花びらが舞い散る空間が我々の前に浮かび上がる。それは、超時間的な永遠の相の中で煌き輝く。

次に、散ってしまった桜の花に焦点を合わせて、貫之の歌とその他の歌を比較してみよう。

A. いつの間にか散りはてぬらむ桜花面影のみ今は見えつつ　躬恒
B. 桜花散りぬる風の名残りには水なき空に波ぞ立ちける　貫之

Bの躬恒の歌は「いつのまにか桜は散ってしまった、今ではその記憶だけが目の前にちらちらするよ」というほどの意味であろう。過去にすでに散ってしまった桜を思い返すのだから、そこには「いつの間にか」および「今」という時間を示す語が並ぶのは、ごく自然だ。心の赴くままに歌い上げた、時間軸に沿った回想の桜といえる。これに対して貫之の歌は、この歌を下敷きにしたと思われるが事態は異なる。特徴的なのはこの歌には時間を示す語がないことだ。時間と多少とも関わりがある語は「名残り」である。この歌を文法に即してみてみると、「散りぬる風」をとれば、少々理解に苦しむが、冒頭の「桜花散りぬ」という終止形と「風の名残り」という名詞の組み合わせとして理解すればどうだろう。それでも完了を示す助動詞「ぬ」は終止形でなく、「風」に掛かる連体形「散りぬる」であるのが気になる。あるいは「風」の語は関係代名詞というよりは、「桜を散らせてしまった風」、「その風の名残り」という二つにまたがっていると理解すればいいのだろうか。

「風」が曲者である。そこでこの「風」に込められた意味を探るとすれば、一つの可能性として、「後」の意とも考えられる。そこで改めて、「風の名残り」の意味をこれに付加すると、字余りになるが「桜花散りぬる後の風の名残には」という形になる。こうすると、「かつて桜をすっかり散らしてしまった後に、あらたに吹いてきた風の、さらにその名残り」というように文意がはっきりとれる。「散ってしまった」とは、過去完了である。だから実体としての残滓ではなく、名だけの残りである「名残り」になっている。この歌が最終的に「後」の語を排除したのは、時間系列に取り込まれることを拒みたかったからである。

このようにみれば、この歌の趣旨は、以下のようになる。まず満開の桜が咲いていた。それが風ですっかり散らされてしまった。それからしばらく時間が経った。桜はすでに花のない葉桜になっている。作者は美しくもないそれを見上げることはない。再度、風が吹いてきた時、彼は、葉桜の上の何もない空を見上げる。すると、その時吹いていた風が皮膚に働きかけて、かつて壮麗に散っていた桜の花弁が舞う姿を、作者の眼球に残像のように立ち昇らせる。それはあまりにも微かであったために、水のない空にあたかも波が立ったかのように淡かった、という意味になる。風に散っていく桜、すっかり散ってしまった後の桜、そしてあらためて想起される桜の散る姿、そしてその比喩として持ち出される水のない空に波が立つような桜の残像、これらのイメージは時間を示す語が排除されていることから、時間軸上に並ぶのではなく、いわば透明な箱に詰められたように、それぞれが独立して、配置されることになる。ここで強調しておきたいのは、水のない空に波が立つという比喩は、目の前の桜が散るさまを指しているのではないことだ。完了形「ぬ」が「散る」に付加されているから、すでに桜は散ってしまっていることになる。

注

1）この歌の上の句は、まずは「春は来て」、「春の来ない場所などない」という風に、一つの主語を共有し、二つの述語を有する、二文としても解釈しうる。亀井孝氏の解釈（『古今和歌集の注釈のために』金田一博士古稀記念言語民俗論叢、三省堂、１９５３年、３１９−３２１頁）では「春は来た、春の来ない場所などない、咲いている花は……」となる。しかし次に「咲かざる」の語が現れると「咲いている花も咲いてない花も見える」であるから、どこか論理の道筋がおかしい。そこで回りくねった道を自らの足でたどる前に、まず地図を開こうとしたのが竹岡正夫氏である（『古今和歌集全評釈』右文書院、１９７６年）。氏の解釈によれば「春の色」に対しては、「至り」と「至らぬ」の肯定否定両形が等価の並列として掛かっていることになる。しかし実はこれはまだ不十分である。「咲ける・咲かざる」も併置されている。さらに歌中の「あり」の否定形と「見ゆ」の肯定形の併置という形式にも注目すべきであると考えたい。

2）木村正中氏（『土佐日記・貫之集』新潮社、１９８８年）によれば、「より」は経過する場所をしめすこととされていて、その通釈も「天空を通り過ぎていく月影を見ると秋の夜の月は避けるところなくあまねく照らしている」となっている。貫之の意図はこれだけでは、よく分からない。また田中喜美春氏によれば、「天つ空」とは宮中の意であるという（『貫之集全釈』風間書房、１９９７年、５２４頁）。したがってその通釈も「雲の上である宮中から地上の月の光を見ると、避ける所がないように一面に照らす秋の月であるよ」となる。これも今一つ明確なイメージがつかめない。木村氏の訳では、なぜ月が天空を通過する必要があるのか、また田中氏の訳では、内裏があった京都盆地のような低いところからどのようにして、地上の月の光を見下ろすことができるのかという疑問が残る。

3）木村正中『土佐日記・貫之集』（新潮社、１９８８年）１９９頁。

4）田中喜美春、田中恭子『貫之集全釈』（風間書房、１９９７年）３８７頁。

5）木村正中『土佐日記・貫之集』（新潮社、１９８８年）１０９頁。

第四章　伊勢　怒濤と超出

越境する桜　伊勢と貫之

朝忠朝臣となりに侍りけるに、桜のいたう散りければいひつかはしける
垣越しに散り来る花を見るよりは根込めに風の吹きも越さなん
（『後撰和歌集』）

隣家である藤原朝忠の家の桜の大木の花弁が、生垣を越えて自分の庭に降ってきた。そこで伊勢は一首したためて届けさせた。「垣根越しに、ちらちらと桜の花が散ってくるくらいならば、いっそうのこと、風が桜の大木を根ごと、うちの庭に吹き寄せてくれればいいのに」。この「根ごと」に着目したい。もし根ごと自分の庭に桜の木が吹き寄せるのであれば、恐ろしく強い風が吹いたことになる。風によって地表から抜き取られ、むき出しになった桜の根が、垣根を突き破って押し寄せて来るのだから、凄まじい状況だ。万一、そんな強い風が吹いたら、桜の花弁などは一枚残らず吹き飛んでしまうだろう。ここには、小野小町などの歌に見られるような、可愛らしさや、愛らしさは微塵もない。この歌の主題は、隣の庭の桜の花の鑑賞ではなく、「いっそうのこと」という表現に見える、跳躍であることを見逃してはならない。彼女はその時点で現実に居ながらにして現実を超えている。彼女の思い描いているのは、嵐の後の花のない桜ではなく、満開の花が自分の庭にふんわりと吹き寄せてくることだ。ともあれ、この歌からは、世間的な常識に

はとらわれない、あふれ出る生命力をそなえた作者の魅力的な人柄が見えてくる。伊勢には、ほかにもよく知られた桜の歌がいつくかある。

弥生に閏月ありける年、詠みける

桜花春加はれる年だにも人の心に飽かれやはせぬ

この歌の意は「今年は三月が閏月。二回も同じ月が来るというのに、桜の花は飽きるほどには永くは咲いてくれない」である。堪能しないうちに桜が散ってしまうことへの不満が歌われている。貫之は、桜の花が散った後も、いろいろな形で、そのようすが、その追想を歌の中に詠みこんでは、はかない桜の花を時間から切り離して永遠化しようとしてきた。貫之の桜は、一度記憶の中にセーヴされ、一定の時間が経った後、再度意識上にロードされる。それは、永遠に繰り返し可能である。これに対して、伊勢の場合は、一度、散ってしまったらすべてがお終いである。その時の圧倒的な花の姿は再現不可能なものと伊勢は考える。伊勢にとって桜とは、現にそこにあるプレゼンスな現象に他ならない。

亭子院歌合の時、詠める

見る人もなき山里の桜花他の散りなん後ぞ咲かまし

「都の桜が散った後に咲いてくれれば、誰も鑑賞することのない山里の桜であろうとも、直接私が行って見ることもできるのに」。桜はいっぺんに咲いてしまうので、どれもこれも同時に見て回ることができない不満を述べたのが、この歌である。遠い山里に咲く桜の花を想像するだけでは、とても満足できない。それぞれの桜を自分の足で現場まで行って、直接みないと気がすまない。ここでの桜はプレゼンス、つまり現に目の前にある姿としてイメージされていて、貫之のように、回想や想像の対象ではないのは明らかだ。

斎院屏風に、山みちゆく人ある所

散り散らず聞かまほしきを古里の花見て帰る人もあはなん

山道を歩いている人の描かれた屏風絵を見て、という詞書がある。「桜の花はもう散ってしまったのかな、それともまだ咲いているのかな、それが知りたいから、山里に行って帰ってきた人にせめて訊くことができたらなあ」。桜の咲く古里には行けないから、実際に桜を見てきた人に便りを直接、聞きたいと願う。ここでも、伊勢の実際の桜を前に肉眼でそれを堪能したいという願望を読み取ることができる。伊勢は満開の桜が散り終わった後に、回想によってそれを思い描く、という貫之的な形式を好まず、桜の前になんとしても立ちたい。それが出来ないのであれば、せめて体験した人の直接の伝聞に頼りたいと願う。

このように、満開の桜を直接、その前に立って鑑賞したいというのが、伊勢である。隣の庭に勝手には入れないとなれば、桜のほうをこちらに呼び寄せようとするしかない。それが冒頭に引いた歌の本態である。しかし、なぜ伊勢はこれほど破壊的な歌を詠んだのか。その理由は、別に考えなければならないだろう。想定される解釈として、朝忠に恋心を抱いたかもしれないということがある。及び腰であった朝忠に対して、伊勢が本気で自分で突進してきてはどうか、と挑発している歌のように見えなくもない。しかし、これには相当の無理がある。なぜなら、歌を詠んだ相手の朝忠が生まれたのは、九一〇年。一方、伊勢は八七四年か八七二年の誕生。この歌の詠まれた時期は、朝忠が自宅を構えていることから、いくら早くとも、朝忠の元服後である。この時、伊勢は若くても五十六歳、おそらくは六十歳を越している。親子以上に年齢が離れた二人の間に、恋愛感情が生まれるというのは、不自然過ぎる。となると、このエモーショナルな激越さは、別の何かに向けられたものではなかったかと推察される。

朝忠は、『古今集』成立の時点ではまだ誕生していなかったが、その『古今集』の「春の下の巻」にある桜の歌と比較すると、この歌の持つ小気味良い、破壊力が理解されてくる。幾分、繰り返しになるが、『古今集』にみられる、他の歌人たちの一連の「散る桜の歌」を今一度列挙してみよう。そこには、一切の運動の方向の描写が忌避されているのが確認できる。

雲林院にて、桜の散りけるを見て、詠める
桜散る花の所は春ながら雪ぞ降りつつ消えがてにする　承均法師
花散らす風の宿りは誰か知る我に教えよ行きて恨みむ　素性法師
桜の花の散るを、詠める
久方の光のどけき春の日にしづ心なく花の散るらん　紀友則
春宮帯刀陣にて、桜の花の散るを、詠める
春風は花の辺りを避きて吹け心づからやうつろふと見む　藤原好風
桜の散るを、詠める
雪とのみ降るだにあるを桜花如何に散れかと風の吹くらん　大河内躬恒
比叡に登りて、帰りまうで来て、詠める
山高み見つつ我が来し桜花風は心に任すべらなり　貫之
亭子院歌合歌
桜花散りぬる風の名残には水なき空に浪ぞ立ちける　貫之

最初の承均法師の歌には、「桜の花の散っているのを見て」という詞書がある。桜は木の下に散っている。「桜散る花の所」とは「桜の花が散っている所」であり、「散って行く所」ではない。無数の桜の花弁はどこかへ向かって散っていくのではなく、桜が咲いている根元に散る。ここには、桜の花弁の運動の方向は示されていない。次の素性法師の歌は、風が吹いて散るのだから、花弁はどこかに向かって散っていくはずである。しかしここでも、運動の方向があるのは、風だけで、花弁の方向性は、意図的なほどに、明示されてはいない。運動の方向は、恨み言を言いに行く作者の方に集中して終わっている。また紀友則の歌では、カメラワークにおけるパンの固定がみえる。どんなに桜の花弁が散ろうとも、彼の視線は固定されたまま、ひたすら雪のように散る無数の桜の花弁をぼんやり眺めているだけである。花弁がどこから落ちてきて、どこに向かうかを探ることはなく、花弁の方向は問題になっていない。好風の歌では、「花の辺り」という表現がある。「風は桜のあたりを避けて吹け、桜がおのずから散るのを見たい」という。ここでも、風が吹けば、桜の花弁はどこかへ飛んでいくのだが、あくまで作者が望むのは、自発的に桜の木の根元で散る姿である。ここでも意図的に花弁の運動の方向が意識化されないようにしている趣きが強い。最後の貫之の二首では、桜は時間的にも空間的にも、作者から離れている。したがって、彼のいるところまで花びらが散ってくることもないし、過ぎ去った時空間から花弁が吹き込んでやってくることもない。桜の花弁が記憶を浮遊することはあっても、時空を超えることはない。桜の花弁が枝から地表へ、もしくは、肩の上へ、烏帽子の上へ、袖の上へ、水の上へ、地上へ、さらには塀を越えて家の中に散っていく姿は、一切描かれない。これほどまでに明確に、『古今集』では、一定の方向を持った桜の花弁の運動が忌避されていた。

こうした、いわば歌作りをめぐる貫之のカノンを伊勢もまた、知らなかったはずはないだろう。実際に、貫之がそうした歌だけを『古今集』に載せた結果なのか、それとも桜をそのように歌うことが、『古今』以前の歌人達の間で暗黙の了解になっていたのか、カノンをめぐる真相は今となっては分からない。だが、とにかく伊勢は、貫之のカノンを堅持する歌作りの環境や、それを守ろうとする歌人達に広がる空気というものに、同意してはいなかったようだ。だからこそ、先のような破壊的な和歌を意識的に詠んだのではなかったか。伊勢も最初は、目の前のものを描写する万葉的なスタイル、つまりは、そうした機会を描写することで満足していたのだろう。最後に、伊勢による以下の四首をみてみると、冒頭に取り上げた歌が一日にして出来たものではなく、長い製作時間を経て昇華されていった歌であることを伺い知ることが出来る。

春にさへ忘られにたる宿なれば色比ぶべき花だにもなし

（訳）春にさえ忘れられてしまっている我が家ですから、頂いた花に比べられるような花が咲いているわけもありません。

追い風の我が宿にだに吹き来ずは居ながら空の花を見ましや

（訳）追い風が我が家に吹いて来なかったならば、いながらにして空に舞う花を見ることができたでしょうか。

垣越しに見れども飽かず桜花根ながら風の吹きも越さなむ

（訳）垣根越しに見ているだけでも飽きずに見てはいますが、やっぱり物足りないものです。いっそうのこと、根ごと風がこちらに吹き寄せてくれれば良いのです。

垣越しに散り来る花を見るよりは根込めに風の吹きも越さなん

（訳）垣根越しにチラチラ桜が吹かれてくるのを見るくらいならば、いっそうのこと、風が根ごと我が家にふきよせてくれればいいのに。

三首目の歌では、最初に垣根を越えるのは、桜の花弁ではなく、彼女の視線である。おそらくこれが事実であったからであろう。次の段階に発展させるよう伊勢に奮い立たせたのは、貫之が『古今集』に導入したカノンを明確に意識したようである。ここで彼女の歌の展開過程を追ってみよう。

第一首目は、老境に入った女性が、隣人から桜の枝を届けられた時に、「もう私の青春はとっくに終わってしまいました、こちらの庭には、そちらの桜に匹敵するような花など一つもありません」と打ちひしがれて応えているが、その後、風によって隣の桜が届けられるのを見ると、うきうきしてきて、風が花の配達人になったと喜ぶ。次の歌では、まるで若返ったように彼女の若き日の積極性が顕現して、「垣根越しに見るくらいなら、いっそうのこと風が根ごと吹き寄せてくれればいいのに」といった具合に、生き生きした冒頭の歌にさらにダイナミックに展開していく。連作として詠まれたのではない可能性も大いにあるが、いかに各々の歌の間に時間的な間隔があったにせよ、また制作順と必ずしも一致しないにせよ、このように歌を並べていくと、そこには、巻貝にみられるダイナミックシンメトリーのような、伊勢の精神の爆発的な拡大・拡張を明瞭に見てとることができる。それこそが「伊勢的なもの」とでも呼称すべきものである。伊勢は、動くものに異様なまでに惹き付けられる。伊勢には、カノンには収まりきれない爆発的エネルギーがあって、それが以下のような歌も詠ませた。

浪の花沖から咲きて散りくらめ水の春とは風やなるらむ

この歌は『古今集』の「物の名」の項にあり、唐崎の地名が歌中に織り込まれていることが知られている。唐崎は琵琶湖の西岸に位置し、唐崎神社がある。それは、琵琶湖に向かって東にわずかに突き出した岬の突端に位置し、その小高い丘からは、広く琵琶湖を見渡すことができる。おそらく伊勢は、婦人病に苦しんでいて、唐崎神社を薦められ、祈禱のために訪れたのだろう。その際、地名を幾度か耳にして掛詞の「唐崎＝から咲き」の意を得たと考えられる。唐崎に立つと、沖は東側になる。伊勢は、琵琶湖の西岸に位置する唐崎に立って、東から吹いてくる風を受けた。東風とは道真の「東風吹かば」の歌にもあるように、古来、春を告げる風である。波の花が春風と共に沖から咲いてくる。もし春、真っ盛りであれば、実際の花を見ればよく、何も波に花を見立てて想像する必要はない。このことからも、季節はまだ花が咲いていない早春と考えられる。春の予兆を、さらには、自らの病の快癒を、彼女は東風がもたらす波に向かって祈願した。伊勢は、こうして、琵琶湖を見下ろす唐崎神社の丘の上に立っていた。しかし、沖から春の波が押し寄せる光景を眺めた時、彼女は、まるで幾重にも重なる山々の桜が、遠くから徐々に咲き始め、こちらに向かって散り舞ってくるような、時間の流れを超えた光景を幻視した。それは、現実の風景に重ねられた、もう一つのダブルイメージである。一つはこちらに向かって押し寄せる琵琶湖面の波、もう一つは、山々を越えて花を咲かせながら押し寄せてくる壮大な春。この二つのイメージが折り重なって、歌の光景を顕現させる。この歌でさらに注目すべきは、波が崩れる有様を「花が散りくる」、つまり、散るという垂直方向の運動と、来るという水平方向の移動を重ねていることである。この二つの運動が、運動の方向をもつ「散り来る」の語となった。そのため貫之は、この歌を「桜の歌」の項には入れることが当然出来ず、「物の名」の項に収めたとも考えられる。

梅か桜か

唐崎の歌は意識的に貫之のカノンを破壊しようとするものではなかったかもしれない。少なくとも、歌自体が「物の名」という項に入れられることによって、貫之のカノンの制約を受けずに、『古今集』中に収められ得た。次の『古今集』に収められた伊勢の歌の場合はどうだろう。ほぼ同じ歌が『伊勢集』にもある。

年を経て花の鏡となる水は散りかかるをや曇るといふらむ　伊勢

京極院に亭子みかどおはしまして花の宴せさせたまふに、まゐれとおほせらるれば、みにまゐれり、いけに花ちれり

年毎に花の鏡となる水は散り掛かるをや曇るといふらん

『伊勢集』の場合は、詞書にみえる「花の宴」の語から、桜の花をめでた歌であることが分かる。『古今集』では、鏡に焦点が当たっているから、「年毎」ではなく、〈「年を経て」曇る鏡〉という語に変わる。問題は、花か鏡かではなく、『伊勢集』では桜であったものが、『古今集』ではなぜ梅になっているか、である。この不可解な現象を解くヒントとなるのが、植物学的考察であろう。桜も梅も、共にバラ科に属する植物で、きわめて似ているが、その花弁の量に大きな違いがある。梅の花は桜の花に比べて、枝当たりの花弁が著しく少ない。この差異は何でもないようで、我々人間にとって、本質的課題を含みこんでいる。例を取れば、ヨーロッパ十七世紀バロックの時代、描かれる人間の数の多さ少なさをめぐって画家たちの間で論争が行われた

ことがある。イルージョニズムのコルトーナと、古典主義のサッキとの対立である。一枚の絵に描かれる人体の数が違うことが、主義主張を左右する焦点になった。現代から振り返ってみれば、両者の間に大した違いを見ることはできないかもしれないが、数の差が重大な意味を持った。花の話に戻せば、水に落ちる花弁の数の違いが花によって違う意味は、これにも増して大きいかもしれない。そもそも水面が花弁ですべて覆われなければ、曇る、という表現は出てこない。仮にそれが梅であれば、水面の上に点在するドットにすぎず、花弁が水面を覆うことはほぼ、ありえない。逆に花弁が桜であればその数の多さから、容易に水面を覆いうる。そう考えると、桜が歌われた『伊勢集』の歌の方が正しく、オリジナルということになる。

それではなぜ、『古今集』の編者・貫之は、この歌をあえて意図的に誤読してまで、梅の項に入れたのか。それはすべて「散り掛かる」の語に起因する。「散り掛かる」とは、あるものに向かって散っていくことである。貫之にとってみれば、それは明確な運動の方向を持つ語である。つまり、この動詞は桜の歌には使ってはならないものだったのだ。実際、『古今和歌集』には「桜」と「散りかかる」の二語の組み合わせをもった歌は、一切ない。貫之にしてみれば、この花は、何が何でも、桜の花でなければならなかった。おそらく貫之は「この歌は優れている、だから、これを梅の花にしてしまおう、そうすれば『古今和歌集』に収録できる」と考えたのだろう。すでに述べたとおり、桜とは逆に、梅の花は明確な運動の方向を持って詠まれる。だから何の問題もない。断っておくが、この歌の曲解は、貫之の作り上げたカノンを、機会があれば、逸脱しようとする伊勢に対する、貫之の反撃ではない。多少、作者の意図とは異なっても、できるだけ多くの伊勢の和歌を『古今集』に採録しようとした結果である。ともあれ、貫之の曲解は、自らの編纂原理と、秀逸な伊勢の歌との間の妥協を目指した、好意的なものであった。

実在と意識

次の伊勢の歌では、貫之が求め続けた意識の自立と、それに対峙する実在との相克が問題にされている。

水底に映る桜の影みればこの川面ぞ発ち憂かりける

ここで伊勢は、意外にも貫之に特徴的な「水底」の語を使う。他方、「川面」の方は、文字通りの水面を意味する。伊勢がなぜ同じ水面を、二つの語で呼び分けたのだろうか。上の句では、作者は水面を覗き込んで、そこに映る桜の姿を眺めている。真上には実際の桜が咲いているから、そちらに目が行ってもいい。だが、作者の関心と眼差しは、実物の桜よりも写像の桜に向けられる。これは、いかにも貫之的である。なぜなら、先に検証したように、彼は意識が積極的に関わる写像を重んじていたからだ。そうして映された桜の姿にうっとりしていた作者も、やがてそこを立ち去ることになる。それが下の句である。そこでは、覗いていた主体が去れば、水鏡に開いていたもう一つの世界が、一瞬にして奥行きのない平面に変わる。

我々が鏡を見る場合、それをガラスに銀を蒸着した板とは捉えない。そこに三次元の奥行きをみる。しかしそれは、人がその前に立った時だけである。ひとたび人が鏡の前を去れば、鏡はガラス板に戻る。水鏡もおなじである。伊勢は観察者の在／不在によって、同じ水面がスイッチのように切り変わるダイナミックなモーメントに注目した。それがこの歌である。

ちなみに伊勢の「水底」の用例は、この一首のみであることから見ても、貫之を意識していたのは明らかだ。挑発的な伊勢が、貫之のスタイルに従順なわけがない。鏡はその前に人が立つ時のみ、三次元の空間が開くと伊勢は考えた。それは鏡像の前に人がいようがいまいが、そこには常に別世界が開き続けいているとする貫之の見方とは、相反するものだった。以下はその例である。

人知れず越ゆと思ひしあしひきの山下水に影はみえつつ

誰にも知られることなく山を越えたつもりでいたのに、山を越えた際、山下水が自分を見ていた、と貫之は述懐する。「山下水」とは不思議な表現である。山を越える時、貫之は、水際を歩いていた、あるいは水溜りを飛び越えたのか。とにかく彼の影を、下から、水中が覗き込んでいたという。水が人格を持ったわけでも、水中に誰かがいた訳でもない。映っていたのに気づいたのも、水中から逆さまの自分を見ていたのも、すべて貫之自身である。かつて山を登っていた自分を、まったくの他人として、自分で鏡の裏側から見ている、というのがこの歌の世界である。貫之は、水には時間を超越した意識空間が開いていると考えている。この「山下水」の語には、「水底」同様、物質に対する意識の優先性、現実からの意識の自立を促すある種の魔力が備わっている。

話を伊勢に戻そう。伊勢は、他にも、「水の面に綾織り乱る春雨や山の緑をなべて染むらん」で、別の水の姿を描いている。この歌では、春雨が綾織のように降り注いで、水面が乱れる様を描いている。当然、水鏡はかき消されるから、そこにものが映ることはありえない。また水面が雨で波立っているのだから、水の深みへの意識も働かない。この際、水はまったくの基体、物体として現れている。事実、水の色も、固有色の緑色である。

あるいは、伊勢は水の深みを次のように詠う。

浮き草舟にて採るところ

根を絶えて水にとまれる浮き草は池の深さを頼むなりけり

水草が生えているのだから、それは、澄んでいない大きな沼、もしくは池ということになる。この時、水の深さは透明さからは分からない。深度は視覚化されていない。しかし、伊勢は根を下ろさない水草を見て、水の深さを想像している。彼女は、大陸的な概念である深度に対して、敏感な感覚を持っていた。次の水をめぐる歌では、貫之にとっては実在と等価の写像が、実在の前では、単なる幻であることを指摘している。

水のほとりに梅の花咲けりけるを、詠める
春ごとに流れる河を花と見て折られぬ水に袖や濡れなむ

川に映る花を実在と信じる者が、実際にそこに手を伸ばしてみても、花には手が届かず、袖が濡れるだけだという。実在世界と写像世界とが交われば、実在を装う写像世界が偽りであることがたちまちばれてしまう、という指摘だ。だがこの歌は単なる自問にとどまらない。貫之に対する当てつけであった可能性もある。というのも、貫之は晩年、『土佐日記』の中で、水鏡に対して自らの身体をもって入っていくが、それは生涯における最大の冒険だったからだ1)。貫之にとって、水鏡に手を伸ばすことは鏡の破壊、つまり意識の破壊を意味した。最後にもう一つ、身体と水鏡とが関わる歌を貫之は歌っている。手に掬った水に月影が映るさまを歌ったものだが、それは彼の意識の消失を意味する辞世の句であった。

手に結ぶ水に宿れる月影の在るか無きかの世にこそあれ

「水底」とは、二次元の平面に投影された鏡像にすぎない。しかしそれが貫之の魔術にかかると、現実空間から自立したもう一つの三次元世界がそこに現出する。実際には水面に映るということは「水鏡」である。しかしその語を彼が生涯、忌避し続けたのは、貫之の考えるもう一つの世界がその言葉によって、平面に押しつぶされてしまうことを避けたかったからである。だが、いったん和歌が「水底」を獲得してしまえば、それは二度と鏡像には戻らない。「水底」は、観察者がいようがいまいが、三次元の奥行きを持った永遠の空間を開示し続ける。こうした思想にもとづく「水底」の語をもつ歌が、貫之には十二首も見られる。その一部を紹介しよう。

二つ来ぬ春と思へど影見れば水底にさへ花ぞ散りける

この歌では、春はこの世界のみならず、水中の、もう一つの世界にも同じようにやって来ることが歌われている。そこでは、映す世界／映される世界の間には、もはや主従関係も上下関係もなく、等価なものになっている。ここでは、実世界で花を折っただけなのに、水辺の虚の世界の花までも折られているのか、と驚き疑う。この感覚を支えているのは、水面の像は単なる写像でなく、自立した世界を形成している、という貫之の強い信仰に他ならない。

川辺なる花をし折れば水底の影もともしくなりぬべらなり

この歌では、空の月だけでも十分なのに、水の世界にも同じような月がもう一つあると驚いている。ここでは空の世界と水の世界が並立している。

空にのみ見れども飽かぬ月影の水底にさへまたもあるかな

この歌は前述の歌の発展形である。山の端から出てくる月のほかに、水底からも、もう一つの別の月が出てくることへの驚嘆が描かれている。月は二つ、パラレルな形で存在する。

二つなきものと思ふを水底に山の端ならで出づる月影

貫之が生きた時代においては、寝殿造りなるものは、左右対称に作られていた。以下の歌にある「対」も寝殿造りの両翼のように伸びた別殿を指す。

後の時代になると、主殿の背後に、相変わらず単独の「対」と名づけられた別殿を設けるが、それは、もはや対ではなくなっていた。ここでの対はまだ、対称性を残していると考えられる。それが万一、単独で、建物の背後にあれば、そこから池を望むことは出来ない。したがって「対に群れ居る」とは、二手に分かれた女達が建物の左右の両翼に立って、そこから水面を覗き込んでいることになる。貫之はそれを中央の寝殿から眺めている。左右には水面を覗き込む女性たちがいて、上下には実際の月と映った月が向かい合っている。左右が共にリアルであるように、上下もまた共に現実であると貫之は言う。

女どもの池の辺なる対に群れ居て水の底をみる
月影のみゆるにつけて水底を天つ空とや思ひまどはむ

以上の五首から、貫之が、水面に映っている世界が空の世界と並行して存在する、もう一つの自立世界であったと捉えていたことが了解できる。これらの歌は、水について述べながら、「映すもの／映されるもの」との関係が、そこに描かれる内容や光景をこえて、中国から自立しようとしていた当時の地政的日本、あるいは、意識の身体からの自立という形而上的な達成、というような多義的な解釈を誘う多義性を含有している[2)]。ふたたび伊勢の歌に戻ろう。

水のほとりに梅の花咲けりけるを、詠める
春ごとに流れる河を花と見て折られぬ水に袖や濡れなむ

女性である伊勢は、ここまで見てきたような純粋意識を至上のものとする貫之の思考法に異議を覚えた。水が投影した花という幻影は、実際に手を伸ばすと消え、ただ袖が濡れる結果だけをもたらすではないか。水に映った世界は自立したものなどではなく、単なる幻影で、水は物質以上のものではないというのが、伊勢の考えである。意識の自立性というものは、人間が行為に及んだ瞬間、解体すると彼女は主張する。それは、伊勢が現実世界を行為する人であったことの証といってもよい。だからといって、伊勢に想像世界が無かったわけではない。伊勢はむしろ、自由に天空を駆け巡るような想像力に恵まれていたと言わなければならない。しかし彼女の想像界は、物質界を超え出るものではなく、物質界の限りない延長として展開していた。彼女の現実は延長していくと、想像界に繋がっていく。それは、彼女の魂の広大さというよりも、物質によって構成されるこの世界の巨大さとでも言うべきものである。彼女の精神の飛翔とは、あくまで物質世界におけるものであった。他方、貫之は世界を物質世界と意識世界に峻別して捉えていた。二つは決してあい見(まみ)えることなく、どこまでもスタティックに並行して存立した。伊勢の歌は、水面の反映のうちに、現実から自立した、もう一つの世界の存在を信じようとした貫之に対して、それは自己欺瞞であるという批判を向けたものと理解できる。伊勢は、貫之が実在であるとした純粋意識世界が、現実と接することで、たちまち単なる幻影に変わることを歌で指摘した。しかし、貫之に言わせれば、この現実世界のみならず、最も確かな存在である我、という実在さえも、最終的には、単なる仮象であることを見抜いていた。彼の辞世の歌は、そのように解釈することも可能である。

　手に結ぶ水に宿れる月影の在るか無きかの世にこそあれ

　自分の命は掬い上げた水に映る月影に等しいという。人が水を飲み干してしまえば、それは消えてしまう。ここで間違えてはならないのは、水を掬い上げたのが彼ではないことだ。この月は神である。我々は神の反映に過ぎない。そうした中で、地上のあらゆるところで、水が掬い取られ、その度に月が映り込み、そして、水は飲み干される。手の中にあった月も消える。貫之は仏教や中国を避けたナショナリストだったが、実は、深いところで、インド的なものに通じていた部分もある。誤解を恐れず言えば、彼にはヒンズー的な要素まで含まれているように見える。意識というものを徹底的に追求したのは、インド文化で、そうした思索を続けた貫之が、生涯の最後に当たって、図らずもインド的な容貌を呈するようになったと言えるのではないか。この歌における、月とはブラーフマン、手に掬った水に写るもう一つの月はアートマン、という解釈もあながち無謀ではあるまい。これまでの貫之の心の中では「映されたもの／映すもの」は並行していた。水に映ったものは、その元のものと同等であり、また自立していると考えられてきた。ところが、死に際して、貫之は、この自立を放棄する。水という物質に宿った意識、月影は、在るともいえるし無いともいえる。それが自分の人生である、と貫之はいう。その時、これまで信奉してきた意識の物質界からの自立、それと同時に成り立っていた、日本の中国からの文化的自立、それらが、共に、神の前では幻想であったと告白したのかもしれない。

天空への飛翔　垂直

超越という言葉は、日本文化に最もなじまない語の一つである。確かに日本には霊験あらたかな神々は存在する。しかし、彼らは日常の隙間に恒常的に生きている。神が超越的な高みから下るという感覚は薄い。また底なしの深みに向かって落下するというイメージも希薄である。そうした「日本的なもの」を超え出る何かを、伊勢の中に見ることができる。

みなかみとむべもいひけり雲居より落ち来るごとも見ゆる滝かな

「みなかみ」とは水上であると同時に、「皆神」でもある。滝を見ていると、よく、みなかみとは言ったものだ、落雷のように、天から落ちてくるような滝である、と言う。この歌に顕著なように、彼女には見上げる方向である垂直、あるいは垂直的な落下感覚に特別の関心があった。次の歌も滝に関するものだ。

立ち縫はぬ衣着し人もなきものを何山姫の布さらすらん

「立ち縫はぬ衣着し人」とは天衣無縫の仙人のことである。その仙人に会うことはおろか、彼に付き従っている女性の山姫にも会うことは叶わず、ただ、彼女の布を晒している高い滝のみが見えるという。この歌では、まず背後に仙人が隠れ、その手前に山姫が控え、そのさらに手前に、彼らと我々とを隔てる白く大きな布としての滝が立ちふさがる。この歌でも垂直性が強調されているが、それだけではなく、人知を超えた深奥が顕れた趣きがある。これもどこか中国的な発想を持った和歌である。この歌を詠んで、滝の下を去った後に、以下の歌を詠んだと『伊勢集』にはあるが、それが本当かはわからない。このエピソードは、滝の歌の超日常性を強調するために、あとから誰かが付け加えたのかもしれない。

見も果てず空に消えなで限りなく厭ふ憂き世に身の帰り来る

朱雀院にて、人の、心にもあらず鶴を殺したりけるを、いまひとつの鶴、いみじう恋ひ鳴きたれば、雨のいみじく降る日
泣く声に沿ひて涙はのぼらねど雲の上より雨と降るかな

同じテーマがこちらの歌でも扱われている。鶴の悲しみが、雨となって雲の上から降ってくる。細い鶴の声が天までのびると、満天から涙の雨が降り注いでくる。我々の眼差しは常に水平を向いている。上に視線を向ける時私たちは日常を振り切っている。ここではそうした垂直が見て取れる。

人知れず物おもふ時のむら雨は身よりすてふはまことなりけり

人に隠れて物思いに沈んでいる時、突然降り出すにわか雨が、我が身から発している、と述懐するこの歌では、伊勢の身体が世界となる。身体から放

射された物思いのエネルギーは、そのまま空中へ広がっていき、にわか雨となって地上に降り注いでくる。もっと突き詰めれば、彼女の身体が世界まで膨張し、空全体に充満していると解釈してもよい。この巨大さこそ、伊勢の特徴の一つである。ちなみに、和泉式部の代表作とも言える以下の蛍の歌では、身から魂のように、蛍が放電していくさまが歌われている。

もの思へば沢の蛍もわが身よりあくがれ出づる魂かとぞ見る

（訳）あの人のことを想っていると、沢を飛んでいる蛍が、まるでじぶんの体から湧き出した魂のように見える。

この比較から、伊勢では世界が身体化され、和泉式部では、自己の身体が世界とされているのが分る。どちらが大きいかは言うまでもない。

いっそうのこと

心のみ雲居のほどに通ひつつ恋こそ渡れかささぎの橋

この歌で「雲居に通う」のは「心」だけで、「身」は伴わない。身は地上に置き去りにされている。下の句では「恋」の語が表れ、それに対して作者は「かささぎの橋を渡れ」と呼びかける。ちなみに「かささぎの橋」は、相思相愛の夏彦星（彦星、牽牛星）と織姫星（織女星）が年に一度逢うために、渡る橋のことである。ここで興味深いのは、物思いというものが、身を地上に置き去りにして、心だけが雲居を通う、と伊勢が理解したことである。本来ならば、これほど身から離れていった心が、橋を渡っても恋は成就しない。彼女が祈願したのは、「心」でも「身」でもなく、身心が統一された状態が橋を渡り、そこで「恋」を成就させようということであった。しかし、心がこのように遠くさ迷いだしてしまう恋ならば、いっそうのこと、成就しがたい恋の方が天まで昇って、「かささぎの橋」を渡ってほしいという。

伊勢はみすぼらしい現実を甘受しようとして、呻吟する。そのため、しばしば物思いにふける。しかし甘受がある臨界点まで達すると、突然、爆発が起こる。一般の人の場合は、それは怒りや怨念となって現れるだろう。しかし伊勢の場合には、そうした個人的な情念ではない。想像力の開放となって現れる。これを人徳というのであろうか、そうした側面が多くの男性を惹きつけた。実際、失恋を嘆く歌が伊勢には多い。とりわけ彼女は、紅葉は自らの血の涙で染まった、という表現で名を馳せた。この恋の歌の場合も、相手の男性への恨み辛みは感じられない。ただ爆発は、いっそうのことという観念を伴って、恋の相手であるあなたを超えた、はるかなる世界に向けられる。この章の冒頭に掲げた、桜の歌と共通する性格がみられる。もう一度、戻って比較してみよう。

垣越しに散り来る花を見るよりは根込めに風の吹きも越さなん

どちらの歌にも「いっそうのことなら、こうした方が」という表現で、とてつもない想像力の飛躍が企てられる。ちなみに、伊勢が「心のみ」と記した時、その対である「身」が念頭にあったのはいうまでもない。二世紀以上後に、俊成女は「心のみが通う」という表現で、伊勢とはまったく違うが、以下のような哲学的な歌を詠んでいる。

身を厭ひ心を通ふ古里の籠に咲ける朝顔の花

「身」と俊成女が記した時、伊勢同様に、「心」がその対として彼女の心に思い描かれていたことは、その後に「心」の語が来るだけではなく、籬が心を通しても身を通さないことからも了解される。ここでは、身と心との再度の統一の実現はもはや望むべくもない。二人の歌人の違いは、単なる性格の違いばかりではない。二人の生きた時代が彼らの作品に深く影を落としている。如何に伊勢が苦悩したとはいえ、彼女は、愛の実現を祈願できるような、日本文化の最盛期に生きていた。それに対して、俊成女はそれを望むべくもなかった。

怒　濤

うみづらなる家に、藤の花咲きたり

我が宿のかげともたのむ藤の花打ち寄り来とも浪に折らるな

この歌は「我が家の頼もしい主とも言える藤の花に海辺から波が押し寄せてきたとしても、その浪に幹を折られたりしないでね」と藤の花にせがんでいる。だがどうしてそうした大波が突然、浜辺を越えて彼女の家を襲ってくるのだろう。こうした現実離れした想像を、伊勢は得意とした。万一怒濤が押し寄せてきたら、家も藤もひとたまりもない。波の去った後は、荒涼とした風景が残るばかりである。だが、伊勢はその風景までを想像してこの歌を詠んではいない。ただ、藤の花が風にゆらゆらと揺れるのを見ているうちに、波を連想し、各々の揺れが大海原の大波へと拡大し、怒濤のように押し寄せて藤の花の波を吹き飛ばすのだろう。先に見た桜の歌の「隣の桜の木を根ごと吹き寄せる」というのも、随分大胆な情景であるが、この歌もどこかに情念の爆発をはらんでいる。

鶴立てるところ

はるかなるほどに立ち舞ふあしたづを我前近く浪は寄せなん

「遠くにたたずんで遊んでいる鶴を、いっそうのこと、海の大波が自分のところまで寄せてくれればいいのに」と詠っている歌だが、これもまた、いささか暴力的である。波が自分の立っている場所まで鶴を押し寄せてくれれば、というためには、鶴が飛び去る前に、波が襲わなければならないから、かなり強い波だ。鶴が怪我もなく、こちらまで押し流されてくるのか。どうやら、「……してくれればいいのに」と伊勢が言う時、結果のことなどはまるで眼中になく、その場で衝動的に祈願しているとしか思えないようなところがある。その意味では、伊勢は幾分、思慮分別を欠いた、よく言えば、世間的な常識にとらわれない、情熱的な女性であったということができるかもしれない。

次の歌でも、別れの涙が大波となって、それに乗って旅立っていく友人の船が登場してくる。

友達なる妻の筑紫へ行くとて
押さへつつ我は袖にぞ堰止むる船越す潮になさじとおもへば

意味は「私は涙を流すのをこらえ、袖に塞き止めています。筑紫へ行くあなたの乗った船を転覆させるほどそれが大きな波にならないように」といったところだ。ここでも怒濤のように押し寄せる波のイメージが繰り返されている。

次の歌は、直後に引用した『古今集』の東歌を本歌としている。

岸もなく潮し満ちなば松山を下にて浪は越さんとぞ思ふ　伊勢
君をおきてあだし心をわが持たば末の松山浪も越えなむ　東歌

元歌のほうは、男が恋人に対して、自分の忠誠心を誓う歌である。あまり深刻な宣誓とは思えない。男女は共に、実際の末の松山の風景を前にしている。女は男に対して、「あなたなんか、どうせ、いつか私を捨てるんだから」とでも、なじったのだろう。男は、「しょうがないなあ」というような顔をして、海の向こうに見える末の松山を指して「ほら、あそこに末の松山がみえるだろう、それを波が飲み込むなんてありえる？ それと同じだよ、お前を差し置いて、俺の気持ちが変わるなんて、そんなことあるわけがないだろう」と宥めている。ここで男が見ているのは、ありきたりな末の松山の風景だけで、そこにとんでもない高い波か津波が押し寄せて、島全体がすっかり飲み込まれるという異常な光景までを、思い描いていた訳がない。ただ、たわいのない、気楽な喩えとして、末の松山を持ち出しただけのことだ。しかし伊勢は怒濤が島を飲み込むことを本気に受け取っている。冒頭に「岸もなく」とあるので、我々読者は言葉通りに岸の見えない海のイメージをつむぎだす。なぜ岸が無いのかといえば、洪水か津波かが襲ったからである。そのくらい大きな波が地上を襲えば、当然、末の松山も水底にのまれてしまう。それと同じように、今、あなたは私に夢中だが、そのうち、あなたの大きすぎる情熱は、私を海の底に沈めて、私を通り越し、去ってしまうだろう、という比喩になっている。

次の歌は、最初は単なる「待つ」であったのを、東歌の「末の松山」に重ねて、上述の歌のさきがけとなったと考えられる。

人の心かはりたるころ、ゐになみのこえたるをみてかきつく
松かけてたのめし人もなけれども浪の越ゆるはなほぞ悲しき　伊勢

それほど信頼していた人でなくても、その人が、私を去っていくのを見るのは悲しいことであると歌っている。「松山」の語はまだ現れていない。ただ「待つ」と「松」とを掛けているに留まっている。また波が越えるという言葉のうちに、自分を捨てて去っていく、という意味を与えていることがわかる。この歌を詠んだ後、伊勢はおそらくあの東歌を目にした。そしてその中に、ありえない喩え、つまり想像を絶する比喩として持ち出された「末の松山を越える大波」を思い描き、その結果、あらゆる岸辺を呑み込む洪水をつむぎだしたのではなかったか。これは、旧約聖書の大洪水に重なるほど法外である。伊勢の後に続く歌人たちも、末の松山を好んで歌ったが、伊勢の広大かつ巨大な波に比べると、それらは皆、箱庭のそれにすぎなかった。他方、大海原のような伊勢にとっては、途方もない洪水も、地上の何もかも飲

み込む怒濤も、自らの現れだった。

男 と 女

「刀」は、もともと日本文化の根幹に関わる三種の神器の内の一つだが、二百五十年間以上、死刑が廃止されていた平安・日本においては、雅の精神にそぐわないとされていたようだ。実際、「八代集」すべてにわたって、読み人知らずの歌「唐衣我はかたなのふれなくにまづたつ物はなき名なりけり」(『拾遺集』) を唯一の例外として、「刀」という語は歌の中には登場しないようである。平安文化に見られる、過剰な雅への傾斜は、その後の日本の歴史を大きく逆転させた。文官が武官を徹底的に制御するシビリアンコントロールの伝統を持つ中国文化圏から逸脱して、武力をアウトソーシングした平安国家は、結果的には逆の方向に突進していき、日本は権力を武人に委ねる武断国家となった。歴史はなんとも皮肉である。「八代集」の内の例外の一首の歌といえども、刀には殺人の道具としてのイメージは薄い。この歌の中では、命を絶つの「絶つ」から布を「裁つ」へ、そして「立つ」へと意味が二度も滑っていくことで、もともと「刀」に潜んでいる、命を絶つという意味合いは消えている。この「詠み人知らず」の歌は、それより後に編纂された『拾遺集』に収録されものである。一般に「詠み人知らずの時代」は、「六歌仙時代」に先行するものであり、さらに伊勢は、六歌仙よりも後の生まれであるから、伊勢がこの歌を下敷きにしたと見ていいだろう。男ならまだしも、当時の女性が「刀」の語を歌に詠み込むことは、じつに異例のことであった。

明けぬともたたじとぞ思ふ唐錦君が心し刀ならずは

(訳) あなたが私の家に泊まって、たちまち朝が来てしまったけれど、もしや、今まで私たちが織り上げてきた錦のようにすばらしい愛の織物を、一刀の元に、あなたが切り落として、さっさとこの家から発つわけなどないですよね。

ここには軍事的な痕跡も殺人の影も一切ない。ただ決断するもの、果敢なもの、つまりは男性社会への無言の抗議が、垣間見られるだけである。典型的に男性象徴の「刀」を使いながら、アイロニカルな形でそれを相手に対する攻撃の手段にしているところが、いかにも平和主義的な伊勢らしい。

箱作り背中合はせになりぬとも同じ心に結ばれぞせん

この歌は、彼女の友人が、伊勢とは異なる政治勢力に属したゆえに離反することになってしまったのを、「箱作りで背中合わせになる」と表現している。「箱作り」という語は他に例がなく、意味も定かではない。歌から察する限り、この箱とは、それ単体を、背中合わせになった二人で担ぐものらしい。そうなると、一方が前に進めば、他方は不安定な歩みで後ずさりしなければならない。つまり、この語は、一方に有利であれば他方には決定的に不利な状況をつくりだす、安定して平和な社会に割って入って対立を生み出す奇妙な装置なのである。こうした語は、男社会に対して常に違和を感じていた伊勢であればこそ作り出しえた、シュールレアリストのジョルジョ・デ・キリコが描き出しそうな、不思議なイメージをもつ。この箱は、男性社会が作り出した、どこか角々しい、身体にそぐわない、何者かである点で、刀と重なる。ともあれ、党派に与することより、そこから超出することを常に強く望み、つまらぬ約束事や、貫之のカノンの開放を望んだのが伊勢である。その顕著な一例が、彼女が仕え、深く愛されてもいた温子の葬式での振る舞いに対する顛末を詠んだ次の歌だ。この歌は、これまで文学者によって、「狂気の沙汰」とまで解釈されている。

東七条のきさいの宮かくれたまへりける比、かいねりの濃しを検非違使のいさめむとしければよみける
ふか草にきみをまどはしてわぶる身のなみだにそむる色とやは見ぬ

東七条きさいの宮・温子の葬儀で、彼女が裏も表も真っ赤な喪服を着て現れたので、入り口で検非違使に咎められ、その返答の際に詠んだとされる。「お慕い申し上げていた温子さまを死出の旅路に迷わしてしまった、ふがいない我が身は、悲しみにもだえ、涙も血に染まっています、それがあなたには分からないのですか?」と、彼女はこの歌で訴えた。彼女の歌「涙さへ時雨に添へて古里は紅葉の色も濃さぞまされる」の存在から、赤く染まるのは、悲しみの涙によることは検非違使も分かったのだろう。彼女は無事に葬儀場に通されたようである。一般には、これは錯乱の結果と理解されているようだが、決して狂気などではない。彼女が問題にしているのは、法と感情の相克である。彼女にとっては当たり前の行動でも、男によって構成される世間では、それは許しがたい脱法となる。これはギリシャ悲劇の『アンティゴネー』に匹敵するものとして理解することも出来るかもしれない。貫之が法を創ったとすれば、伊勢は法を超え出ようとする。貫之は、ネジもない、つなぎ目もない完璧な形式を作り出し、その中に純粋意識を投入することで、中国とは異なる独自の日本文化の自立を目指した。そうした、ともすれば人工的ともいえる彼の知的操作を、「日本も中国もあるものか」と、突き破ろうとしたのが伊勢であった。

ここまでからも明らかなように、二人は文字通り切磋琢磨しながら、和歌を詠んできたと想像される。年齢は伊勢のほうが十歳近く若く、お互い恋人同士である可能性もありそうだが、実際には、恋の歌はおろか、互いの歌の詞書にも互いの名前は一切見られない。和歌論を戦わせた手紙などもあっても不思議ではないが、それもまったく残っていない。確かなのは、これまで見てきたように、和歌から読み取れる間接的情報から、二人がおそらくは男女関係を超えた親密な関係であっただろう、ということだけである。少なくとも、貫之が伊勢を高く評価していたことをうかがわせる唯一の証拠は、『古今集』における女流歌人のうち、圧倒的収録数を誇るのが伊勢だということである。

注

１）２）この詳細については、拙論「トポスなきナショナリズムから他者としての身体へ
——貫之論」（『他者のトポロジー』書肆心水、２０１４年）を参照していただきたい。

第五章　復古歌人としての崇徳院

崇徳院は日本最大の怨霊の一人と信じられている。しかしながら、御歌を読み解く限り、そこにいかなる怨念や憎悪の痕跡も認めることができない。それでも、人々はこれまでひたすら院を敬して遠ざけ、先行研究も皆無に等しいような状況が続いている。それは、ただただ怨霊を恐れるあまりのことであろう。しかしここではっきり言っておく。院の怨霊など存在しない。それでも崇徳院の怨霊が今なおいるならば、それは無名の悪霊達が院と称して人々の恐怖のエネルギーを取り込み、世間に悪さを成しているだけの話である。確かに院は、二百数十年に及ぶ平安の時代を破り、血なまぐさい保元の乱の中心人物となられた。筆者は、院の和歌と史実との間にある大いなる矛盾に関しては、常に理解に苦しむ。敵方に挑発を受けられ、味方側には誘導なさられたとしても、その御歌からあふれ出る優しいお人柄を考慮すればするほど、この事実は不可解である。院の御不満が多少あったにせよ、保元の乱を起されるに至った主たる理由には、『今鏡』に記された復古の御意思「御こころばへ、絶へたる事を継ぎ、古き跡を興さんと思召せり」（崇徳院はすでに消滅してしまったものを掘り起こして継承し、古き良き時代の遺跡を再興なされようとされた）にあられたのではないか。院の復古のもともとの源泉とは、一体何であられたのか。

そこには、院の事実上の御尊父が、曾祖父・白川院であったかもしれないことが深く関わっていたと拝見する。御自分が父親の御子ではなく、曾祖父の御子であった、といういかがわしい事実を院がどうお受け止めになられたか、が重要である。実際、院は、成長期に大きな選択を迫られておられた。

一つは、曾祖父以上に過激なアノミーに走られること、もう一つは、曾祖父との血縁の因縁を断ち切って、襟を正して、正道に戻られることである。院は後者を選択され、その結果が復古へとつながっていったと考えられる。

さて、復古への強い御意志は院をして、和歌世界に、古今回帰を実現なさることになったことを忘れてはならない。院は『古今集』の時代ですら不文律であった貫之の桜と梅に見られるカノンを独自に発掘され、それを自らの御歌制作において遵守された。それらの歌に関しては、後に詳しく述べることにする。その他の御歌においても、しばしば貫之の主知主義を倣われておられる。いうなれば、院が和歌の古典に求められたものは、法であり、真の父であり、貫之はまさにその人であった。院は絶対的な孤独の中で貫之に出会われ、ただお一人、貫之の理念に従われたといってもよい。したがって院は、貫之への敬意を同時代人の誰一人とも共有されてはいない。当時の多くの歌人たちの中心的存在であられたものの、院は周囲からも孤立されていた。例外的に、政治的復古を唱えていた藤原頼長とは、復古という一点だけ共通するところをもたれ、最終的に保元の乱に加わられたのだろう。

だが、貫之に強く影響を受けられ、体制への意識を持つ皇族の御一人であった院であられながら、その御歌には、貫之の歌に見られた、日本文化、さらには日本国への意識というものが見当たらない。『古今集』時代の貫之は、大陸とは別個の日本文化を和歌によって創設するという強い使命を感じていた。そして、対句に見られる大陸的コントラストを、列島的なアナロジーとしての縁語に変換することをはじめ、当時の世界秩序であった冊封体制を受け入れつつも、その内部に、自立した、もう一つの秩序を作り上げようとする理念を、和歌を通して象徴的に造形化した。他方、院におかれては、こうした中国を中心とする世界観は、すでに成熟を迎えていた日本文化の環境下で、必要となさっておられなかったようである。当時の中国は海外への外交プレゼンスを低下させている一方で、日本は十分に確立していた。院が貫之に学ばれながらも、その御歌が私的で独白的なものに留まっておられるのは、貫之のカノンや主知的な手法をあくまでも私的な自己確立の手段とされているからである。権力の中心に限りなく近くにおられつつも、権力そのものを手中に収められることのなかった院がお残しになった御歌の趣向は、遠くの宋の徽宗とも、近くの花山院などとも性格を異にしていた。前者は、皇帝としての義務を放棄し、隔離された空間に安住し、私ごとの書や絵画に没頭した。また後者は、「狂気の天皇」と揶揄されながらも、また騙されて出家させられても運命に打ち砕かれることもなかった。形式ばった有職故実を破天荒にかなぐり捨てて、謝霊運の「謝公楽」を想起させるような、独創的で洒落たデザインや、発想の斬新な和歌、サイキックの修行、色事など、趣味三昧の生活を貫いて、享楽的かつ自由奔放に生きた。院の御歌は、こうした安逸や享楽とは対極な危機と災厄を内包している。実際、院のいくつかの御歌にあっては、当時の院をとりまいた政治史的状況がしばしば、象徴的な形象をとって深く滲み出しており、歴史の暗い影が深く落ちている。すでに述べたように、貫之を父と仰がれた院は、遵法の方であった。それは、実生活面でいえば、アクセルではなくブレーキを踏むことである。とりわけ争いや戦いにおいては、高い倫理性をお持ちになることは致命的である。保元の乱において、夜襲をかけようとした為朝の提案を頭から否定したのは、資料の上では、頼長になっているが、院の和歌から見える御人柄を想像する限り、そこには院の強い御意思が関わっておられたのではないかと個人的に疑わざるを得ない。かたや敵方である後白河院は、目的のためには手段を択ばない無教養かつポップでインモラルなマキャベリストで、こちらの方が何の抵抗もなく多勢に無勢で夜襲を決行し、院側はたちまち敗退されてしまう。もともと勢力の点でも圧倒的に劣勢であられたのに加えて、院の強い理念と高い倫理性が、敗北に拍車をかけられた、とも考えられる。

院は卓越した第一級の天才歌人であった。しかも最高権力の中枢に属されつつ、なお弱者に感情移入なさることのできる深い共感力と細やかな思いやりをお持ちの方であった。このような崇徳院の、豊穣にして優美で、形而上的洞察を備えた天賦の詩才は、嘆かわしいことに、亡くなられるとただちに轟々と燃え上がる陰火に取り囲まれた怨霊伝説の中に引きずり込まれて、歴史の彼方へと雲散霧消してしまった。こうした状況を確認した上で、以下では、崇徳院の御歌をあらためて日本詩歌史の中に位置づけ直したい。

貫之カノンの遵法

＊夢が世界を先取りする

朝夕に花待つころは思ひ寝の夢のうちにぞ咲き始めける　崇徳院

山寺に詣でたりけるに詠める

宿りして春の山辺に寝たる夜は夢のうちにも花ぞ散りける　貫之

和歌における夢の桜というイメージの起源は、貫之にある。桜を歌いつつも、それが『古今集』の桜の項に入れられていないのは仏教的な背景を持つためであることは、先に述べた。貫之は願い事があって寺に籠ったのであろう。ここにある「夢」とは、昼間に、繰り返し見た同じ光景を寝床に入って見る、一種の残像現象を指している。この歌で重要なのは、助詞「も」である。まず現実の桜が散っている。それに倣って夢の中の桜「も」散っている。現実の桜がメインで、夢の中の桜はその写像にすぎない。こうした思想を引き継いだ能因法師も、夜桜を夜桜として歌っているわけではない。夢に現れた桜である。昼に見た桜を彼は夜、夢に見た。桜の咲く春に夜がなければ、それを夢に見ることもなかっただろう、の意である。昼に見た桜を彼は夜、夢に見た。その後、『金葉集』時代の隆源法師は、これらとは一線を画する歌を詠んだ。それが次の歌である。「衣手に散る」「心に散る」という、運動の方向を持った桜の花弁の描写から、貫之のカノンがここでは、無視され、貫之の伝統は二重に崩れていく。ここに至って夜の桜は、昼から独立して併置される。

桜咲く春は夜だになかりせば夢にもものを思はざらまし　能因法師

衣手に昼は散りつつ桜花夜は心に掛かるなりけり　隆源法師

さらに、時代が下った院政期に入ると、夜桜を直接、肉眼で捉えた歌が出てくる。院とほぼ同時代の肥後の歌である。

春の夜は梢に宿る月の色を花に紛えてあかず見るかな

（訳）春の夜、月に照らし出された梢では、花と月の明るさが混交して見ていても飽きない。

山桜花の匂ひもさし添ひてあなおもしろや春の夜の月

（訳）山桜は香るものではあるが、それに勝って花に照らす春の月の面白さよ

ここでは、夜桜は昼の桜同様の鑑賞対象となっている。こうした風潮を崇徳院は苦々しく思われていたはずである。かつて貫之は「水底」の語をもって、水鏡を実像から自立させた。夜桜に対しても、同じ自立を夢の桜の形で与えようと崇徳院はお考えになられた。そうして生まれたのが、冒頭に掲げた御歌「朝夕に花待つころは思ひ寝の夢のうちにぞ咲き始めける」である。崇徳院にあられては、夢が現実から自立しているのみならず、現実を先取りする権限を夢に与えようとなさった。夢の桜は、現実の桜を先導する。これまで従属していたものが主となり、主であったものが従属者に変わる。現実と夢の関係が逆転するのだ。「保元物語」にある、院が口にされたという「民を皇に、皇を民にする」は、筆者にはとても事実とは思えないが、和歌の世界に限って言えば、このような主従関係の逆転が確認できる。

ちなみに、今では、夜桜の歌といえば、西行の「願はくば花の下にて春死なんそのきさらぎの望月の頃」を誰もが挙げるだろう。西行はもともと武士である。当時の武士は意志さえあれば、それを実現させるだけの力を持っていた。そうであればこそ、西行はこの歌を、身を持って実現した。まさに歌に詠んだのと同じ季節の満月の夜に、亡くなったからだ。一方、院におかれては、たとえどんなに意志したとしても、院の望まれるものは、取り巻く環境が許さなかった。不可避的に、願望が現実を乗り越えていく様を歌うほか

に術はなかった。

＊桜の香りのゾーン

花の香に衣は深くなりにけり木の下風の風のまにまに　貫之

「木の下の風が吹く風につれて、私の衣には深く桜の香りが漂うようになった」という。前章で考察した通り、貫之は、桜の花には運動の方向を与えなかった。それに対して、この歌では、桜の花の香りが枝から衣へと移動する様が描かれているようにみえる。つまり、貫之は自らのカノンを放棄した歌に見えるのだが、内実はそう簡単ではない。桜の花の香りが衣に移ったことを示すだけならば、「衣が深くなる」という表現は幾分、過剰である。もともと桜の花の香りは「深い」というほど濃厚でも、強くもない。となると「深い」は香りだけを指したものではないことが垣間見えてくる。桜の花の香りとはもともと弱く、「深く」なることはほぼないと言っても良い。それでは、この歌の情景で他に「深い」ことといえば何だろう。それは、桜の木の根元深くに、入って立っていたことだ。桜の大木の根元にいればこそ、あたりは桜の花の香りに囲まれて、香りも深い。大木の下は、いわば桜の香りのゾーン（領域）を形成していて、作者はその中心にいる。では、衣に桜の香りを深く入り込ませる風は、一体どこからやってきて、どこへ吹いていったのだろうか。この疑問は妥当ではない。なぜなら、もしそうであったならば、桜の花の弱い香りは、風と共に去ってしまったはずだからである。つまり、ここにある風とは、その木の下でのみ動く、そよ風のようなもの。あくまでも風は、桜の大木の下という特定のゾーン内部で揺らいでいて、どこへも移動しないがゆえに、花の香りは保たれている。桜を詠むに当たって、その香りに言及することはなかったから、香りのゾーンもないことになる。しかし花のゾーンという考え方は、実は、貫之以前の承均法師や藤原好風の歌にもすでに現れている。

雲林院にて、桜の花の散りけるを見てよめる

桜散る花の所は春ながら雪ぞ降りつつ消えがてにする　承均法師

春風は花のあたりを避きて吹け心ずからや移ろふと見む　藤原好風

これらの歌では、「ところ」、「あたり」という場所＝ゾーンが指定されている。桜はその場所でのみ散るのであって、そこからどこか別の場所へ吹かれていくことはない。桜はその場所から離れない。同様に、院の御歌でも「あたり」というゾーンが明記されていた。桜の花の香りは、風に乗って移動するのではない。桜のゾーン内部でのみ香る。それは、桜の花に運動の方向を与えなかった貫之の歌作りのカノンを遵守した結果にほかならない。であれば、香りを楽しむためにはゾーンまで、直接わざわざ足を運ばなければならない。

近衛殿にわたらせたまひてかへらせ給ひける日、遠尋山花といへる心をよませ給うける

たづねつる花のあたりになりにけりにほふにしるし春の山かぜ

貫之は、古木の桜の根元に立って動かずに、桜の花の香りを愉しんだ。二百年後の崇徳院は、貫之の「木の下蔭」よりもさらに広い範囲にわたって花の香りを湧き立たせる山桜に自らお入りになる。この歌には『古今集』時代にはなかったダイナミックな運動がある。とはいえ、桜の花の香るゾーンに、主体的に入って行かれたのは、先にも後にも院ただ御一人である。この歌を詠んだ時、院は、上述の貫之の歌を思い描いておられたに違いない。桜の花の香る場所、そこは復古としての香しい古今世界であった。

＊花は散り続けるのか、落ちてくるのか

大陸では、「花は落ちる」と表現する。その例は夥しいが、ここでは孟浩然の「春暁」を参照しよう。

春眠不覚暁
処処聞啼鳥
夜来風雨声
花落知多少

「春になったので、どうやら寝過ごしてしまったようだ、あちこちで小鳥の鳴き声が聞こえる。昨晩の強い風雨はどれだけ花を落としたのだろうか。それを私は寝床で思い描く」という詩である。孟浩然が寝床で板戸越しに幻視しているのは、昨晩、散っていった花弁の姿ではなく、無残にも地に落ちた、萼付きも混じる花弁である。大陸では花は落ちる。もちろん、落ちないと表現される花もある。例えばその代表である柳絮は、落花とは言わずに飛ぶという。そのため、柳絮はしばしば雪に喩えられてきた。それは風に乗って、何処までも飛んでいくので、運動の方向を持つことになる。日本列島の桜は、いわばこの二者の中間点に位置している。運動の方向を持って、遠くまで飛んでいくことはなく、また落ちるほど重くもない。まさに中庸としての花ということになる。

日本の花、桜はドイツ語の Gebirge（山脈）同様、集合名詞で、その述語は「落ちる」ではなくその主語が不可避的に複数であるところの「散る」となる。桜の花は、基本的に、何時散り始めたのか、何時散り終わったのか、その開始も終結も曖昧なまま、継続的に散る。あえて散ってしまった場合には、その後に必ず何らかの余韻がしばしば比喩として添えられる。その典型が前章で触れた「桜花散りぬる風のなごりには水なき空に波ぞ立ちける」である。水のない空に波が立つという余韻が描かれている。ちなみに、この詩の末尾をあえて日本風に訳せば「どれほど多くの花が一斉に散っていってしまったことだろうか」という過去完了進行形となるが、そうなると、この詩の狙いに反することになる。この詩によれば、早起きして、せめて強い風に散らされている花をこの目で見たかった、しかし今はほとんどが散ってしまっているだろう、といった微かな悔恨の念が想像される。ところがこうした和風の解釈では、その鮮やかな完結の美が消え失せてしまうことになる。

*漂う桜、吹き込む花

久方の光のどけき春の日にしづ心なく花の散るらん　友則

はるかに射し来る柔らかな光に包まれて桜の花はそのまま咲いていればいいものをどうしてそわそわと散るのだろう、という。これほどまでに日本的な和歌を他に探すのは難しいだろう。作者は、たくさん散る花弁の中から一枚を選んで、枝から地上に落ちる動きの過程を追いかけようとはしない。多くの花弁が次々に散っていくのを呆然と眺めている、もしくはそれを遠くから表象するだけだ。花びらが落ちているにもかかわらず、見えるのはブラウン運動のようなヴァイブレイションである。繰り返しになるが『古今集』では、これに限らず、描かれるすべての桜の花において、運動の方向を持つ例がない。ところが政治体制が、摂関制から院政へと変遷していったことと関わっているのだろうか。運動の方向を持った桜を忌避するという伝統が、院政時代にはすでに消滅していた。次の肥後の歌には、それが現れている。

花簾の内に吹き入るといふ題
玉簾吹き舞ふ風の便りにも花の褥を閨に敷きける　肥後

『古今集』では、桜の花が御簾を潜り抜けて寝室まで吹き込むなどありえない。なぜなら運動の方向を持った桜の花は描かないからだ。ところがこの歌では、風による屋外から室内への花びらの侵入がある。しかも花びらは寝室全体を覆うほどに、無数に吹き込んでいる。この光景は美しい。ヴィクトリア朝のオランダの画家、アルマ・タデマは、バラの花びらが、あたり一面吹き荒れて、床まで埋め尽くす光景を描いて、大いに賞賛されたが、それにも似た趣がこの歌にはあって、ユーラシア的豪華さを誇っている。しかしながら、貫之が万一この歌を見たなら、眉をひそめたであろう。このように桜をめぐる規範が崩壊してしまった時代にあって、院はあえて以下のような歌を詠んでおられる。

山高み岩根の桜散る時は天の羽衣なづるとぞ見る

この歌には、しばしば「一辺四十里の岩を三年に一度、天女が舞い降りて羽衣で撫でて岩が摩耗して完全になくなるまでの時間が劫である」という『大智度論』の箇所が注釈として付け加えられる。確かに院は仏典の該当部に想を得られたに違いはない。三年に一度、地上に降りてきて、羽衣で岩を撫でる、本来、人間には見えないはずの天女の姿を、院は桜の散る有様に一瞥された。天女にとっては一瞬に過ぎない行為を、人間の側が永遠に繰り返すのだが、院はたまたま幻視されたことになる。院は、永遠を垣間見られた、といっても良い。ここでも桜の花を永遠化した貫之に倣って、しかも彼とはまったく別の方法で、桜を永遠のものになさっておられる。ここでより重視しなければならないのは、高い岩山の上に咲く桜の花が散る様態である。山の上からいくら軽いとはいえ空気より重い花弁が散るのだから、大地に向かう運動の方向が間違いなく花弁には生まれる。しかしその有様は、天女の羽衣が岩を撫ぜるようだという比喩によって変質する。羽衣は空気よりも軽い。となると、無数の花弁は空中を落下することなく、どこまでも漂うことになる。運動がありながらも、その方向が極限まで曖昧になる。羽衣は何時までたっても地上に落ちてこない。遵法の院であられた院は、貫之がかつて思い描いた、時間を失くした大空を永遠に舞い続ける桜のイメージを、天女が岩を撫ぜる光景として再構成されたといえる。ここでも「貫之のカノン」は忠実に遵守され、貫之への復古が実現している。院の詠まれた梅の歌でも、それは同じである。

＊梅の香りの方向

春の夜は吹き舞う風の移り香を木ごとに梅と思ひけるかな　崇徳院
雪降れば木毎に花ぞ咲きにけるいずれを梅と分きて折らまし　友則

この御歌は『古今集』の友則の歌を元歌としている。言葉使いこそ違うが、共に梅を歌っていて、どの木が梅であるかわからない、という点で両歌は深く共通する。しかし違いも大きい。友則の歌が、新雪のために花のない枝にまで花が咲いている、という視覚をめぐる歌であるのに対して、院の御歌の方は、風が吹き荒れているので、強く香るはずの梅の花が、どこに咲いているのかが分からないという嗅覚の歌である。「貫之のカノン」では、桜は光に照らされた花であり、梅は夜と嗅覚が基本の枠組みにあった。院は、それを友則よりもむしろ忠実に遵守している。「木ごとに」に関しては、漢字で記すと梅になることに掛けていることもあるだろうが、「木毎」は、「すべての木」ではなく、文字通り「木ごと」つまり「それぞれの木の前に立って」と理解するだけで十分ではないか。また言葉通り読めば「吹き舞う風のために」が原因を表す語句として理解されるが、必ずしもそう考える必要はない。

ここであえて、「吹き舞う風がなかったならば」という仮定が、歌の背後にあったという理解のもとで歌を解釈してみよう。すると歌の意は、「私はもともとは、一本一本、木毎に、それが梅であるか、梅でないかを正確に言い当てることができる」となる。もし風が穏やかであれば、梅の香をはるか遠くまで運んでくれる頼もしい使いである。安定した貫之の時代には、風は一定の方向を持っていた。つむじ風のように方向の分からない風のイメージはない。しかし、院の御代には、大きな風が吹き舞った。一定の方向ではなく、瞬時、瞬時に方向が変わるような風が吹く。そうなると、梅の香りが持つ方向が掻き消されてしまう。作者の嗅覚は混乱してしまい、どの木が梅でどの木が梅でないのか、見分けができなくなった。このように理解すると、この歌が院の政治的な境遇、誰が敵で誰が味方かが分からないことをも言い当てているようにも見えてくる。実際、この時代の風は方向を見失っていた。以下の院の御歌においても、風の方向を見定めることはできない。

思ひきや身を浮雲となし果てて嵐の風にまかすべしとは

「かつて私は想像しただろうか、この身が浮き雲のようになって、嵐の風に吹き飛ばされていくなどとは」という。少し後の俊成女の歌「橋姫の氷の袖に夢絶えて嵐吹き添ふ宇治の川浪」あるいは「槇の屋の霰降る夜の夢よりも憂き夜を覚ませ四方の木枯らし」などの歌では、風と嵐はより歴史的な力を得てさらに厳しく歌人を極寒の中に引き摺り込んでいく。

敗退する復古

貫之は、日本が中国に対して文化的に依存してきたという歴史から自らを解放するために、時間を空間として扱うことを目指し、それを代表的な和歌を通して実践し、日本の国としてのアイデンティティを確保しようとした。そこでは時間の流れはブロックされ、日本空間は中国に依存していたそれまでの歴史から完全に自立して永遠に輝くものとなった。この時間の空間化は、同時に一切のダイナミズムを排除する営みでもあった。貫之の和歌が、いずれの場合も基本的にスタティックであるのはそのためである。それから二世紀後の院もまた、貫之に倣われて、貫之回帰を目指す復古精神のもと、時間の空間化をさらに推し進められた。しかしながら院の生きられた時代にあっては、十世紀初めにあったような、平穏さも安定も求むべくもなかった。単なる時間の空間化では、かつての黄金時代、過ぎ去っていった時間を取り戻すことはできないということを院はよく知っておられた。それでもなお、院は過ぎ去る時間の中に崩壊していくものを護る何かを、必死に探し求められた。

*残　照

秋深み黄昏時の藤袴匂ふは名乗る心地こそすれ

秋が深まり、植物が枯れ始め、黄昏時ともなれば、あたりには花々の姿も香りもない。そうした衰退時に、萎れた藤袴が夕空に向かって芳香を放つ。秋と夕暮れは下降し、藤袴は萎れた後に香りとして上昇する。もし藤袴の姿も香りも優れていたら、院の御心を捉えはしなかったはずだ。藤袴が開花時に、芳香を放っても、院の御心を捉えはしなかっただろう。また院自身が、栄華に満ちた生涯を送られていても、藤袴にお惹かれになることはなかった。院の御心を捉えたのは世界が闇の中に下降していく中で、芳香を上昇させるという、黄昏と藤袴のコントラストに他ならなかった。すべてが滅びた後に、萎れた藤袴から発する芳香に院がお気づきになられた時、御自身の人生のピークが花同様に、滅びの後と直感されたのではないか。藤袴とは、開花と芳香の発現がずれることなのだ。こうした時間差を和歌に詠みこんだのは、実は、院が初めてではない。貫之もまた、桜の歌で同じ問題に触れている。

山高み見つつ我がこし桜花風は心にまかすべらなり

すでにこの歌については触れたが、今一度みてみよう。上の句は過去の時間である。「高い山で満開を迎えている桜の花を、山の裾からはるかに見上げながら、私は山を越した」。下の句は、「その桜は今頃、強い風が大空いっぱいにその花弁を弄び、撒き散らしているだろう」。これは桜の回想ではなく想像である。この歌では、満開の桜の姿と、時間を経た風に散り舞う桜とが対比されている。満開の桜の姿よりも、大空いっぱいに風に弄ばれている、無数の花弁の姿のほうがさらに美しいという。ここにみられる時間差の概念を、院は藤袴の花に詠み込まれた。もし、院におかれては、本当に世間というものが、あるいは政治というものが疎ましいものであったなら、世間を捨てられて、自然界に身を寄せられたはずである。御名などお構いにならなかったはずである。

院の置かれた環境・状況が、歌には暗喩となって、反映される。この歌をお詠みになった時には、院は政治的にすでに敗退されていたはずである。そうでなければ、萎れた藤袴にかくまでも注意を向けられたはずがない。すでに敗退を予感なされ得た時期にさしかかっておられたのだ。世俗的な破局に出会われ、そのはるか彼方に、院はご自身の御歌に永遠の栄光を夢見ておられたのではなかったか。

秋立ちて野ごとに匂ふ藤袴なか踏む鹿や主なるらむ

前の歌では、周りの植物と最盛期のピークのずれという点で、藤袴が主題にされていた。だがこの歌では、藤袴は、背景となっている。藤袴があちらの野でもこちらの野でも萎れて、野全体が芳香を発している。その中心に鹿がいる。「鹿」と「主」といえば魏徴の漢詩にある「中原に鹿を追い」の詩句が思い出される。鹿は天下であり、自分はかつて、太宗に仕える前、天下を目指していた、という意味を含む。それを院が意識していたかどうか分からない。ただ確かなことは、花の盛りとは、延喜天暦の世を指し、和歌の側面から見れば、それは古今時代であるということだ。しかしながらそうした花盛りの時代はすでに遠く去ってしまった。すべての花は萎れてしまった。そこに鹿が現れた。萎れた花の間にあって、藤袴だけが香りを際立たせている。これは、院の御復古の象徴といえないだろうか。

秋来れば思ひなしかも夕月夜残り多かる景色かな

「思ひなし」を気のせい、と木船重昭氏[1]のように解釈するか、それとも

「特別の思いはない」と解釈するか、によって歌の意味は大きく異なってくる。筆者は、後者の立場から、「かも」は名詞につく詠嘆と解釈したい。そうすると、この歌では、「なし」と「多かる」つまり無と多とが対比されていることになる。「思いなし」というのは、心に取り立てて想うことが無いことを指す。それに対して、「多い」は外景によって心に二次的に呼び起された思い出を指すことになる。

人間は曖昧なものには、自らの思いを自由に投影できる。薄暗い所には、しばしば忘れ去られた記憶がひっそりと宿っているのを見つける。そうした意味で、夕暮れに消えゆく風景は重層的に意味深い。こうした風景を眺めていると、かつて、その風景に関わった、院の御記憶が一斉に湧き上がってこられたのであろう。ぼんやりと風景を当初は眺めていただけで、その時は取り立てて何かの思いが残っていることを自覚していたわけではない。しかし次第にあたりが暗くなってくると、闇の中に消えていった過去の御記憶が、院自身の心にさまざまに湧きあがってくる。こうして一端、がらんどうになったはずの院の御心に、あれもこれもといった思い出が湧き上がり、飽和していることをこの歌は意味している。

六朝の詩人、謝霊運に、似たような心の有り様を描いた詩がある。当初は、単に観察主体である自分が、対象の風景を見ているだけである。しかし、その風景が時間と共に、記憶の形となって、作者の心の奥底に入り込んできて、心に途方もないエモーションを引き起こしてしまう。「彭蠡湖口に入る」は、以下のように始まる。

客遊倦水宿	風潮難具論	客遊して水宿に倦み、風潮はつぶさに論じ難し
洲島驟廻合	圻岸屢崩奔	洲島はしばしば廻合し、圻岸はしばしば崩奔す
乗月聴哀狖	浥露馥芳蓀	月に乗じて哀狖を聴き、露にうるおいて芳蓀かんばし
春晩緑野秀	巌高白雲屯	春晩れて緑野秀で、巌高くして白雲とどまる
千念集日夜	万感盈朝昏	千念、日夜に集まり、万感、朝昏にみてり

この最後の聯の意は「無数の想いが夜に向けて集まってきて、朝になると、さまざまな感情で自分の心ははちきれそうだ」である。これは崇徳院の描いたものそのままではないか。『文選』に記された謝霊運の詩を、院が読んでおられた可能性は高い、と言えそうである。

をみなえし月の光に思ひ出でておのが盛りの秋や恋しき

冬には花が落ち、全体が立ち枯れしているため、夜には女郎花だと分からない。しかし月の光に照らされると、枯れた女郎花であることが、他の植物の間にあっても分かる。女郎花は枯れていても、宿根草であるために、いわば死んでいながら生きている。それはちょうど、院の御境遇に重なるものだった。貫之が女郎花の歌をしばしば歌ったのにちなんで、院も女郎花の歌を詠んでおられる。しかしながら、その花はもはや院の御代にはふさわしいものではなくなっていた。他方、藤袴は、開花時が最盛期の他の秋の花とは異なって、萎れた後に芳香を放つ。その点で、おみなえしよりは藤袴のほうが、院の御境遇に似つかわしいとお考えになり、多く御歌に詠まれたのではないか。これまで、院の秋の御歌では、「秋深み」、「秋立ちて」、「秋来れば」に見られるように、歌の冒頭に秋の語が配置され、それが歌全体に、深く浸透作用し、世界に対して大きな変化が起こっていくようなテーマが目立つ。とりわけ、それが強く見られるのが、次の御歌である。

秋来れば思ひなしかも夕月夜残り多かる景色かな
秋立ちて野ごとに匂ふ藤袴なか踏む鹿や主なるらむ
秋深み黄昏時の藤袴匂ふは名乗る心地こそすれ
九月十三夜に月照菊花といふことをよませ給ける
秋深み花には菊の関なれば下葉に月守り明かしけり

ここに挙げた四首の歌においては、冒頭にある、時間概念である秋という季節が主語となり、述語と結合されているのが特徴だ。これは『古今集』にあっては異例のことである。たとえば『古今集』の秋の項において、上句の五文字で季節が主語となり、後に動詞が続くという形をとるのは、以下の二首のみである。

秋来ぬと目にはさやかにみえねども風の音にぞ驚かれぬる　敏行
秋は来ぬ紅葉は宿に降りしきぬ道踏み分けて訪ふ人はなし　読み人知らず

このうち敏行の歌は、秋の到来の予兆を、葉擦れの音のきわめて微妙な変化から感じとる、感覚の鋭敏さがあり、『古今集』の秋の歌の中でも異彩を放っている。しかしこの歌が、平安末期においても正確に理解されていたかどうか、筆者は疑問に思う。というのは、「佐竹本三十六歌仙」の敏行の肖像画では、彼は風の音を聴いて振り返っている姿として描かれているからだ。敏行は振り返って、一体何を見ているというのであろうか。歌には「目にはさやかに見えねども」と明示されている。振り返ってみたけれども、見えなかったのではない。見えないのを知っていたから、見なかった。見ても見えないからこそ、歌っているのだ。敏行は、風の音それ自体を精確に吟味して、その微妙な変化を計測し、秋の到来を、驚きを持って捉えている。そのためには、振り返っている余裕などあろうはずがない。「佐竹本」が示すように、秋の到来それ自体が視覚的に捉えられる状態には、達していないことに思いが及ばなければならない。この点、江戸時代中期の「麻布本」の方が卓越した表現となっている[2)]。

いずれにしても、『古今集』の時代においては、秋は循環し、それは安定した世界を反映するものであった。このことは古今の特徴と言っても差し支えあるまい。こうした自然の循環を離れた、象徴的な意味で衰退する秋を描かれたのが院で、特に四番目の歌では、決定的な性格を持つに至っている。

秋深み花には菊の関なれば下葉に月守り明かしけり

この歌に見える「関」とは、元来は都という内部空間を保全する機能を持つ。しかしここで「関」と喩えられた菊は、内部空間を保有してはいない。しかも「関」がブロックしようとするのは、人でも物でもなく、秋という時間の到来であることが肝要だ。それに対して菊は象徴的な形で、どこに存在するともはっきりしない自らの空間保全のために対峙している、というのがこの歌の真意だろう。難解で抽象的な歌である。秋の到来に抗する菊の関と、それを補佐する月の光によって、間接的に秋の圧倒的な浸透力が感じられる構図をとっている。その点では、この歌は院のこれまでの秋の歌を超え出ようとしている。繰り返そう。菊は秋に対するいわば最後の砦である。菊が散った後には、いかなる花も咲かない。であるから、この歌での菊は、秋がこの世界を通過して去ってしまわないよう、粘り強く阻止する「関」となって咲いている。そして月もまたそうしたけなげな菊を助けて、初めに散る下葉が落ちないように、しっかりとそれを照らして見守っている。だが実際には、菊は間もなく下葉から黄ばんで落ちていき、やがて菊の花も冬の寒さの前には抗するすべもなく、枯れていく。

この歌は、有無を言わせず世界を圧倒していく秋と、それを必死に阻止する「関」としての菊、それを補助する月光とが明確に対比されている。すべてを枯らしていく圧倒的な秋の到来と、それに抗する命との静かなる戦いと言ってもよい。実際、菊は、他の花たとえば菫や桔梗などと違って、寒さに強く、しかも勁い腰の多年草である。秋の終わりまで咲いている、寒さに強い菊がもつ植物学的な特性を読みとって、作者はこの歌を、静かであるが、同時に粘り強さを含み持った力動的な性格のものに仕立てている。この季節の力動性は、貫之にはまったく見られない。たとえば貫之は、秋の到来を詠う際、過ぎゆくものに身を委ね、色づく紅葉に対して、恒常の緑をたたえ続ける松、つまり常磐をその対極に配置した。

うつろはぬ常盤の山に降るときは時雨の雨ぞかひなかりける

先でも確認したように、貫之において松は永遠の徴であった。松は秋の到来のみならず、冬の到来に対しても、自らの緑を放棄することなく枯れない。こうした貫之を敬愛した院であったからこそ、本来ならば、菊ではなく松を歌うべきだったかもしれない。松であれば、菊のように冬になっても萎れたり、枯れることなく、緑を保ち続けることができたはずだ。しかし平安末期に生きた院は、不変不動の精神はすでに手の届きにならないものになっていた。せめて可能だったのは、最後まで粘り強く抗することで、そこに意義を見出すのが精一杯だったことを、この御歌は暗示しているのではないか。どんなに貫之を敬愛なさっていても、院の御代においては、松は、すでに有り得ないもの、歌えないものになってしまっていた。

＊擬人化される、帰らぬ季節

下記の歌が示すように貫之は、「春が去った我が家は、春の古里になった」という。季節に過ぎない春が、活きた人のように擬人化される。庭に桜の花が咲いていた時は、それが光を反射させるのみならず、光も通すので、家の中は柔らかい光に満たされる。やがて花が散り、鬱蒼と青葉が茂るようになると、家の中は暗くなる。薄暗くなった室内には春の不在が住まう。貫之は、鬱蒼と茂った桜の木の下の蔭に、春の不在を呼び出した。とはいうものの、華やかな桜の花が散った後に残る木陰は、夏には涼しさを提供する慰めがあった。しかし院にあられては、艶やかな紅葉が散った後には、いかなる慰撫もない。ただ虚ろな嵐の声のみが響くだけだ。しかもその秋も過ぎると、目に見えない激しい木枯らしが、葉のない枝の間を、我が物顔に吹き過ぎていく。

花もみな散りぬる宿はゆく春の古里とこそなりぬべらなれ　貫之

貫之の時代には、季節の循環への信頼があった。『古今集』が四季を骨格とした編纂によって成されているのがそれを示している。確かにその後も、歌集はそれを踏襲しているが、それはかつてのような骨格の役割を失い、形骸化していた。院の後の御代にあるのは、循環を外れて、最終到達点を失った、虚無である。

百首歌めしける時、九月尽の心をよませ給うける
紅葉葉の散り行く方を尋ぬれば秋も嵐の声のみぞする

＊最終到着地の喪失

花は根に鳥は古巣に帰るなり春のとまりを知る人ぞなき

この御歌は、『和漢朗詠集』にある白居易の「三月三十日題慈恩寺」の「惆悵春帰留不得」を下敷きにしている。院は、「帰」の字がただ帰るという意味だけではなく、「帰るべきところに帰る」の意、つまり最終到着地であることを理解していたようだ。それがこの「とまり」に映し出されている。「とまり」つまりデスティネイションも、もともと貫之が発案したものといって良い。卑俗な例になるが、かつて上野駅が日本で唯一の中央駅としての最終到着駅であったが、今や通過駅に変わってしまった。ところがヨーロッパでは、主要都市の駅はみな、それ以上先に行けない行き止まりの最終到着駅である。「とまり」とはそうした最終到着地を指している。

宇治の網代
落ち積もる音は見ゆれど百とせの秋のとまりは網代なりけり　貫之
秋の果つる心を竜田河に思ひやりて詠める
年毎に紅葉葉流す竜田河みなとや秋のとまりなるらむ

第一の歌では、毎年の秋の最終到着点は網代であるという。秋には最終到

着点などないのだが、それにあえて具体的な到着点を与える。次の歌では、「みなと」が最終点だという。共に、川の流れを時間の流れと捉えることで、秋という時間的存在を空間的に理解しようとしている。時間的な存在の終結を、時間ではなく空間に求めるこの方法は、先にみたように貫之的である。こうした川を用いた時間概念の「とまり」を捉えようとした貫之に対して、院は川の語に頼ることなく、季節の「とまり」の在り方を問われている。

花は根に鳥は古巣に帰るなり春のとまりを知る人ぞなき

院がこの歌で表わされたものは、貫之の先を行くものであった。三段論法的ともいうべき方法がここではとられている。花と鳥という生き物をまず枚挙する。そしてこれらには、共に最終到達点があることを確認する。花は散って地に戻る。鳥は夕べになれば、ねぐらに帰る。その上で次に、春という時間概念をもってくる。前の二つには、デスティネイションがあるので、当然、三つ目にもそれがあるだろう、という読み手の予想が極度にはぐらかされる。春には、戻るべき場所も、デスティネイションもあろうはずがない。このように院は、まったく別のものに対して、同じ問いを繰り返される。するとそこに、古今時代にはなかったよう

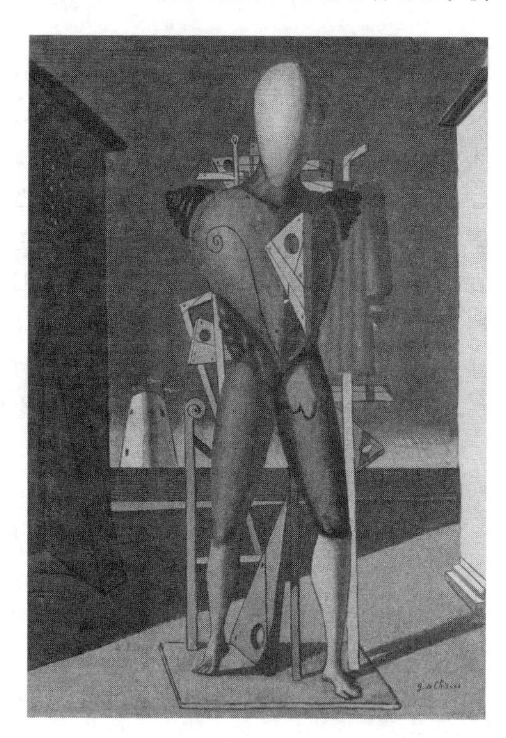

な、不在と違和が立ち現われてくる。花と鳥という、空間的な存在を二つ並べた上で、時間的な存在を並置する形で持ってくるというのは、大きな飛躍である。これは貫之にはなかった院の独創的な方法（歌作りの論法）である。院におかれては、春とは、我が春であり、その行き先は自分には分からないと仰せられる。崇徳天皇が、退位された際、あるいは、ご自身が院政を敷かれることが不可能となった状況でお詠みになったものであろうか。実は、失われたデスティネイションは、むしろ我々近代人にとってこそ身近なものである。ここにあるのはまさに、第一次大戦直後のキリコの絵に見られる虚ろさの感覚に近い。図は、G・キリコの「ヘクトールの帰還」である。盾に載せられて帰郷する戦死者ヘクトールを、キリコは死してもなお立って帰還する姿として描いた。人の死に絶えた広場、顔のない頭、空洞の張りぼての身体、廃墟となった世界。それらは、そのまま崇徳院が生きていた世界でもあった。

運命への確信

山田もる木曾の伏屋に風ふけば畔づたひして鶉おとなふ　源俊頼
秋の田の穂波も見えぬ夕霧に畔伝ひして鶉鳴くなり　崇徳院

俊頼の歌は「山の田圃を守り、見張るための、背の低い小屋がある。その伏屋に風が吹いてくると、畔伝いしてこちらに鶉が近づいてくるのが聞き取れる」という。肉眼では確認できない鶉の鳴き声を耳で追って、畔伝いしてくるのがわかるという、視覚を聴覚で代替する面白さがある。院の御歌の方は、「鶉」「田」「畔伝ひ」等の語が共通することから見ても、俊頼の歌に触発されたと考えられる。見えない鳥の声を聞いて、その存在をイメージする詩は、幽奥な趣味を持つ謝霊運の特徴の一つである。俊頼はその詩を読んでいたのであろうか。それとも院がその詩を読まれた後に、俊頼の歌に繋げられたのであろうか。実際にその詩をみてみたい。

鳥鳴いて夜棲むを識り
木落ちて風起こるを知る　(『夜石門に宿る詩』)

この詩句は自然の奥深さ表現している。夜の密かな鳴き声から闇の木立に隠れた小鳥の姿を表象し、木の葉が落ちることから、風の実在を表象する。鳥の声も風の音も幽奥からの顕れである。院のご覧になる田圃も厚い夕霧に閉ざされている。その夕霧の彼方から鶉の鳴き声が聞こえてくる。幽奥という点で、謝霊運の詩句に似ている。だが院の御歌はその先へ進む。耳を澄ませて聴いていると、鶉の動きがどうも自然ではない。深い霧に閉ざされた田を、ただ当てもなく動き回っているのではなく、真っ直ぐに進んだかと思うと今度は直角に折れる。このことからみて、院は、鶉が畔に沿って動いている、と確信される。稲刈りを迎えている田に鶉の通る隙間などなく、鶉は畝伝いをする。元歌となった俊頼の作では、風が吹いていて視界が開けている。だから鶉は畔と分かってそれに沿って、作者を訪問しようとする。他方、院の御歌では、鶉は一寸先の見えない霧の中で、あてどなく彷徨っている。とはいっても、畔に沿ってさ迷っているのだから、当て所がないわけではなく、実はきれいに敷かれた道をたどっている。それなのに鶉は自分がさ迷っているとしか感じられない。院はそうした鶉を、いわば超越者の立場からご覧になっている。しかし見た瞬間、院は、鶉のうちにご自身をご覧になることになる。鶉は運命が企画した図面通りに、霧に閉ざされた畝を彷徨っているのだと覚る。和歌の伝統にあっては、鶉は鶏と同じく、地上を這い回る鳥のイメージをもつ。しかしもともと鶉は、空を飛べる鳥である。日本の和歌の中では、鶉は地を這う鳥であるというイメージが付きまとうのはなぜであろうか。

敷かれた道を道とも分からずにたどって行くということと、院が保元の乱を起こすことになってしまったこととが、重なって見えてくるのは筆者だけであろうか。

祈　願

瀬をはやみ岩にせかるる滝川のわれても末に逢はむとぞ思ふ　崇徳院
願はくば花の下にて春死なんそのきさらぎの望月の頃　西行

院の歌と西行の歌とは、願望を表した点で一見、パラレルに論じることができるようにみえる。しかし実際は、西行の方が「なん」という強い意志を示しているのに対して、院の御歌の方は、「む」が意志を示しているとはいえ、「とぞ思ふ」つまり「と思う」という言葉とつながることによって、意志が、間接話法の枠組みに閉じ込められて、そういう意志を思っている、という形に変わっている点で、異なる。端的に「逢いたい」のではなく、「逢いたい、と思う」になっている。すでに述べたことだが、西行が意志することができたのに対して、院におかれては、意志は想念の対象にすぎなかった。さらにいえば、ここに見られる表現の強さは、意志ではなく、想念の強さと言った方が正しい。意志の強さは武士のものであったが、想念の強さは貴族のものである。院の敵方であった後白河院の娘、つまり院の姪である式子内親王の歌も、意志ではなく思いの深さによってその作品が特徴付けられている。

玉の緒よ絶えなば絶えねながらへば忍ぶることの弱りもぞする

この御歌は、上述の式子内親王の歌と共に、百人一首に取られていて、院の御歌のうちでも最も人口に膾炙した歌である。荘園という経済的な基盤が、藤原家から治天の君である院に移ったのも、つかの間、たちまち武士によって権力基盤が大きくえぐられていった時代の切迫さと切実さが、この御歌には現れていると考えるべきであろう。しかしながらこの御歌からは、院がお持ちであった時代認識、復古への思いといったものを推察することが出来ない。恋愛歌ということを斟酌しても、院の他の御歌に比べて、情念それ自体がいかなる意匠をまとうこともなく直接、生のまま露出している。

出づる息入るを待つ間も難き世を思ひ知るらん袖はいかにぞ　崇徳院

（訳）息を吸い込んで吐くという間だけでも生きるのが難しいこの世をこの我が身はどのように理解しているのであろうか。

日に千度心は谷に投げ果ててあるにもあらず過ぐる我身は　式子内親王

（訳）一日の間に千回も身を谷に投げ捨てるようにして捨て身で生きていると、年老いていく私は生きているのか死んでいるのかも分からなくなります。

以上の崇徳院、式子内親王の二首においても、ある種共通した、絶望的な切迫感を読み取ることができる。

弱者への共感

院は、いうまでもなく裕福であられ、権力の中枢に近い立場にあられた。ところが人間は権力を持ち、裕福になるほど冷酷になる。にもかかわらず、院はそうした傾向からはまったくかけ離れておられた。これは実に例外的である。思いやりのある、高い品格をもった人格であっても、権力の周辺に育つことによって、人格がゆがんでしまうことが多いのが一般的だからだ。おそらくは、仏教、広くは古典文学に対する教養が院をして、そのような御性格を終生保たせたのではないか。実際、院には動物が感じている辛さや苦しさへ思いを寄せられた御歌が多く見受けられる。それはどこか魏の曹操の子・曹植を想起させる。

このごろの鴛鴦（をし）のうき寝ぞあはれなる上毛の霜よ下の氷よ

凍りつく水の中に浮かぶオシドリを見て、その身体感覚を自分のものとして想像する。式子内親王もこれに倣った表現を用いた「とけて寝ぬ夜半の枕自ずから氷に結ぶ鴛ぞことゝふ」を詠んではいる。ゆったりと眠ることが深夜まで出来ない枕元に、氷が羽根に絡み付いた鴛鴦の鳴く声が聞こえてくる、とある。ここでは、鴛鴦を自らと同一化できる他者として描いているが、それは崇徳院のような共感による積極的なものではなく、自己の存在の静謐な投影である。これは、弱い動物の身になって思いをめぐらす院のグレース（思いやり）とはどこか違っている。

百首歌のなかに、鵜河の心をよませ給うける
早瀬川みをさかのぼる鵜飼舟まづこの世にもいかが苦しき

自らの身の重みに逆らって、擢で漕いで急流を遡っていく鵜飼いは、それだけでも大変なのに、その職業が魚を捕る、殺生であるために、死後もさらに苦しい世界へと投げ込まれることになる、と歌っている。ここで院が感情移入なさっているのは、単に鵜飼いだけであろうか。鵜飼いに捉えられ、使役されている鵜もまた、共感の対象だろう。それどころか、川を泳いでいる魚にさえ、共感が浸透しているのではないだろうか。鵜が魚を捕えて食べて殺すことは自然の理であるから、それについて、院が鵜を非難なさっているとは思えない。しかし鵜を捕えて使役させる、つまり動物に不当に苦しみを与えていることに関しては、罪悪をみている。鵜飼いは自ら殺さず、鵜を使って魚を殺させている。とはいえ、鵜飼いにとってはそれが職業であるから、悪であると知っても止めるわけにはいかない。そうした鵜飼いの運命に対する共感というものが、この歌の主軸である。また興味深いのは、間接的な殺生を、院が重要視されておられることである。すなわち、殺すことと殺させることを同義としてみている。これはこれまでの我々の貴族に対するイメージを塗り替えさせる。いわゆる日本の時代劇などでは、貴族は自らの手

を汚さずに、裏で暗躍して、敵を武士に殺させて、自分は一切の責任を回避して、知らんぷりを装うイメージがきわめて強く刻印されている。そうした一般的なイメージと、ここでの院の御姿とは大きくかけ離れている。院は保元の乱で敗北された後、身をお隠しになり、さまざまなところに身をお寄せになろうとされたが、自らの行動が、多くの人々を巻き添えにしたこと、とんでもない愚行をしでかしたことに対して、かならずや、大きな罪悪感に苛まされていたに違いない。

照　射

五月になると、森に松明を灯して、それに誘き寄せられた鹿を狙って狩りをすることを照射（ともし）という。これを主題にした歌は、貫之が嚆矢である。

五月山木（こ）の下闇に灯す火は鹿の立ちどの標なりけり

この歌では、狩をする者にも、狩をされる動物にも感情移入せず、両者に対して第三者の目で客観的な記述をしている。それはひとえに、この歌の狙いが、狩をするものでもなく、鹿でもなく、絵画的な光の面白さを追求することだったからである。歌の意味は「五月山の大きな木の下にはまだ明るいうちから闇が巣食っている。そこに照射のために松明の火を灯す。その光こそ鹿をそこに引き寄せるための標なのである」。実際、光のコントラストを主題にした歌は、貫之には少なくない。

篝火の影しるければうば玉の夜川の底は水も燃えけり
逢坂の関の清水に影見えて今や牽くらん望月の駒
夏山の陰を茂みや玉ぼこの道行く人も立ち止まるらん

仮に、鹿狩が夜に行われたとすれば「木の下闇」というのはおかしい。夜はあらゆる所が暗いのだから、あえて、木の下の闇という特定は必要ない。ということは、これは夜の描写ではないということになる。夕刻と捉えるのだ妥当だろう。実際、木の下の次に来る語は、「闇」ではなく、「陰」である。貫之には次のような用例がある。

花の香に衣は深くなりにけり木(こ)の下陰の風のまにまに
陰深き木(こ)の下風の吹き来れば夏のうちながら秋ぞ来にける

木の下にあるのは闇ではなく陰であることを詠んだ歌である。陰でしかないものをあえてそれをことさら闇というからには、ここにある「木」は大木である。鹿狩の準備はまだ明るいうちに準備されたが、大木の茂みにはすでに暗闇があったと理解できる。ちなみに貫之は「下」という場所の限定が気に入っていたと見え、その言葉に特別の意味を与えていた節がある。

イ．白雪の降りしく時はみ吉野の山下風に花ぞ散りける
ロ．桜散る木(こ)の下風は寒からで空に知られぬ雪ぞ降りける
ハ．花の香に衣は深くなりにけり木の下陰の風のまにまに

イでは、「下」とは吉野の山から吹き降ろす風にのってくる雪が花の散っているように見えることと関わる。桜の名所の吉野山では、トポスの磁力によって雪までも花に見えるという。ロは、桜の木下では大空の下とは別の次元のことが起こっている。ハでは、木下に限って、桜の花の香りが漂っている。このように、貫之にとって「下」の語は空間を限定する。先の歌に戻ると、あたりがまだ明るい中にあっても、鬱蒼と茂った大木の下には闇があるという。しかもその闇の中には、もう一つの光源である松明が輝いている。貫之以降、この照射(ともし)の主題をとりわけ深めたのは曾禰好忠であった。

照射(ともし)すと秋の山べにゐる人の弓の羽風に紅葉散るらし

直接的には歌われていないが、歌の背景にある矢は、夜の森の深奥を、もっと言えば歌そのものまでを、不可視のまま、鋭く貫通する。和歌の中にその語が見当たらないように、実際の光景においても、放たれた矢は不可視である。にもかかわらず、それは鹿の身体を貫いた後、刺さった矢として、視覚化される。同時に、あたりには血潮が飛び散っている。「紅葉」は矢の惹き起こした風によって散る落葉であると同時に、血潮そのものでもある。「紅葉散るらし」とあるからには、矢羽によって生じた風が、矢の通ったあたりの紅葉を散らしたのを、見ていたのであろう。目には見えない鮮やかな色をした紅葉が、放たれた矢によって散りしぐれるのを見たのはあくまでも心の目である。矢と紅葉、それはどこか武家と貴族を暗示してもいる。無論平安中期であるから、武士の勃興はまだ明らかではない。しかし矢は刀同様、武であり、紅葉はあでやかさのことである。その両者がこのような形で関わることの中には、何かが暗示されていて不思議ではない。この好忠の歌には、狩の準備である照射に始まって、矢の発射から鹿の体に刺さるまでの経過が示されている。まず照射、それから矢を射る人、そして単語自体としては登場しないが、矢の羽音、それによって惹き起こされる散り舞う紅葉、鹿の血の臭い……というように、視覚、聴覚、嗅覚が一体となって刺激がもたらされる作りである。矢のみならず、これらの幾多の要素が、映画の齣のように連続的につながりながら、鹿に向かって鋭く収斂していく。その結果、俊敏で鋭利な、しかも艶やかでありながら、どこか狂気を秘めた、強烈な印象を与える歌となっている。こうした生々しさは貫之の歌には一切ない。定冠詞のついた名詞は、元来それぞれのもの自体を指し示すが、貫之にあっては、名詞はしばしばものであることを超えて、ことに変質している。貫之の名詞はしばしば、何らかの顕現であったり、関係をしめす徴であったりする。好忠の歌のこの生々しさは、そうした貫之の様式とは極度に対照的な性格を有している。院が次のような照射の歌を詠んだ際は、貫之および好忠を意識されていただろう。しかしその御歌が表わしたものは、それらとはまったく違った様相をとっている。

五月山弓末振り立て灯す火に鹿や果敢(あへ)なく目を合はすらん　崇徳院

暗い森の大樹の下には火が灯されている。弓末はこの場合、複数と考えられる。複数の弓が、まがまがしく、振り立てられる。これは李賀の「雁門太守行」の一節を想起させる。その冒頭を記しておこう。

黒雲圧城城欲摧	黒雲は城を圧して城砕けんと欲す
甲光向日金鱗開	甲光は日に向かいて金鱗を開く

「無数の甲冑は太陽の光に向かって輝き、それはまるで、大きな魚の金の鱗が開いたかのようだ」という。これを院の御歌と比べると、はるかに院の方が王朝的で、優美ではあるが、殺戮に臨んで、武装集団が一斉に立ち上がる際、血が逆流するような、ある種の覚醒と興奮の感覚を醸し出す点においては、両者は明らかに共通している。魏の曹植もまた、王族でありながら、弱者に対する深い思いやりをもった、「野田黄雀行」なる詩を残している。この詩が、この御歌に何らかの影響を与えていたかもしれない。

院はこれらの詩をご存知であったかもしれない。ただ、院の御歌は、一匹の無防備な鹿に対して複数の武装した人間が狙う点で、李賀や曹植の詩よりもはるかに残酷である。反撃するすべのない鹿に対して寄って集って多くの弓が立ち上がり、夥しい矢が放たれるからだ。しかし鹿は、前もってそうした運命を知りながらも、強い意思を持って運命を振り払うこともできず、松明の光に否が応でも、引き寄せられてしまう。この御歌が保元の乱の最中、もしくは以降に詠まれたものとは思えない。極度の緊張や絶望の淵から、このように状況を冷静にお摑みになる御歌が生まれたとは考えにくい。となれば、執筆はおそらく乱の前ではないかと推測される。となると、院はこれから殺される鹿に思いやりを込められた歌によって、ご自身の運命も予見されていたことにならないだろうか。それは、聡明な崇徳院であれば大いにありえたことであるだろう。ちなみに院を慕った西行もまた「照射するほぐしの松も換へなくに鹿目合はせで明かす夏の夜」という照射の歌を残している。この歌には象徴性はおろか、暗示も余韻もない。言うならば、単なる子供の絵日記のような描写があるだけである。保元の乱に敗北し、幽閉の憂き目に遭われた院を身の危険も顧みず訪ねた西行であったが、二人の和歌の間にいかなる共通点も見いだせないのは、どういうことだろう。強く院を慕っていながら、院の和歌を真似ることすらできなかったとは、一体どういうことなのか。あえて想像するならば、西行は教養や文化というものがまったく理解できない政治的野人であったのだろうか。

覚醒と来世

うたたねは荻吹く風に驚けど永き夢路ぞ覚むる時なき

「うたた寝をしていると、荻に吹いてくる風の音に目を覚ましたけれど、この現世という無明長夜から自分は何時目覚めるのであろうか、いや目覚めることなどない」という。この歌には、眠りからうつつへ、そしてうつつから悟りの空間への覚醒という意識における、三重のマトルーシュカを想起させる入れ子構造を見て取ることが出来る。眠りからは覚めたが、悟りへと目覚めるのは何時なのか、およそそうした覚醒は、今生においてはありえない、と歌う時の構造が、貫之の大陸と列島との間の、冊封体制をめぐる地政学的な入れ子構造と関わりあいつつ生成されたものなのか。それとも、あくまでも、仏教的認識から編み出された歌なのか。あるいは、その両者が共に関わりあって詠まれるに至ったのか。いずれにしても、十世紀始めの国風文化成立と、貫之の二重の入れ子構造は深い係わり合いを持つが、十三世紀の日本においては、そうした入れ子構造がもはや何の意味をも持たなくなっていた。平安末期の世は、すでに末法に入っていたと一般に信じられていたから、貴族による摂関体制そのものが崩壊してしまった以上、そのうちにあった個人が零れ落ちる中、貴族皇族の人々の関心は個人の救済へとひたすら向かっていた。そうした思潮の中で、この歌がうまれ、そしてさらに俊成女によってそれがさらに深められていくことになる。

槙の屋の霰降る夜の夢よりも憂き世を覚ませ四方の木枯らし　俊成女

「人生という眠りから何時目覚めるのか、目覚めることはおそらくないであろう」と歌っていた崇徳院に対して、俊成女は「板張りの屋根に霰が降ってきて、その激しい炸裂音で私は夢から覚めてしまう。しかし、夢から覚めても相変わらず、私は迷いの人生を送っている。私の小屋を吹き飛ばそうと荒れ狂う北風よ、私を悟りの世界に目覚ましてくれ」、そのように言い切る俊成女の時代ははるかに厳しくなっていた。

最後に崇徳院の御辞世の歌といわれている御歌に触れて、この章を終えたい。

夢の世に慣れ越し契り朽ちずして覚むる朝に逢ふこともがな

ここで思い出されるのは、「うたたねは荻吹く風に驚けど永き夢路ぞ覚むる時なき」の歌であろう。そこでは夢から覚めることはないと歌われていた。それがこの歌では、夢から覚めることがイメージされている。これはそのまま前述の「真木の屋の」の歌に繋がる覚醒の歌でもある。またこの歌は、再会を祈願されるという意味からみて、保元の乱以前の院の御歌「瀬をはやみ岩にせかるる滝川のわれても末に逢はむとぞ思ふ」も想起させる。その御歌では、院の御意志は間接話法による「とぞおもふ」という形で、想念の中に閉じ込められていた。一方、臨終に当たって詠まれたこの歌では、間接話法の枠組みが消え、願望・祈願が直接、露出している。「夢の世である、この世ではもはや逢うことができないが、この世で交わした俊成との再会の約束は、次の朝である、来世で果たせたらいいな」と素直に希望されている。ここにはこれまでの院の御生涯を貫いていた、濃密で、甘美で、なおかつ苦悩に満ちた想念の重さというものが、霧のように晴れて、ある種の爽やかな平穏と諦念さえ読み取れる。そう解釈する時、院の死はきっと穏やかなものであられたに違いないことが、筆者には見える。

※筆者は、崇徳院に対して言語化できない敬意と畏怖、また思慕をもつがゆえに、本章に限っては尊敬語を用いた。

注

1）木船重昭『久安百首全釈』（笠間書院、１９９７年）２１６頁。

2）「佐竹本三十六歌仙絵」は、平安期に藤原公任が編んだ『三十六人撰』をもとに、各歌人の肖像画に位署・略伝・詠歌が添えられた絵巻物。元は上下二巻で、旧秋田藩主・佐竹家の所蔵であったが（大元は下鴨神社にあるともいわれる）、実業家の所有を経て、大正８（１９１９）年の売却時に、歌人ごとに切断された。現在、その断簡の大半は国の重要文化財に指定され、複数の美術館等に収められている。その伝来から通称「佐竹本」と呼ばれる。これに対して、著者の住所から「麻布本」と名づけたもの。和歌を熟知していれば、それぞれの肖像画が誰を描いているものであるかが分かる、典型的な想像肖像画となっているのが特徴である。２０１７年2月2日～5日、銀座「教文館」で、展示・公開されると同時に書籍としても発行された。

第六章　式子内親王　隣接の孤絶

縮減する世界の中で

式子内親王は、人間の絶対的無力を自覚した歌人である。その意味で、彼女の実の父・後白河院とは、対極に位置する。彼女の生きた時代を振り返るならば、それは、白川院によって極度に集約されていく荘園が、数多の乱の後、かつての貴族の汚れた手足としての役割を返上して、自立し始める武士を中心とする、現実主義の新興勢力によって蚕食されていった時期であったといえる。その結果、在来貴族の経済基盤は著しく萎縮していき、その代替として、貴族の間で急速に燃え上がったのが、武士への反撃や防衛ではなく、歌枕に典型的に見られる、仮想文学空間への逃亡であった。しかしこれも、消え去る直前の蠟燭の火のように、一時的に眩い光芒を放ったが、哀惜の念の籠った長い尾を引き摺りながら、次第に消滅していった。こうした世相の中で式子は、無教養の後白河院の周辺で育ったことが災いしたのであろう、和歌の伝統を欠いていた。その限りにおいて、彼女は、王朝文化に大いなる憧憬を擁いた実朝に通じるような万葉的リアリズムを表現手段の基本とすることになった。ただし、一方の実朝が、時には爆発的ともいえるようなより主情的な表現へと至ったのに対して、式子内親王は、同じく観察的リアリズムを基盤にしつつも、象徴的な位相へと飛翔し、法然に帰依したこととも関わるのであろう、最終的には宗教的な救済への祈願へと向かっていく。伊勢が、男社会に立ち向かえるパワーを持った女性でありえたのは、彼女の生きた時代が、日本における安定期であったことと深く関係している。他方、貴族社会が崩壊の崖のふちにあった彼女の時代にあっては、いくら皇女とはいえ、安定した社会の恩恵を受けることはままならなかった。しかし、どこからかエネルギーの供給なくしては、創作活動はできない。彼女個人にそうしたエネルギーがあったとは考えられない。式子内親王はそうしたものを、どのようにして導きだしたのか。彼女は、社会における負のエネルギーを逆手に取った。負のエネルギーといえば、悪いものとされるが、ここでいう負のエネルギーとは、経済基盤を失っていく当時の貴族社会が収縮すると、内部に向かって圧力が加わる、その裂け目に風が生じる。そうした力を彼女は創作へと導いたのである。

跡絶えて幾重もかすめ深く我が世を宇治山の奥の麓に

（訳）霞よ、跡形もなく私をこの世から閉ざし隠してください。宇治山のそのさらに奥の山のふもとに。

秋こそあれ人は訪ねぬ松の戸を幾重も閉ぢよ蔦のもみぢ葉

（訳）私はあなたをずっと待っていましたが、いらっしゃいませんでした。そうしているうちに、私の松の戸には蔦が幾重にも重なって、這って登っていきました。今では、もう誰も入れないくらいしっかりと松の戸を覆い尽くしています。さあ、もっと強く、もっと紅葉を鮮やかにして私の松の戸を閉ざしてください。

縮小していくのは社会だけではなかった。その中に生きている式子もまた、縮小していく。ちぢこまって、自らのうちに閉じていく。外の世界を彼女は見ることができなかった。自分が何処にいるのかがもう分からなくなっていた。道にはぐれてしまった。すくなくとも、彼女の叔父である崇徳院は、何処に帰ればいいのかを知っていた。心の内で回帰は実現していた。ただ、それが時代とはかみ合わなかっただけである。しかし式子では、帰り道がわからない。自分がどこにいるのかも分からなければ、自分が誰であるかも定かではない。外に出て行っても分かるわけでもない。ただただ、自らの心を深奥に向かって閉ざしていくばかりであった。こうした境遇は以下の歌の中にも見ることができる。

日に千たび心は谷に投げ果ててあるにもあらず過ぐる我が身は

たとえ皇女という高い地位にありながらも、単に心を閉ざすだけではとても生き抜いていける時代ではなかったのだろう。生きるために式子は、自らの心を深い谷間に投げ捨てる。投げ捨てても、投げ捨てても、身も心も消えるわけではない。確固とした自己が回復されるわけでもない。ひたすら時だけが無駄に過ぎていく。その境遇は、例えば次のような歌に垣間見える。

見しことも見ぬ行く末もかりそめの枕に浮ぶまぼろしの中

置かれた状況の中で、彼女は確かなものを探し当てていく。万葉のように、目の前の具体的なものを摑もうとするが、摑んだ瞬間にそれは幻のように消えてしまう。彼女が摑み取った確実なものとは、極小化していく己への眼差しであった。

水の変遷（透明―鏡―水滴）

草枕はかなく宿る露の上を絶えだえ磨く宵の稲妻

この式子の歌は、一見、個人の独白の姿をとっているが、実はその背後に、日本の和歌において中心的な主題であった「水」の歴史がまさに水滴という凝縮した姿の中にほぼすべて折りたたまれている。このことを水鏡の由来とその変遷の中に探ってみたい。まず万葉に見られる「水底」の語に焦点を当てる。ここで「水」ではなく、あえて「水底」の語を選んだのは、語の意味が『古今集』では、水鏡へと逆転するからである。

1. 水底の玉さへさやに見つべくも照る月夜かも夜の更けゆけば

(訳) 水底の玉も見えるほどに月の光が射し込む夜が更けていく。

2. 大海の水底豊み立つ浪の寄せむと思へる磯のさやけき

(訳) 海の底は深いので、立つ浪が寄せるように見える磯の清らかさよ。

3. 大海の水底照らし滴玉いはいて採らむ風な吹きそね

(訳) 海の底を照らすほどの真珠をどうかして採りたいから風よ吹いてくれるな。

4. 水底に沈く白玉誰がゆゑに心尽くして我が思はなくに

(訳) 水底に潜む真珠のようにひっそりと暮らしているあなたを思い続けないことがありましょうか。

5. 能登川の水底冴へに照るまでに三笠の山は咲きにけるかも

(訳) 能登川の水底が明るく照らされるほどに三笠の山の桜が咲いたよ。

6. 水底に生ふる玉藻の打ちなびき心はよりて恋ふるこの頃

(訳) 水底に生えている玉藻がゆらゆらと揺れるように、私の心もゆらゆらと恋に揺れている。

7. 水底に生ふる玉藻の生ひ出でずよしこの頃はかくて通はむ

(訳) 水底に生えている玉藻が揺れていたように私はあなたを思い出したので、これから行くことにしよう。

8. 八釣川水底絶えず行く水の続ぎてぞ恋ふるこの年頃を

(訳) 八釣川の水は絶えず流れていくが、それが尽きてしまってもこの恋は終わらないだろう。

9. 大海の水底深く思ひつつ裳引均しし菅原の里

(訳) 海原の水底のようにあなたをお慕いして、衣の裾で道を均すほど限りなくあなたのところに通った菅原の里でした。

これらの歌は、1、2、3、5がほぼ実景を詠った歌で、4、6、7、8、9が自らの恋心の深さを海の深さに喩えた歌である。前者は客観的観察による歌で、後者は外景にかこつけて情念を歌った主観的な表現である。ここで注目すべきは、「水底」という用語が言葉通り、水の底を指していることである。『古今集』からはるかに下った時代の道真の歌でも、やはり「水底」は実際の水の底を指していた。

海ならず湛へる水の底までに清き心は月ぞ照らさむ

讒言によって大宰府へと流刑の身となった後の道真が、天皇への忠義を訴えた歌である。その意は、「私の心は深く澄み渡っていて、その底にまで月の光が届くように、天皇様への忠義の心にはいかなる濁りもありません」である。海の底が清い、という概念は、すでに万葉時代に定着していた。それに道真は月の光を重ね、透明なものへの月光の浸透という、大陸的なイメージへと繋げていく。そしてそこに最終的に、自らの潔白の象徴となる「水の底まで月の光が差し込む」という最終像を作り上げる。透き通る水のイメージを用いた点では、確かに万葉の延長線上にある。ただし、目の前の有様を描写したに過ぎない万葉時代の「水底」の語と比べると、その違いが際立つ。この水底は肉眼には見えない。心で捉えた想像上の深い海の底である。観察に基づく描写ではなく、想像力をめぐらして作り上げた構成詩である。

道真が遣唐使を中止し、失脚した後、これまで日本の実情には合わない過度の中国化があったためであろう。ナショナリズムとしての和風化の機運がにわかに高まる。空海、橘逸勢、嵯峨天皇の書に特徴付けられた大陸の臭いの強い三筆から、藤原行成、藤原佐理、小野道風という和風の三蹟へのスタイルの移行は和歌の世界にも波及し、『万葉集』に見られ、道真によっても使われた「水底」がもつ、透明な水への視線の浸透という観念は、『古今集』時代に入ると、たちまち消滅してしまう。そもそも澄んだ水という万葉的な概念が『古今集』からは消失している。これには編者である貫之の意向が強く働いていると思われる。以下は、万葉以来の伝統であるはずの「水の深さ」を詠った貫之の歌である。ここで興味がひかれるのは、『古今集』では「水底」の語が、どのように継承されていたかということである。驚くことに『古今集』では、「水底」の語を有する歌は、一首しかない。それは、貫之が深さを嫌ったことの証といえないだろうか。唯一のこの歌の場合でも、本来、深さを示すはずの語が、万葉の時代のそれとは異なって、水の表面の反射に関わるものへと変移している。とりわけ貫之のみがこの「水底」の語に拘泥し、彼個人の私歌集である『貫之集』では、実に一三回の用例が見える。

水底に影しうつれば紅葉ばの色もふかくや成りまさるらん
ふたつこぬ春とおもへど影みれば水底にさへ花ぞ散りける
河辺なる花をしをれば水底の影もともしく成りぬべらなり
空にのみみれどもあかぬ月影の水底にさへ又も有るかな
我が身又あらじとおもへど水底におぼつかなきは影にやは
水底に影さへ深き藤の花花の色にやさをはさすらん
月影のみゆるにつけて水底を天つ空とや思ひまどはむ
うつるかげありとおもへば水底のものとぞ見まし款冬の花
照る月も影水底にうつりけりにたるものなき恋もするかな
しづむともうかぶともなほ水底になををし鳥の共にこそおもへ
水底に影をうつして藤の花千世まつとこそにほふべらなれ
ものごとに影水底にうつれども千年の松ぞまつはみえける
ふたつなきものとおもふを水底に山の端ならで出づる月影

この使用頻度の多さに加えて、「沈むとも浮かぶともなほ水底に名ををし鳥の共にこそ思へ」の一首を除くと、すべての用例が、実際の水底への眼差しの到達ではなく、水面反射を示していることが特徴的である。これまで、深い水の底を意味する「水底」の語が、貫之においては、水面反射の意味でのみ使用されるようになったことは、驚くべき変化である。「水面」と記してよいものをなぜ、貫之はあえて「水底」と記すのか。それはすでに述べたように、水面を単なる二次元の像ではなく、奥行きを持ったもう一つの世界と捉えたためである。これが国風文化の樹立と深くリンクしているということに関しては、すでに述べた通りである。

先の水鏡という視点から見る限り、『新古今』時代の歌人・式子内親王の歌の中に、貫之以来の伝統をみることはほとんど不可能である。事実、彼女は水鏡を一度も詠んでおらず、彼女に限らず水鏡を歌った例は、『新古今』時代にはほとんど見出せない。では、次の式子内親王の歌はどうだろうか。

草枕はかなく宿る露の上を絶えだえ磨く宵の稲妻

この歌には水鏡が現れている。もともとは、水面の上に成り立つはずの水鏡であるが、その水面が縮小し、ついには露という点になったとしても、そこに水面という表面がある限り、相変わらず何者かが映るという点では、水滴も水鏡であることに違いはない。つまり、式子内親王の露の表現に、古今以来の水鏡の歴史的変貌が現れたとも理解できるのではないか。しかしそこに映し出されるのは、貫之のような、もう一つの独立した自立世界ではない。映るのは一瞬だけ輝いて消える閃光のみで、水滴上の反映は、空にあって光る巨大で法外な閃光とは、貫之の水面のように、等価でもなければ、本体から自立できる確かな存在でもない。この歌には、物事を理解して正確に把握して、世界を空間として秩序立てていく、というような反歴史意識などあるべくもない。思えばこのような自立というものは、経済的な基盤なしには成り立ち得なかった。貫之の歌にしばしば見られる広大な水面とは、当時の貴族の全国各地の荘園という経済基盤にも対応する。そうした荘園はその後武士によって蚕食されていき、式子内親王の時代には、貴族の荘園支配は極端なまでに減少していたことと、この歌はパラレルに関わっている。以下の二歌には、上述の式子内親王の露の歌の出発点となるモーメントが隠されている。

1. 山深くやがて閉ぢにし松の戸にただ有明の月や洩りけん
2. 山深み春とも知らぬ松の戸に絶え絶え掛かる雪の玉水

1の「けん」は過去の推量であり、「していたのだろう」の意である。「改めて考えてみると、あの時は、戸板には、月が煙々と照っていたのだったのだなあ」ということになる。空間的に近いが、時間的には距離がある。式子は、月が戸板に映っていたことを後から表象している。2には、すでに挙げた孟浩然の「春暁」の「春眠不覚暁／処処聞啼鳥／夜来風雨声／花落知多少」の影響が見られるとも考えられる。詩人が布団の中で、昨晩の強い風はどのくらい花を散らしただろうかと自問する時、戸板を突き抜ける詩人の想像力が発動しているからだ。戸板が詩人の肉眼を遮るために、散ってしまった花の、より鮮明なイメージが、かえって鮮明に刻印されている。この詩には、ヨーロッパ十七世紀頃に発明された、カメラ・オスクーロを心のあり方として描き換えたようでもある。この装置は、暗箱に針で小さな穴を開け、その反対側の面に擦りガラスを置き、箱全体を黒い布でおおうことで、布の中に入ると、すりガラスの上に外の風景が映し出されるというものである。箱には、目に見えないくらいの小さな穴しか開いていないが、それがレンズの役割をして、外の風景を擦りガラス上に投影する。彼女は、深い山の中に住んでいて、松の戸をすっかり閉め切っている。室内という暗箱に開口は存在しない。ただ松の戸の表側に、雪解けの水が水滴となって降り掛かるのが一瞬聞こえるだけだ。その瞬間、音が暗箱に、針の穴ほどの開口部を開く。空中を落下する澄み切った水滴の姿が、心のスクリーンに映し出される。式子は、その透き通った水滴の表面に、春を知らせる外界が映っているのを見たのである。

水滴にも水鏡があるという意味で、この歌は当該の「露の上を絶えだえ磨く宵の稲妻」の歌にも直結する。先にみたように、貫之にとっては、水鏡はもう一つの、この世界からは独立した三次元の空間であると同時に、現実空間から独立した意識空間の確保を意味するものであった。そのために、「水面」とは呼ばずに、あえて奥行きを持った「水底」と名付けた。水底とは広がりをもつと同時に奥行きをもつ日本そのものでもあった。そうした水鏡が和歌の中にその後も歌い続けられたかというと、必ずしもそうではなかった。水鏡の歌は、貫之以降はほとんど歌われなくなる。それは大陸への意識が次第に薄れていったことでもある。そうして式子内親王が再び水鏡に気づいた時には、鏡は一滴の水滴になっていたという歴史的解釈も可能ではないか。水滴上の鏡というイメージが形成された時が、まさに貴族たちの経済基盤の喪失と同時期に起っているということは象徴的なことがらである。貫之の時代に、露の上に何かが映るというような表現が一度でもあれば別だが、それが描かれたのは、貴族の衰退時期に重なるということの中に、両者の何らかの対応関係を見ずにはいられない。とにかく、こうして貫之の歌では、広大な水面だったものが、式子の歌では、今にも零れ落ちそうな一滴の露となる。

平安の盛期、貫之が生きた時代は、丁度、列島の日本が文化面で大陸と深い係わり合いを持ち続けてきた関係を、一端休止させた直後のことであった。当時は、中国が五代という混乱期に入ろうとしている時期で、その時の日本は、国としてそれなりの体裁を一応整え終わっていたこともあって、遣唐使中止を決定した。そこで貫之は、地理的にみても、大陸からはるかに離れている日本が、一応の成熟に達し、自立した文化を持ち始めていることの象徴として、和歌作りの中で鏡像に拘泥したと思われる。水面に映る姿の中でも、とりわけ貫之はもう一つの月にとりつかれたのも、こうした理由による。だが時代が下った式子内親王になると、大陸に成立した新たな帝国・宋が北方からの異民族の侵入に絶えず悩まされたこともあって、極東に対する関心は薄まっていた。この結果、宋は文化的には先進国であっても、その威光は希薄で、文化的のみならず軍事的にも、脅威を与える他者ではなくなっていた。今や他者は国内の、身内にいた。当時の貴族社会の中に、異様なる他者が急激に増殖し勢力を拡大していた。それが武士である。かつて貫之は、自らを大陸から切り分けることが出来た。だが、式子は貫之のように再び他者を切り分けることができたであろうか。当時の武士は、貴族にとって、いわば癌細胞のようなもので、自らの内に侵入し、どんどん成長し、切り取ることも制御も不可能な異者となっていた。理解も同化も分離も不可能な、途方もない存在であった。彼女の歌は、そうした異者に接しつつ、それに抗することもできず、ただひたすら圧倒されていくことを歌った、赤裸々な魂の叫びだったように見える。

草枕はかなく宿る露の上を絶えだえ磨く宵の稲妻

この歌には「稲妻」の語がある。古来日本では、稲妻は稲を成長させる、よきものとして考えられてきたが、この歌の場合、必ずしもその意味ではない。あらためて稲妻が、古来どのように歌われてきたかを確認しておきたい。

秋の田の穂の上を照らす稲妻の光の間にも我やわするる　読み人知らず

（訳）秋の稲穂に走る閃光の一瞬だって、僕は君を忘れはしない。

道風しのびてまうできけるに、親聞きつけてせいしければ、つかはしける

いとかくてやみぬるよりは稲妻の光の間にも君をみてしか　大輔

（訳）このように二人の間が終わってしまうのであれば、稲妻の一瞬でもお会いできればうれしいです。

世の中をなににたとへむといふふることをかみにをきてあまたよみはべりけるに

世の中を何に喩へむ秋の田をほのかに照らす宵の稲妻　源順

（訳）世間を何に喩えればいいのでしょう、それは秋の田を一瞬照らすだけの宵の稲妻です。

これらの歌に見られるように、古来、稲妻は束の間を意味するものであった。次に、稲妻と露とを詠込んだ歌の例を探ってみよう。

稲刈り干る

朝露の晩稲（おくて）の稲は稲妻を恋ふと濡れてや乾かざるらん　貫之

（訳）実りの遅い稲穂は成熟を促進させる稲妻を恋しく思い、泣いて濡れて乾かないでいるだろう。

稲妻の光にみれば小山だの夕露しげく置きまさるかな

大斎院前（村上天皇皇女）

（訳）夕暮れの薄明かりであっても、稲妻が光ると、小山の露があたりにいっぱいにかかってい
る美しい風景が一瞬、はっきり見える。

これらの歌でも稲妻はポジティヴな存在として強調されている。ところが、式子内親王の時代に成立した「六百番歌合」になると、それまでのイメージとは打って変わって、稲妻は不吉で、まがまがしく、空恐ろしいものへと一挙に変貌する。稲妻が照らし出すのは荒涼に他ならない。稲妻は、武士の勃興に対して抗し得ない、貴族たちの瀕死状態を照らし出す語として、まったく別の容貌を持って現れる。

集（すだ）き来し沢の蛍はかげ消えて絶えだえ宿る宵の稲妻　寂蓮
はかなしや荒れたる宿のうたた寝に稲妻通ふ手枕の露　良経
風渡る浅茅が上の露にだに宿りも果てぬ宵の稲妻　有家
眺むれば風吹く野辺の露にだに宿りも果てぬ稲妻の蔭　有家

これら一連の歌からも、「稲妻」の語の発展の軌跡を読むことが出来そうである。まず良経の女房の歌では、稲妻は、手枕の露つまり涙に対して「訪問する」という「通ふ」の語が当てられている。これが有家では、「宿る」となり、さらに式子では「磨く」と変移して、次第に露に深く関わっていくのが分かる。それは、まるで武士が摂関体制に浸透していくのを反映するかのようである。また寂蓮の歌では、稲妻が水面に反射する点に絞れば、そこには貫之の残照がみえるかもしれない。これ以降は、稲妻が映るのは二次元の水面ではなく、それが一次元の線に留まることなく、いわば零次元に近い点に縮小していく。

寂蓮の歌だけは、蛍の光と稲妻の光との比較をとりあげているのも注目しておきたい。ここでの光源は二つあって、一方の稲妻は、闇を切り裂いて輝き、他方の蛍の光は、闇に吸い込まれていく。これは当時の社会情勢における武士と貴族を想起させるに十分なものがある。以下の式子の歌では、蛍は

月の光の破片として理解されている。

眺むれば月は絶え行く庭の面にはつかに残る蛍ばかりぞ　式子内親王

月が去った後は、ただ暗い闇だけが残ると思っていた矢先、闇に目を凝らすと微かな光を放つ蛍が庭の表面のあちこちから浮かび上がってきた、という。月は王朝盛期で、蛍はその破片を指しているという解釈も成り立ちうるかもしれない。

さて、再度、「六百番」の一連の歌に戻ってみよう。良経の女房の歌では、一瞬のフラッシュである稲妻が、さびれた宿にうたた寝する者の目から零れ落ちる涙に光る。「はかない」と「荒れた宿」は共に、荒廃していく摂関体制の意味も負う。今目の前に興廃した現実があるとすれば、そこで見る夢とは、それを見ないことに他ならない。それは甘美な夢である、だがたちまち途切れ覚めてしまう。それが自分たちの歌う歌であるという。「稲妻」は、武士同士の争いで、「手枕の露」はそうした時代を作者が嘆いているという理解があってもよい。次の有家の歌では、荒野の草に宿る、つかの間の露に稲妻が光ることが述べられ、彼のもう一つの歌はその変奏である。このように、寂蓮を例外として、三人の歌は、揃って、稲妻は露に反射するものとして詠まれている。

それを式子も継承している。しかも式子は、歌から限りなく物質性を拭い去ってもいる。「草枕」の語は、草を結んで枕とする意だが、旅寝と同義で草そのものではない。この歌にある唯一触れられる物質は、露だけである。露の実体性が前面に出ている。また、この歌のもう一つの特徴は、「稲妻が露を磨く」にある。稲妻は水滴に自らを映す際に、大切な玉を磨くのだから、丁寧にしかも、瞬時におこなわれる。稲妻が映れば映るほど、玉は滑らかに磨かれていく。かつて貫之は、水という物質自体ではなく、水面が、独立したもう一つの世界を開示していると考えた。式子の場合も実際の稲妻と水滴に映っている稲妻がある。一つは空に光る実際の稲妻。もう一つは、露の表面に映る映像としての稲妻。しかし、鏡像の上にもう一つの月を抱いて、実像の月を凌駕するほど、自立性を保有しえた貫之の水面とは違って、この歌では広大な鏡面は露へと縮小する。それは、幾度か輝く稲妻を写しながら、草を伝って落ちて消える。

掠めていく春

『式子内親王集』の冒頭の春の歌二十首は、まとまってそれ自体でほぼもう一つの物語を成している。春の到来の予感及び接近に関しては、きわめて微細なまでに描出しつつも、最盛の春の横溢が、目の当たりにされることなく、目隠しされたまま春が過ぎ去っていく、という春のアブセンスが巧妙に構成されている。

1. 春もまづしるく見ゆるは音羽山峯の雪より出る日の色

「峰の雪」の代わりに「山の端」などという語が用いられているとすれば、まさに「山から顔を出す太陽、その光の色よ」ということになろうが、ここでは、元来、物質名詞である「雪」から日の光が出る、という。「より」は雪の表面や端からの運動の出発点を示すのではなく、「を通して」の意味であり、雪の内部から外部へと日の光が現れ出ることにもなり得る。となると、太陽の日はまず雪の中に射し入り、さらに内部で乱反射して後、外部へと微かにあらわれ出でることを意味していることになる。一度積もった雪の中に入り込み、再度外部へ漏れ出す光はきわめて微かでわずかである。ただ、雪が凍りついて、氷になっていると、そういうことがきっと起るのだろう。そうした光の通過をあえてはっきり見えると記しているのは、いかにも予感的な感覚を描くのに長けた式子内親王らしい。雪を潜り抜けて来る太陽の微かに紅色の光のうちに春の徴が読めることになる。

2. うぐひすはまだ声せねど岩そそくたるみの音に春ぞ聞ゆる

春の到来は本来ならば鶯や梅の開花によって知ることになるのだが、そうした視覚的で具体的な春の象徴の代わりに、ここでは、雪解けの水がその予兆として描かれている。

3. 色つぼむ梅の木のまの夕月夜春の光をみせそむるかな

梅花の開花ではなく、梅のつぼみが膨らんだのを、夕月の光がはじめて照らしだしたという。春の現前ではなく、未だ春の予兆のみを彼女は感じ取っている。

4. 春くれば心もとけてあは雪のあはれふり行く身をしらぬかな

春が来ると、雪ばかりではなく、自分の凍りついた心もまた溶けてくるのは嬉しいとはいうものの、心が溶けていくといっても、そのはかない雪のように、自らの身もまたそれと共に老いていき、それがどこに向かうのか分からない。「歳をとっていく自分がどこに流されていくかを知らない」と記してはいるが、この歌は少なくとも知らないということを知っていることになる。知らない自分を知っているのは自分である。ということは自分のそうした運命を知っている見知らぬ超越者、それがこの歌に隠されていることにもなる。まだこの歌では、彼女は仏の眼差しに重なることはできていない。後で触れることになる「静かなる暁ごとに見渡せば」の歌では、それが実現している。そこでは、身体から抜け出したもう一つの脱魂的な自己が自分を見下ろしている歌となる。

5. 見渡せばこのもかのもにかけてけりまだぬきうすき春の衣を

見渡しても、あそこもここも、まだ春霞があたりをすっかり覆っていて、春は現前していないという。春を身近に感じたいと思っても、それがつかみきれずに心もとない気持ちがここには込められている。春はなかなか到来しない。

6. 跡たえていくへもかすめふかく我がよを宇治山のおくのふもとに

世間に自らの存在を示す代わりに、どこまでもどこまでも霧の奥深くに彼女は自分を隠してしまいたい、宇治山の奥の麓に。

わが庵は都の巽鹿ぞ住む世をうぢ山と人はいふなり

喜撰法師は、「自分は幸せに住んでいるのに、世間の人は憂しの山と呼んでいる」と歌ったが、式子内親王にあっては、そんな気軽なものではない。名を成したい、功を遂げたいというのが人の世の常であるのに、式子内親王は世間から隠れ隠れて、消えてしまいたいと心から思っている。この歌は春の歌であるが、おなじような感情を彼女は秋の歌でも歌っている。自己顕示とは正反対の、内へ内へと向かう式子の心の基本的な性向を次の歌でも見ることができる。

7. はるぞかし思ふばかりに打ちかすみめぐむ木ずゑぞながめられける

遠景は春霞にかすんでいるし、近景の梢は春の恵みを受けて芽を吹いているのが見える。どちらも春の到来を示している。遠近の対象と並置。ここで初めて春の到来の喜びが表現されている。

8. きえやらぬ雪にはつるる梅がえの初花ぞめのおくぞ床しき

雪から白い梅、そして深く色づいていく梅染の段階を季節の変化に似せた。この歌では、雪と白い梅は共に白い、類似の関係にあり、梅のつぼみが開くにつれてそれが次第に色を発していくという変化もまた漸近的である。唐突とは真逆に、春が忍び寄ってくる様を描き出している。

9. たが里の梅のあたりにふれつらんうつりがしるき人の袖かな

ここでも梅の姿は現前ではない。ただ梅の香りだけが明確である。

10. 梅の花恋しきことの色ぞ添ふうたてにほひのきえぬころもに

11. 花はいさそこはかとなく見渡せばかすみぞかをる春の曙

花は何処にあるのかと思っても、それは霞に遮られて見えない、しかし霞を通して、花の香が薫っている春の曙である。

12. 花ならでまたなぐさむるかたもがなつれなく散るをつれなくぞみん

「花の他に私を慰めてくれる対象でもあればいいのだけれど、でも実際はそうしたものがあるはずもないから、こちらは、はかなく散る花を、それにとらわれることなく、心を静めてひっそりと見ていましょう」と式子はいう。この歌を精確に理解するには、次の伊勢の歌を隣に置くことが望ましい。

垣越しに散り来る桜を見るよりは根込めに風の吹きも越さなん　伊勢

こちらでは「チラチラ花弁を我が庭に吹き寄せるくらいならば、いっそうのこと風が根ごと桜の木を吹き寄せてくれればいいのに」と歌う。一方は鑑賞の対象を徹底的に自分の傍に引き寄せようとし、他方では、「あっという間に散ってしまうのだから、そうしたつれない花に心を引きずり回されるのは嫌、だから自分は距離を持って遠巻きに花を眺めることにしよう」と歌う。視界から失われない限りにおいて、花をあえて自分から遠ざける。積極性と消極性の対照的なあり方。それは二人の歌人の個性の違いだけではなく、彼らの生きた時代背景と深く関わっている。伊勢は最盛期と関わり合い、式子は最盛期から外されている。

13．はかなくて過ぎにしかたをかぞふれば花に物おもふ春ぞへにける

花を実地に見てではなくて、花についていろいろ想像を巡らすと記している。彼女の目の前に春はない。

14．誰もみよ吉野の山の峯つゞき雲ぞ桜よ花ぞしら雪

雲から桜、桜から花、花から雪へと意識が滑っていく。それは、それらのものが互いに類似しているからである。類似するものを並べるという手法は、すでに、8の歌に見られる。それ自体が姿を少しずつ変えていくかのように、滑らかに次々に別のイメージに移っていく。雲に見えたものは実は桜であった。桜といっても、ここでの桜はいわば集合名詞としての桜であり、だから雲と見紛った。そしてさらに近づいていくと、一輪、一輪の花弁がみえてくる。しかしさらに接近していくと、それに落下運動が伴っていることによって、花弁は雪となってしまう。

元来ならば、遠方のものへ近づいていくほど、その姿がはっきりしてきて、人間の感覚は正しい認識へと寄っていくはずである。しかしこの目の前の桜の花弁は散ることで、見る者の正確な認識を拒み、我々をまぼろしへと誘う。近寄っていくと、逆に幻想に飲み込まれることになるという桜の魔力を描き出している。ここには確かにこれまでの歌にはなかった春の横溢がみ

られるものの、桜の花のプレゼンスはない。花はたちまち雪にすり替わってしまう。

15．花咲きしをのへはしらず春がすみ千草の色のきゆるころかな

「頂上の桜は確かに咲いているのが見えるが、春霞に覆われた千草の花はもうすでに消えるころになってしまったのだろう」。貫之の「三輪山をしかも隠すか春霞人に知られぬ花ぞ咲くらん」では作者は花を肉眼で見ていない。意識を飛ばして、花を見ている。こちらは逆に、見えるものにさえもあえて目をくれない。見えるものではなく、霞に隠れて見えない花に思いをはせる。そしてそれらの花はもう散ってしまっているだろう、と。その頃はもう散ってしまっているだろうと歌ったのは家持であった。

竜田山見つつ越えこし桜花散りか過ぎなん我が帰る途に

この歌は家持に近い。春はもう過ぎた、と。それでは彼女は春の横溢を満喫したのかといえば、そうした歌は二十首の中では１４の歌が唯一それに当たるだけである。確かに一瞬、春を満喫するものの、それは次の瞬間にはもう過ぎ去ってしまったと歌う。春のプレゼンスはまさに彼女にとっては一瞬の出来事であり、その瞬間を逃してしまうと、もう春は捉えられない。

16．春風やまやの軒ばをすぎぬらんふりつむ雪のかをる手枕

この雪は花なのか、それとも文字通りの雪なのか。ここでは春の歌の順序の中では、後半に入る。つまり春は確かにもう来ている。となるとそこであえて雪というのは、雪と見えた花のことである。雪かと思っていたらそれは香る桜の花であったという。あまりに長い冬のために、春が来ても春が来たと実感できないからこそ、花を雪と見間違えたのだろう。春爛漫のここに

至っても、春のプレゼンスを摑みかねている式子内親王である。

１７．残り行く有明の月の影にほのぼのおつるはがくれの花

月の光は咲いている花を照らしているのだろうが、それは葉に隠されていて見えない。咲いている花本体の総体は見えなくて、それが少しずつ散って、ぽつぽつと落ちてくる花弁だけが、月の光に照らされて見える。ここでも満開という横溢のプレゼンスではなくて、そのアブセンスが主題になっている。最盛期に生まれ合わせなかったという、疎外感はこの時代の多くの歌人が共有していて、それがまずは崇徳院に典型的に現れるが、彼の場合は戻ろうとする、あるいは守ろうとする意志があった。ところがその次の世代である式子内親王の場合は、もうそれもできなくなって、彼女が女性で斎院であることとも相まって、さらに受動性が増していく。与えられた環境を悲しく享受するほかはない。

１８．うぐひすもものうくはるはくれ竹のよがれにけりな宿もさびしき

春はもう終わろうとしているのに、呉竹にも鶯はやってきては暮れて、自分の家はさびれていく。

１９．ふる郷へ今はと向かふかりがねもわかるる雲のあけぼのの色

２０．今日のみと霞の色もたち別れ春は入日のやまのはの月

１８には「夜枯れ」の語がある。枯れるのは、愛だけではない、春が枯れることも同時に意味している。さらに１９にも２０にも共通するのは「別れる」の語である。共に春の別れである。これら三首の歌は共に春の離別を主題にしているのだ。以上みてきたように、式子が春の現前を捉えたのは１４

の歌のみである。それ以前は春の到来の微かな予感にすぎず、そしてそれ以降は、春のよすがであり、その跡にすぎない。春の実体は彼女を掠めただけだ。これこそが式子の意図した春の景色であり、彼女の一般的なスタイルである。

その他の夏・秋・冬の歌

冒頭の春の歌二十首に比べるとはるかに密度は落ちるものの、次の一首は大変優れた歌となっている。

おしこめて秋のあはれに沈むかなふもとの里の夕霧の底

ここでは秋という存在が、ゆっくりとしかも圧倒的な力を持って迫ってくることで、麓の里は夕霧の底に押し潰されていく。山から麓の里へと秋が移動するゆっくりとした時間は、いわば荘重な音楽を聴いているようである。それはどこかドイツの詩人、ヘルダリンの「パンと葡萄酒」の第一節の終わりを想起させる。

die Schwärmerische, die Nacht kommt,
Voll mit Sternen und wohl wenig bekümmert um uns,
Glänzt die Erstaunende dort, die Fremdlingin unter den Menschen
Über Gebirgeshöhn traurig und prächtig herauf.

陶酔的な夜が訪れる
多くの星々を従え、我々のことにはほとんど気に掛けず
驚嘆すべき姿をして目の前で輝き出る、人々の間にあっては異郷の者、
その彼が悲哀に満ちて壮麗に今、山の頂からゆっくりと下りてくる

秋きぬとをぎのは風のつげしよりおもひし事のただならぬ暮

ここでは視覚をたよりに風が激しいことで秋の到来を察知する。次の一連の冬の歌は秋の歌よりもさらに作品のレベルが落ちる。

無月嵐は軒をはらひつつねやまでしくは木葉なりけり

この歌は肥後の「玉簾吹き舞ふ風の便りにも花の褥を閨に敷きける」の春と秋を入れ替えたもの。白川院時代のかつては、閨は花弁に満ちていた。今は閨を満たすのは枯葉ばかり、という意味合いが隠されている。この間百年にも満たない、急激な変化である。

知らないこと

内親王の和歌を考える時、避けて通れない語句表現がある。「知らぬ」である。そもそもこの語がどのように作歌に用いられてきたのか、まず探ってみたい。

桜散る木(こ)の下風は寒からで空に知られぬ雪ぞ降りける

「知らない」の主語は空で、それは天ではない、ということにおいて、大陸の権威と権力を暗示している。つまり、この歌にあっては、自分たちが対峙していた客体としての大陸国家が、もはや、自分たちの活動を知りえないし、支配し得ない、という意味を担っていた。これに対して、同じ「知らない」の語の主語が、二世紀たった式子内親王の歌では、向こうが知らないではなく、「私が知らない」という意味で、主語が客体から主体へと入れ替わる。この時代の平安貴族社会にとって、脅威ある他者とは、大陸から侵略してくるかもしれない高宗時代の唐や新興の宋などではなく、国内で勃興し、支配力をひたすら強めていく、身近な武士に他ならなかった。その結果、「知らない」という否定形は、支配し得ないという意味を持つため、彼女の能力の欠如と否応なく結び付かざるを得なかった。だが式子内親王といえども、当初から「知らぬ」の語に重い意味を与えていたわけではない。宗教性や政治性もない、きわめて日常的な表現としてこの語が用いられ始める。

誰が垣根そことも知らぬ梅が香の夜半の枕になれにけるかな

「誰の家とも知らない垣根から梅の香りが香ってくる」というこの歌は、たわいもないことを歌っているのは明らかだ。

今朝見れば宿の梢に風過ぎて知られぬ雪の幾重ともなく
桜散る木(こ)の下風は寒からで空に知られぬ雪ぞ降りける　貫之

この歌は、今見た歌の延長にありながらも、より作り込まれている。「知られぬ雪」は貫之由来の語である。花弁が雪のように散る古典的な表現ではある。貫之の歌なくしては、これが雪か花かは分からない。雪か花か見分けがつかないほどであるという。ディスオリエンテイションへの前段階とでもいうべきものであろう。春の到来が分からない、という歌は次の二首も同様である。

山深み春とも知らぬ松の戸に絶え絶え掛かる雪の玉水
としふれどまだ春知らぬ谷の内の朽ち木の本も花を待つかな

「春とも知らぬ」「まだ春知らぬ」は、共に春の到来を知ることが出来ない、の意。一首目では肉眼では感知しえないが、意識が春の到来を知っている。二首目は「朽木は、これから来るであろう春の到来をまだ知らないことを、私は知っている」の意である。次の三首になると、単に知らないのではなく、方向が分からないというベクトルが現れてくる。その方向は、主体が注ぐべき眼差しの方向である。

1. 眺むれば思ひ遣るべき方ぞなき春の限りの夕暮の空
2. 峰の雲麓の雪に埋もれていづれを花とみ吉野の里
3. 我が宿のいづれの峰の花ならん堰入るる滝と落ちて来るかな

1の歌「思ひ遣るべき方ぞなき」は、どの方向に視線を向けたら、春はまだ残っているのか、分からない、の意。ここには春のよすがは、残っていない。夕暮のどこを向いても、花の痕跡が無いために思わず空を見上げてしまう。一種の喪失感が見える。2では、「雲にしても積もった雪にしても、実は、それらはすべて桜の花であり、どこもかしこもそれに覆われているので、どれが花であるのが分からない」という。桜の花と識別されるのは、花が無い所があってこそ分かるのであって、視界すべてが花であれば、どれが花であるか分からなくなるという。3では『古今集』との関連が重要である。桜の花弁は、『古今集』では、運動の方向を持たずに散っていくものと理解されていた。ここでは、そうしたカノンを破って、何処の峰からやってきたのか分からない桜の無数の花弁が運動の方向をもって、我が家に堰を切ったように突然、猛烈な勢いで押し寄せてくる。桜の花は、日本文化の定点であった。それが何処にあるのかがもう分からなくなっている。桜が持つ不動の定点が喪失していると言うことができる。

浪の花沖から咲きて散りくめり水の春とは風やなるらむ　伊勢

この歌は「物の名」の部に収められているが、花弁の多さと咲いている場所の高さから、桜である可能性がきわめて高い。この歌は桜の花が、春風と共に琵琶湖の西岸という開かれた場所において湖から押し寄せてくることを意味する「散り来る」の語をもつことから、古今では、桜の項ではなく物の名の項に入っているとはいえ、やってくるその方角は明確だ。式子内親王の歌では、どこから来たとも知れない無数の桜の花弁が、私宅に押し寄せているのだからその違いは大きい。次の歌では、何処から桜の花が送られてくるのかは分かるのだが、それは作者を通り越してさらに知らないどこかへ吹かれていく。

尋ねみよ芳野の花の山おろしの風の下なるわが庵のもと

庵の屋根の上高く、桜の花弁の群れが通過していく有様を歌っている。繰り返すが『古今集』では、運動の方向を持って桜が散ることはなかった。院政時代の肥後では、桜の花は寝室まで侵入する。それでも自分のほうに向かって桜は吹き寄せていた。ここでは、桜の花弁は自分の家の上を通り過ぎていく。これら式子内親王の桜の二首の歌では、一方は何処から来たのか分からない桜の花弁が、突然自分の家に降り注いでくる、他方では、空高く桜の花弁の群れが自分の家の上をはるかに超えてどこかに吹かれているというように、桜の花にはかつて貫之が許すはずのなかった運動の方向が与えられ、しかも方向はあるものの、出発点、そして二番目の歌ではその到着点も見えなくなった桜を描くことによって、取り残された自分の、時代に対する無力感、自分の居場所が見つけられない、ディスオリエンテイションの寄る辺のなさを表現している。

式子内親王の父・後白河は、ゆくゆく天皇になることになるなど、人々もまた自分も考えもしなかった。それゆえに、天皇にふさわしいだけの教育を与えられることがなく、無教養な人物で、ポップカルチャーの信奉者として、古典的な教養も積まなかった。当然、この父親の周辺には、「貫之のカノン」に頓着する人物など存在しなかっただろう。しかし皇女自身は、父親とは打って変わって、謙虚で内省的な女性であった。皇女の基本的な教養は、万葉の自然描写を通じて、そこに生糸のように繊細で、打ち震える神経を織り込んでいって出来たものといえる。伝統的教養の欠如と、皇女であるにもかかわらず、斎院であったことが幸いしてか、大自然に隣接する瑞々しい感受性が培われ、それが既成の枠にとらわれない表現の幅と自由さを可能とした。この歌は、そうした典型的な歌である。

ここで再度「知らぬ」の続きに戻ろう。「知らぬ」の語は、式子内親王にあっては、その後の展開として「行方も知らぬ」という失われた方角の意味を持つ語として、しばしば歌われることになる。以下は、この語を持った四首である。

1. 匂ひをば衣にとめつ梅の花行へも知らぬ春風の色
2. 眺むればわが心さへ果てもなく行へも知らぬ月の影かな
3. しるべせよ跡なき波にこぐ舟の行へも知らぬ八重の潮風
4. 秋は来ぬ行へも知らぬ歎かな頼めしことは木の葉降りつつ

これまでの歌では、式子内親王がどこを向いていいのか、その方向が分からないと歌われていた。しかし、これらの歌では、世界は何処かへ向かって動いている、しかし、その方向が分からないという意味はおおむね負っている。ちなみに貫之は「行くへも知らぬ」という二語の組み合わせを一度も用いたことはない。それは、彼は、時代がどこを向いているのか、自分が何を見ているのかを知っていた証左だった。またすでに見たように、貫之は「知る」の否定形を使う場合、主語は自分ではなく、相手とした。次の歌でも、自分は知っていても、相手は知らないという意味を帯びている。

菊の花雫おちそひ行く水の深き心をたれかしるらん　貫之

次の歌では「知っている」の主語は、長安に残された新妻の心に入り込んだ貫之自身になっている。

から衣うつこゑきけば月清みまだねぬ人を空にしるかな　貫之

ここでも「知る」は、辺境へ送られた夫の顔を新妻が思い浮かべる有様を貫之自身が追体験している意味で使われていて、知る主体は他者ではなく自己である。次の式子内親王の「行くへも知らぬ」の歌は、方向が分からないのではなく、主体である作者が客体の様子を想像できないこと、つまり知りえないことを指している。

眺めつるおちの雲居もやよいかに行へも知らぬ五月雨の空

「海に向かって視界が開けていた、あの遠くのすっきりした空にぽっかりと浮いていたあの雲は今頃どうなっているのだろうか。今、私の頭上を覆っているのは、ひたすら雨を降らしている、重く、厚い雲に閉じ果てた五月の空である。この空は一体どのような時間に向かって進んでいくのか、それがまったく分からない」という歌だ。ここでは、晴れた空に浮いた雲と、空を覆い尽くす雨雲とが対比されている。世界を覆い尽くしている厚い雲と、青空にぽっかり浮かぶ一つの雲。このような「すべてと一つ」という対比がこの歌の特徴と考えられる。このような「全と一」の対比は、以下の歌にも見られる。

いかにせむ千草の色はむかしにてまたさらになき花の一本

千草の「千」と一本の「一」とが、例えば、高麗の詩人・鄭知常の「送人」の冒頭の聯、「庭前落一葉／床下悲百虫」と同じように、数字として対になっている。「最後の一葉が庭に落ちていき、ベッドの下では無数のコオロギが泣いている」というこの詩では、前半で別れの後の孤独、後半でその悲哀へと通じるもので、二つのものの在り方が数字の上で明確に並置されている。一方、式子内親王の歌では、「艶やかさの極みであった王朝最盛期の華やかさはすっかり過ぎ去ってしまい、今自分の前にはそのうちの一本の花すら残っていない」という、飽和から貧窮へ、そして完全な消滅へと至る、動的な、あるいは歴史的な終末の過程が描かれている。ここには貫之の考えた遍在と偏在の対照化はみるべくもない。

花は散りてその色となくながむれば虚しき空に春雨ぞ降る

この歌も、単なる季節の変化を詠んだというよりは、それを借りて、時代の変化を読んでいる可能性が十分ある。かつての王朝文化の花やかなりし頃とは対照的に、今はもういかなる花も咲いていない、花の散った後であるという。降ってくるのは、花でなく、どこか生暖かい春雨である。次の式子内親王の一首は、行方の語を伴っていない。

常盤木の契やまがふ竜田姫知らぬ袂も色変はり行く

「知らぬ」快とは、「竜田姫が気付かないうちに」の意であろう。気づかないうちに変化していくという意味で、ここには運動による経過がある。次の歌では、古今以来の伝統である心身の語が用いられている。この二語を備えた歌は数あるが、その中でも、この歌と関連する歌を一首あわせて挙げたい。

1. 春来れば心もとけて淡雪のあはれふり行く身を知らぬかな
2. 白雪の共にわが身はふりぬれど心はきえぬ物にぞありける　大江千里

2では、身体は老いていくが、心は昔のまま消えずに残っているという。身体は老いて滅びるが、心は変わることが無い、というコントラストを明確に打ち出している。さすがに漢学者の歌った和歌という感じである。式子内親王の1が、この歌を形式的に継承しているのは明らかだ。しかしその状況は根本的に変わってしまっている。同じ雪を詠いながらも、式子の歌では、髪が雪のように白いのではなく、心が溶けて消えてなくなる。これは似ていて異なる二者である。大きな読み替えである。

言葉というものは、元来そのうちにコントラストを内包している。陰陽思想にも明らかなように、陽には陰が、陰には陽が内包されている。それはちょうど、赤色には、青緑という色が内包されていて、赤をじっと見た後に白に目を移すと、青緑が見えてくる生理現象とパラレルにある。ところが、式子内親王にあっては、このようなコントラストが消失する。消えるものと消えないもの、動くものと動かないもの、大きいものと小さいもの、明るいものと暗いもの。そうした両者の明瞭な区切り、隈取というものの、一方が消えていく。かつて貫之は大陸的なコントラストに基づく対句を嫌って、縁語を発案した。それは、似ていて違うものを対とすることによって生まれたアナロジーであった。しかし明文化されることのなかったこの理念は、時間と共に忘れ去られ、歴史の闇の彼方に消えていく。それと同時に、言葉が持っていた力も消えていく。武士の暴力の前で、言葉の力は極限まで弱体化していく。そうした無力感の中から生まれた一つが、式子内親王の和歌である。言葉に内在するコントラストを貫之はアナロジーに変えようとしたことは前述したとおりである。しかしながら、それはコントラストをアナロジーに変換することであって、コントラストそれ自体を失うことではなかった。しかし式子内親王では、そのうちにコントラスト、対極を内包するものであるはずの言葉が、ただただ希薄化していき、最終的に雲散霧消していってしまう。それでも言葉への信頼を彼女はどこかで信じようとする。

筆の跡に過ぎにしことを留めずは知らぬ昔にいかで逢はまし

（訳）筆によって過去のことを記述することなく、どうして昔のことを体験することができるだろうか。

彼女の中にあっては、どこか強さを秘めたこの思想はその後、俊成女によって力強く展開されていくことになる。

目覚めていること

束の間の闇の現もまだ知らぬ夢より夢に迷ひぬるかな

「闇の現」とは、夢を見ていない間の、現実での暗闇での逢瀬を意味する、という奥野陽子氏[1)]の指摘は的確である。つまり、夢の中でのみ光があり、うつつの世界はまったくの暗闇である。そのために、実際の逢瀬はまったく起こらない。出会いがこの現実の世界にはない。

始めなき夢を夢とも知らずしてこの終りにや覚め果てぬべき

この歌では、いつ始まったとも知れない人生、つまり仏教でいう「無始」である人生が、夢以外の何物でもないことを悟ることなく、ただひたすら人は夢を見続けていて、「私は、その夢の終わりにおいて、この夢から覚めるのであろうか、それとも、さらに別の夢へと移っていくのであろうか」と問う。無明長夜は無限に続くのかという自問である。実は、この歌は、彼女の叔父である、崇徳院の以下の歌を引き継いでいる、という理解も可能である。

うたたねは荻吹く風に驚けど永き夢路ぞ覚むる時なき

崇徳院は、夢は覚めないと断定しているのに対して、式子は、疑問へ変えている。未だ疑問形であるとはいえ、はるかに曖昧な、ディスオリエンテイションの、しかし同時にはるかに宗教的な感情に満たされて、その場にたたずんでいる。

いつきのむかしをおもひいでて

時鳥その神山の旅枕ほのかたらひし空ぞ忘れぬ

この歌では、彼女は眠らずに、時鳥の鳴き声が虚ろな心に共鳴しているのに聞き耳を立てている。「斎院（いつき）であった頃を思い出して」という詞書きから、彼女が賀茂祭での出来事を思い出して詠まれた歌であると分かる。『世界大百科事典』[2)] の解説によれば、賀茂祭とは「古来の神迎えの神事。神社の北西約八八〇mの御生野（みあれの）という所に祭場を設け、ここで割幣をつけた榊に神を移す神事を行い、これを本社に迎える祭りである。祭場には、七二〇ｃｍ四方を松、檜、賢木（さかき）などの常緑樹で囲んだ、特殊の神籬（ひもろぎ）を設け、その前には円錐形の立砂一対を盛る」とある。また、『兼載雑談』には「賀茂の祭の時は、（斎王は）斎院神舘にて庭に莚を敷いて、二葉の葵を枕にして寝給ふなり」と記されている。このことからも、式子内親王はこの祭りに際しては、神館で就寝したとなっているが、それは館と呼べるものではなく、七メートル四方を常緑樹で囲まれただけで、地べたに双葉の葵を枕にして寝た可能性が高い。この神館が、単に数本の常緑樹で囲まれたとは考えにくい。おそらく相当な数の大型の樹木を密集させて囲んだのであろう。その中心で就寝する斎院は、狭くて暗い針葉樹の隙間からぽっかりとあいた空を眺めていたはずである。

また「ほととぎす」の「ほ」の音は、唇をつぼめて口蓋を共鳴させる音で、それは日本語において最も口蓋が深く共鳴する音の一つであるといえる。その「ほ」の音が、ここでは「時鳥」と「ほのかたらひし」の二回出て来る。二つの「ほ」音によって出来た口蓋空洞の聴覚的イメージと、針葉樹が寝床の元まで迫る、井戸の底から覗いたような夜空という視覚イメージの重なり合いの中で、か細く、透き通った時鳥の微かな鳴き声が響いたという。この光景は、およそ日常的な空間からかけ離れていたであろうことが明確に想像される。斎院は屋外で就寝するのだから、一晩中ほとんど眠れなかったのではないか。彼女は、しばしば無明長夜を眠り続ける自分を和歌に詠い込んできたが、ここでは、目覚めていると考えるのが妥当だ。

次の歌でも、眠りと覚醒の対照が詠われている。

百首歌の中に毎日晨朝入諸定の心を
静かなる暁ごとに見渡せばまだ深き夜の夢ぞ悲しき

詞書にある「毎日晨朝入諸定」とは、地蔵菩薩が早朝、夜毎に湧き上がる煩悩を断ち切り、新たに真理に深く思いを寄せることを指す。菩薩が空高くから見下ろしているのは、仏の叡智の光に目覚めることなく、欲望と無知の夜を眠り続けている凡夫の膨大な群れである。内親王はこの歌の中で、どこにいるのだろうか。高貴な存在だから、地蔵の隣に立つことができたのであろうか。おそらく、そうではない。彼女も凡夫の一人である。確かに実際の彼女は、あばら家ではなく、御殿で眠りについている。しかし、地蔵菩薩の眼から見れば、どこに寝ていようが、誰であろうが、朝が来ても目覚めることなく眠り続けている点では変わらない。地蔵菩薩の眼差しにおいては、式子内親王も無数の無名の庶民も、まったく同列であることが悟られている。例えばそれは、五色の紐を黄金に描いた阿弥陀如来像の手と自分の手に結び付けて極楽往生を願った藤原道長の最期や、地上に極楽を実現しようと壮麗な平等院を建立し権勢を誇った頼道と比べても、浄土信仰の伝統から隔絶された、恐ろしく謙虚で超越的なものがある。それはおそらく、浄土教の法然の教えにあったのだろう。内親王は法然に帰依していた。法然こそ、学問としての仏教の学習を遮り、修行を退け、ひたすら祈りに救いを求めた宗教家であった。彼女は、無明長夜の眠りの内にあるはずだが、その魂は、身体を離脱した魂のように、自身の身体から抜け出して、地蔵菩薩の眼差しに入り込んで、ほかでもない自分を見下ろしている。ヒンズー教では、正義の神イシュワラーは、すべての人間の行いを見ているといわれている。それをどこか思い起こさせるものがある。超越者は眠らない。たとえば、目覚めた神を前に眠りこけている兵士たちを描いて有名なのは、ピエロ・デラ・フランチェスカである。

「キリスト復活」のこの絵では、兵士たちは車輪の車軸状に配置され、目覚めることのない世界を眠るがごとく、回転している。これに対して、キリストは車軸であることも、その回転をも抜け出して、垂直に屹立して静まり返ってこちらを見ている。永遠を見渡している。一方、眠っている兵士は何も見えない。ここでは、何も見えない眠りと、永遠の覚醒とが、静止と運動というコントラストのもとに描かれている。しかも、兵士とキリストをつなげるのはイエスの墓石、つまり死以上のものではない。両者は死によって完全に隔離されている。このように見ていくと、この絵はキリスト教の宗教画だが、どちらかといえば、仏教的な輪廻思想が読み取れるような絵でもある。この絵に表れているのはやはり「超越者は眠らない」の思想である。ラファエルロの手になる「ペテロの解放」はどうだろう。

画面中央には劇的な瞬間、看守たちが眠りこけている間に牢獄のペテロに手をさし伸ばす天使が描かれている。ペテロが牢獄に閉じ込められていることを強調するために、あえて中央に配置するだけでなく、逆光で鉄格子をコントラストで描き出している。右側には、相変わらず眠っている兵士たちを余所目に、天使に手を引かれて牢獄から立ち去るペテロがいる。ここには、幽閉の痕跡としての鉄格子はもうない。左側には、牢獄が空になったことに驚愕する兵士たちが見える。ここにも、幽閉の痕跡の鉄格子はない。こうし

て、この絵は解放という観念を見事に造形化している。この絵は三分割になっていて、それぞれが三つの異なった時間を描いている。このような時間の経過を一つの絵にまとめた例はきわめて珍しい。西欧版の絵巻物といってもよいだろう。しかしながら天使の出現によるペテロの逃亡は、超越者の到来というよりは、マジシャンのマジックに近い。ここには超越者の眼差しは感じ取れない。絵画はピエ

ロ以降、急速に世俗化していく。

そうした世俗化は、反宗教改革の流れの中で一時逆行する。一種の復古である。バロック後期の画家マッティア・プレーティーは三度、「解放されるペテロ」を描いている。この画家の初期作品では、時代が復古であるとはいっても、いまだラファエルロのそれと大した違いを見せていない。ラファエルロの筆にあっては、ペテロは何が起こったのかわからない呆然とした表情であった。それがプレーティーでは、いつ兵士が起きしてしまわないか、とおびえている眼差しに変わっている点に、わずかにバロック的な要素が見られる程度である。

プレーティーは晩年近くに、再度、「ペテロの解放」のテーマに挑む。ここでも眠るもの、怖れるものの二者は、前作と同じように描かれている。ラファエルロにみられた解放の観念はここでも画家の関心を惹かず、眼差しの方に関心が注がれる。それも今度は、ペテロの眼差しではなく、天使の眼差しに関心が移っている。天使はここでは超越者として現れる。その眼差しは、ラファエルロや若いプレーティーの時とは違って、絵を見る者に向けられる。その眼差しはピエロに見られたと同じ、「超越者は眠らない」のそれである。この眼差しは実は、式子の歌の地蔵菩薩の眼差しにおいてみられたそれと重なるだろう。

超越者は眠らない。その地蔵菩薩は眠り続けるものへ眼差しを向ける。その中には式子内親王ももちろんのこと、当然、我々も入っている。ところで、その眼差しはどんなものだろう。慈愛だろうか、憐憫だろうか。天使は我々を見ているのだろうか。我々に焦点を合わせているのだろうか? いや、天使は我々を見てくれてはいない。見ているものは、ひたすら我々の心に巣食っている無明長夜の闇である。式子内親王の地蔵菩薩が我々を見下ろしている時、彼は我々を見ていただろうか? 彼が見ていたのも我々の魂が潜む無明長夜の闇だったはずだ。一人は平安末期の歌人、もう一人は

後期バロックの画家、両者には、何ら共通するものはない。しかしそこに刻印された眼差しは、驚くほど類似している。式子内親王は、世俗世界への完全なる視野の喪失と共に、もう一方で、この歌に見られるような超越界への全き透徹という、究極的な対比を体現した。

一部に、院政時代とその後の時代は、公家・寺社・武家が鼎立した権門体制であるともいわれている。そのうちの一者である武家に、権力が一部移っているとはいいながら、統治機構は、三者によって均衡が維持されていたという。しかしながら、式子内親王の歌を読み解く限り、そうした静学的平衡は見えてこない。式子内親王の歌から読み取れるのは、公家が武家によって根こそぎ侵食されることに対して何ら防衛することも出来ず、ただただ消滅していく無力感である。女性であるために、そして皇女であることで、武家に対して直接、対峙することが無かった式子は、かえって、距離を持って彼らを広大なパースペクティヴのうちにそうした運命を捉えたといえる。

注

1）奥野陽子『式子内親王集全釈』（風間書房、２００１年）１８６頁。

2）『世界大百科事典』第二版（平凡社、２００９年）。

第七章　須磨・明石　貫之から俊成女へ

以下の歌は、須磨・明石の両地名を含む和歌史上初出の和歌である。収録されているのは『拾遺集』である。

白波は立てど衣に重ならず明石も須磨もおのが浦々

レトリックな歌かと言って、内容がないかといえば、そうではないところがこの歌の難しいところである。日本地図を開くと、明石の浦と須磨の浦は、その突端の極みが尖った三角形の二辺となっていて、線としては折れているが、それぞれ別個に存在するのでもない、奇妙な地形を成している。繋がっていながら、一体化し得ない、別個でありながら繋がっている。両者とも、共にかつては浦であった。また浦は「裏」であるから、明石も須磨も、どちらも裏地で「表」になることはできない。白波が立つとは、白波が「裁つ」でもあり、白波がその裏を使って衣を作ろうとしても、どちらも裏であるから、明石と須磨を、裏表として重ねることはできない。これが歌の意味するところである。ポイントは、この歌が単なるレトリックの歌ではなく、メタフィジックな歌でもあることだ。二者は、地質学的な視点から見れば、同じ浜辺であるから一にしてインディヴィデュアルである。ところが地理学的な視点に立てば、両者は異なった方向を向いているので、二方向に分かれている別個の二者となる。しかもそこに言語的音韻の視点を加えると、同一である「浦」の語を共に持っているために事情はさらにややこしくなる。言葉の意味としての「裏」、加えてその対照語である「表」も当然関わってくる。地質的、地理的、音韻的、意味論的という四つの側面が同時に成立しつつ、なおかつ精緻な概念操作がそこに見られるこの歌は、他に例を見ないほど個性的である。ところがこの歌が抄録されている『拾遺集』では、その作者は『万葉集』の代表的歌人・人麻呂とある。そんなことがあろうはずはない。この歌の作者は貫之である。以下は『万葉集』に収録されている明石の語を含む、人麻呂作の二首である。これと比べてもその違いは歴然としている。

ともしびの明石の大門に入らむ日や漕ぎ別れなむ家のあたり見ず

（訳）来るべきその日、灯火を点した明石海峡に船を進めていく時になったら、もう自分の家の方を振り返ったりはしない。

天離る鄙の長道恋ひ来れば明石の門より大和島見ゆ

（訳）田舎の長道をはるかなる都を思ってやってくると、とうとう明石海峡の門にたどり着いた。そこからは懐かしい大和の地が覗いている。

どちらの歌も広大な風景描写と個人の内奥の情念の発露が見られる実景的・体験的な歌である。面白いことに、一方は大門（おおと）を通って外部へと出ていく歌で、他方は、大門から故郷が覗くので、両者は逆方向を向いており、対偶を成している。さらに前者では大門は身体が通り抜ける文字通り身体的なダイナミズムを孕んだ門という戸口、後者では、同じ大門を身体ではなく、まず先に視線が通り抜ける、視線通過の窓、つまり戸口と窓だ。もともと歌人としての柄が大きいうえに、「大門」の語が用いられていることもあって、この歌に見られる、本来、自然の海峡を意味する「大門」も、どこか巨大建造物の感がある。十七世紀のヨーロッパの風景画家クロード・ローランがそうであったように、人麻呂もまた自然風景の中に、実際には存在しない、古代建造物を幻視していた、という見方ができるかも知れない。また和歌の構造からして、内部外部の観念に支えられ、そこに運動の方向を与えられた、対句的並置をなしうる点で、この二歌は、日本的というよりは、大陸的であることさえ超え出て、ユーラシア的と言い得るものを持っている。ちなみに、人麻呂作とされている明石を歌ったもう一首を見てみよう。

ほのぼのと明石の浦の朝霧に島がくれ行く船をしぞ思ふ

こちらの方は、「白波はたてども」の歌に比べると一応眺望が窺えるから、人麻呂的ではある。ただ、この歌には、人麻呂の歌に特有の粘りや重厚感が見られない。朝霧の中を出航していく船という点では、この歌も幾分、先に述べた画家クロード・ローランの描いたローマ風の港を描いた理想的風景画に通じるものがあるが、それでもなおかつ人麻呂の歌に特徴的な情念の噴出がない点で、やはりそのスタイルは何処か違う。

ところで、平安初期に廃止された須磨の関の隣に位置していた「明石の大門」とは、明石と淡路島の間の明石海峡自体を指している。かつて白村江で唐・新羅連合軍に大敗した日本に対して、唐の高宗が日本征伐を企てていると聞いて慌てた日本は、慌てて国防に専念する。都からは地方に向けて放射状に伸びる壮大な道路を築き、各地には駅舎を整備し、大陸に面する海辺には防人を配した。その一環として、この海峡の両側には、大陸からの侵入を阻む国防拠点としての堅固な砦が建造され。それを大門と名づけたのではないか、と筆者は想像している。しかしその後、高宗の計画は挫折し、やがて大陸からの脅威が薄れていく。

平安時代に入ると、日本を取り巻く海外状況は大きく変化していく。それに従って、防人は廃止され、駅舎は廃屋と化し、帝国を想起させたかつての幹線道路は高い草に覆われて姿を消していく。これには数度の大きな地震が関与し、道路は寸断されて使い物にならなくなったとも言われている。ともかくも、地方官が赴任する際には、もうこの道路を使うことができなくなり、船が主要な交通手段に取って変わった。明石の大門は大陸からの侵入の阻止という国防機能を持ち、須磨の関は、反逆者を外に逃がさない内政に関わる機構であったのもつかの間、事実平安初期には須磨の関も廃止される。他の関が依然として残っているのに、須磨の関が無用のものとなった背景には、それが、内政に関わるものではなく、対外的な意味を持っていたことがあるのではないかと疑う。かつて、人麻呂の二歌には、内政外交の両面での畿内防衛の象徴としての「明石」と「大門」とが記されていた。他方「うら」の語を持つ貫之の手になる歌の方は、貫之の時代にはすでに須磨の関が廃止されていたこととも関わるのであろう、軍事的色彩のみならず、通行のイメージすらも消えている。それに代わって、日々人がまとう衣の表裏に喩えられるような、日常的な明石と須磨の姿が見えてくる。こうして、明石は本質的な変貌を遂げる。この変化は、当時の日本が平和だったことだけに起因するだけではない。貫之は大陸に依拠した歴史を和歌から抹消しようとしたからである。おそらく「大門」とは防衛のために閉じると同時に、文化の入口として開かれていた国際的な門であった。それが明石と須磨では、国内交通を管理する関所の門となった。こうして、歴史が下るにつれて、幻視での世界とはいえ、屹立していた象徴的な門が消失して、裏しかない衣のイメージへと和風化していった。貫之以降、明石を歌った歌は、貫之のこの歌を手本とすることになる。まずは、藤原伊周の歌がその後に続く。

かたがたに別るる身にも似たるかな明石も須磨も己が浦々

『栄花物語』によれば、道長との政治抗争に敗北した、兄弟の、伊周は大宰府に、隆家は但馬への配流と決められ、二人は明石まで一括して護送される。その後、隆家は北に、伊周は西に、それぞれ離れ離れに分かれていく際に、伊周が詠んだ歌である。「須磨」「明石」の両地名からも明らかなように、人麻呂ではなく、この歌は、貫之を準拠としている。とはいえ同一でありながら分離しているという特殊な存在様態への関心は見当たらない。両地が織り成す独特の意味は雲散霧消し、分離だけが強調される。この後、平安末期に至るまで明石に関する歌は一旦、和歌史から消える。平安末期の十二世紀初めになると、再度、源兼昌がこの主題に挑む。

関路千鳥といへることをよめる
淡路島通ふ千鳥の鳴く声に幾夜目覚めぬ須磨の関守　源兼昌

関には一応、役人が通行管理の任務に携わっているようである。そんな人間界の関など、自然界の千鳥には関係がない。千鳥は、関によって遮断されている明石・須磨間の東西を通行するのではなく、関を横切って、本島と淡路島を往来する。ただ、夜中に、幾度も千鳥の鳴き声で目を覚ませられてしまっては、関守の任務は疎かになったことだろう。須磨は都の圏内である畿内にあり、明石は大陸へと通じていく畿外にある。しかしながら平安末期、「須磨の関守」が、和歌世界に初登場した時、須磨の関もその関守も、廃止されて久しい。関守は、ただ歌枕の空間でのみ執務をする、ヴァーチャルな役人である。この後、その同時代の女流歌人・肥後は「須磨」「明石」の両地名を列記した歌を詠んだ。

月影の明石の浦を見わたせば心は須磨の関にとまりぬ

作者は明石から同じ明石の浦を見ている。本当は、都の方角にある須磨を見たいが、肉眼では見えない。その時、図らずも、そこに月が照ってくる。すると身はいまだ明石にありながら、月が心を須磨まで運んでくれて、心はそこに留まっている。月の持つ心身分離作用がここから読み取れる。両地の間には、ヴァーチャルな関が存在するのみならず、地勢に基づくある種の境界が二者を隔てていた。その境界を超え出る力を与えるもの、それが月であった。肥後が須磨と明石に月を登場させたのは、遮断されたものの境界を超え出る機能を、月に与えている点で画期的であった。

面影に須磨も明石も誘ひ来て心ぞ月に浦づたひける　平経正

この平経正の歌でも月が大きな役割をしている。月が照らなければ、身を明石に置いて、心だけの裏伝いは出来ない。この歌で初めて「浦伝い」の語が登場する。「関」は遮断する。「伝い」とは「行き来」を意味する。「関」と「うら伝い」とは、縁語ではない。関の通過は、公や制度と関わる表の行為であり、関を裏伝いするともなれば、関を通らずに、通過することになるので、犯罪とは言わないまでも、どこかイリーガルなにおいがする。そうした「裏」の意の発想は、実はすでに貫之の歌の中に潜在していた。

白波は立てど衣に重ならず明石も須磨もおのが浦々

「浦」が「裏」となれば、「裏」の反対語としての「表」ばかりではなく、同時に「衣」の縁語としても「表」が必然的に二重に浮かび上がってくる。経正の歌では、表と裏の人間の通行のあり方が対照的に現れてくる。昼の世界では、畿内•畿外は関によって分断されている。しかし夜になって月が照ると、二者の間を浦伝いすることが可能となる。肥後が「須磨明石」に「月」を加えたのは独創的であり、それには敵わないにしても、「浦伝い」という語を加えたのもまた大きな前進である。次の歌では、明石と須磨の違いが薄いことを示している。

播磨潟須磨のうらわに漕ぎくれどここも明しと見ゆる月影　藤原重家

境を越えて明石から須磨へと船を進めてきても、須磨も明石も同じように月が照っていると歌う。明石において月が明るいのは、明るいという語を明石が含有しているから当然のことだ。ところが明るいのは明石ばかりではない。須磨も明石とまったく変わらずに、月が明るく照らしているではないかという。明石ばかりではなく、須磨においても、月の光の遍在していることの発見がここにはある。ちなみに、ここでも旅路は明石から須磨への帰還である。当時の貴族は、仕事でもない限り、須磨から明石へは進まない。そう考えると、光源氏が、意を決して、須磨を越えて明石に入ったということにはよほどの理由があったと考えられる。次の二首では、隔ての語が共通して用いられる。

霞隔浦
隔てする明石の苫で漕ぎくれば霞も須磨に浦伝ひけり　藤原定長
隔てつる明石の苫で漕ぎつれど霞は須磨に浦づたひけり　寂蓮

ここでの移行もまた明石から須磨へのノスタルジックな帰途である。人麻呂の「天離る鄙の長道恋ひ来れば明石の門より大和島見ゆ」の系統をひく歌ばかりが頻出するが、その理由はすでに述べたとおり、貴族は一刻も早く都に戻りたいからである。本来は須磨から隔てられている明石ではあるが、その明石から須磨に入っていくと、明石にあった霞も浦を伝って須磨へと入ってきたという。以下の歌にも「浦伝い」の語が見える。これもまたいわば非合法の「裏伝い」である。

山おろしに浦伝ひする紅葉かないかがはすべき須磨の関守　藤原実定

ところですでに述べた、源兼昌の歌では、通行に関わるものは人ではなく千鳥であった。それが実定のこの歌となると、人や動物といった生き物でなく、ものである紅葉の通行が問題となってくる。関に関わる脅威のレベルがどんどん下がっていく。紅葉が関を通り越して行ったとして、それがどうして謀反などと呼べるだろうか。しかし歌は「ほらほら、風に乗って紅葉が裏伝いして、関を不法にくぐり抜けていきますよ、それでいいのですか、須磨の関守さん」と挑発している。

須磨明石おのが浦々定めおきて暮るれば帰る千鳥鳴くなり　源有房

明石と須磨はそれぞれ明確に隔てられているが、夕刻になると、関などお構いなしに、千鳥は明石から須磨へ帰ってくる。須磨・明石をそれぞれの地名として定めおいたのは人間である。鳥にはそうした分け隔ては存在しない。一体不可分の自然とそれをあえて分ける人為が対照となっている発見が、この歌には見える。

今朝見れば須磨も明石も霞めるは浦づたひして春や来ぬらん　平経正

春は、関を通って堂々と表から到来するのではなく、浦伝いしてひっそりとやってくる。須磨は畿内、明石はその外側だから、都に遠い方から春は都に近づいてくる。この歌でも制度上の関がまずあって、一応、通行を規制していることになっている。その上で、自然の摂理の前には、こうした人工的な遮断や通行規制が甲斐のないものとして描かれる。以前に挙げた経正の歌でも、「心ぞ月に浦づたひける」とあるように、月光に照らされて、明石から須磨へと、心だけが「浦伝い」する。こちらでは春が明石から須磨へと浦伝いする。表からは通れないから、浦に回る。この二首の歌で経正が表したかったのは、制度の無力化ではなかったのではないか。以下の二首にも「浦伝い」の用語が見えるが、ここには先に取り上げた、自然界の連続性と制度上の遮断が読み取れる。

行帰り浦づたひする小夜千鳥明石も須磨も風や寒けき　寂蓮

この歌でも、二地が呼び出されるが、共に寒々としていてそこに違いはない。須磨明石は人間が勝手に作り上げた関であり、小夜千鳥にとってはそうした人間の作ったものが何の意味を持つこともない。

明石より浦伝ひゆくともなれや須磨にもおなじ月を見るかな　藤原良経

ここでも移行は明石から須磨に向かっての帰途である。須磨に入っていっても明石に出ているのと同じ月が見えるという。場所にかかわらず、同一の月が遍在するという、一種仏教的な思想が背景にはありそうである。あるいは、以下の二首も制度上の断絶と自然界の連続のコントラストに依拠している。

明石がた須磨もひとつに空寒(さ)えて月に千鳥も浦づたふなり　九条良経

良経は、「明石と須磨は離れていても、天空から見ればそれはひとつの地域に過ぎず、月が照ってくるとその明かりに照らされて寒い中、千鳥もまた浦伝いする」という。これまで須磨と明石の語を有する歌をみてきたが、そこでは制度上の遮断と自然界の連続性、あるいは公的な断絶と私的な連続のコントラストを内包するものとして、二つの地名が呼び出されていることがわかる。こうした須磨明石の歌の終末的な歌に当たるのが、有房の明石須磨のとりわけ二番目の歌である。

見渡せば明石も須磨も霞していづれなるらんおのが浦々　源有房

有房には、後で述べる須磨の関の歌がもう一つある。それはヴァーチャルであるがゆえかえって象徴的な意味で、リアルな歌である。この歌はおそらくその前段階に当たる点から見て、歌枕に基づくものと考えるべきであろう。歌の意は、二つの浦を同時に、肉眼で、見渡せるはずの海に出てみたが、霞がかかっているために明石と須磨、それぞれがどの方向なのかが分からないという。これを象徴的に捉えるならば、時代という霧が両者を隠したのだ。中務定長も寂蓮も、動く霞を用いて制度による断絶と自然の一体性を表わした。同じ自然現象であるこの霞に、有房はまったく異なった見方をする。霧により、畿内の外縁が見えなくなっているという。有房には関に関するもう一つ別の表現的な歌がある。

船人をえや声にてやとどむらむ霞にきゆる須磨の関守　源有房

関守の無力が歌の力を呼び出している。「通行していく船をどうして声を張り上げて制止することができるだろうか、やがて関守は霞のなかへと消えていく」という。この関守は無論、現実の人間ではない。関の廃止後、畿の内外の海上交通を管理していた関守はしばらくヴァーチャルな世界に駐在していたが、この歌によって、関の機能が完全に麻痺する。かつて人麻呂は境の外に向かって、そしてそれ以降の歌人は、境の内側に向かって、それぞれ思いをはせていた。その境が第一の有房の歌「見渡せば明石も須磨も霞していづれなるらんおのが浦々」において見えなくなった。伊周以降に成立したと思われる自然界の連続性と制度による遮断という、その時慣習的に成立していたコントラストそのものが消失してしまったことをここでは指摘している。その深刻さは、有房・二番目の歌でさらに増す。境界を守る関守の役割もそして関守自身もが消えてしまう。もっと深読みするならば、この歌が摂関体制に支えられてきた権力の衰退に伴って、都の外延それ自体が、今や、意味をなくしているという象徴の可能性である。日本和歌史における源有房の地位は著しく低いが、須磨の関の歌の歴史からみると、最重要の歌人であることになる。須磨の関の歌はその後も次々に作られていく。

明石潟沖つ春風通ひきて霞吹き寄る須磨の浦波　俊成女

「明石には春風が吹いて澄み渡っているが、そこに吹いていた風が須磨に霞を吹き寄せ、その浦には波が立っている」という。ここでは明石と須磨という二地域において、異なった天候が描出されている。作者は明石と須磨の両地に臨んでいるのだから、霞が明石から須磨にゆっくりと移っていくのを作者はじっと船から見守っていた、という可能性は皆無である。というのは、当時の貴族たちは、まず地方に、それも畿内の外に出ることは、特に高級貴族の場合、禁じられていたし、また一般の貴族にとっても旅は基本的に疎まれていたからだ。有房の歌同様、この歌でも、身は都に置きつつ、心だけを飛ばして、見た風景を描いている、いうなれば、一つの作り上げられた物語である。関を境にして、二つの異なった天候が描かれている。霞とは、有房の第一の歌が示すように、境を消して、二者の区別を曖昧にするものであった。それがここでは霞が一方に偏ることで二地区が再区分される。

ここでこれまでの一連の明石や須磨の歌を想起してみよう。人為という制度からすれば両地は分離しているが、自然界では一体不可分であるのが一般的であった。しかしそうした分離や断絶、そして管理それ自体が、有房では消え失せてしまった。時代の趨勢の象徴としてこうしたことは理解できる。関守はおろか、関という存在までもが消える。それらがすべてが消え去った後、再度、須磨と明石が異なった二地であることを気候が示唆している。しかも、興味深いのは、都に近いところが霞み、都から遠いところが晴れ渡っていることだ。都で生活してこそ人間的に営みが果たせると考えていた貴族たちにとっては、霞の彼方にあるのが明石であり、都にちかい須磨が霞むはずがない。つまり、中心と周辺、遠方と近場とが逆転している。これまでのような地政学に基づく制度からでは、この歌の奇妙なあり方を説明できない。

そこであらためて地政学的見地から離れて、ここに描かれている空間を時間として読み替えてみることにする。この地を時間として捉え、須磨のはるか彼方に都を想定すると、須磨ではなく、都が歴史の中で霞んでいるという意味に収束する。つまり、ここで描かれているのは地理ではない。王朝世界が霧の方に消えていくことだ。その点でこれは次の歌と重なってくる。

面影の慕はぬ旅の夢覚めてあはれ都やこの露かものかは　俊成女

この歌では、もともと明晰さをどこまでも追求した俊成女にいかにもいかにもふさわしく、霞という、本来、識別を遮る機能を持ったものに対してまで、二者区分の機能を与えている。この歌は、次の歌によってさらに発展する。

月澄めば明石も須磨も秋の夜のあはれへだてぬおのが浦々

「あはれ」に注目したい。この語は明石須磨の語をもつどの歌にもない。「なんとまあ」という感嘆詞を入れたのは、隔てられた二つの場所が、実は隔てられないことを発見するからだ。遍在する月光下では、もう畿の外も内もない。日本において、かつても重要だった境界が、こうして、月光下では消失するのだから、他の一切の境界も失せてしまう。これを見下ろす彼女の意識は月の光として天空に上って、地上を見下ろしている。こうした精神作用を彼女に教えたのは、貫之であった。この歌は、他の章でのべた貫之の以下の歌の延長上に位置づけられる。あらゆる場所に月が照っているのが分かるのは、貫之が天空から月の光を借りて、あまねく地上を一望の下に見渡しているからである。

久方の天つ空より影見ればよくところなき秋の夜の月

こうなると、「おのが」も、明石須磨それぞれの浜という意味を突き抜けて、貫之の歌と同様に、世界のすべてを照らし出している、という確信に変わっていく。実際、彼女はおそらく須磨・明石のどちらにも行ったことがないはずだ。というのは、以下の慈円の歌において図らずも、歌枕の手法を開示しているからだ。

秋の夜の月をここにて眺めむや明石の浦といひはじめけむ　慈円

慈円は「秋の月をここ都で眺めながら、『明石の浦』と歌に詠み出そう」

と歌枕の本質を歌の中で明かしている。明石と須磨は確かに実在する地名であるが、当時の貴族にとっては、もはや想像空間の中にしか存在しないヴァーチャルな地であった。歌枕とは単なる地名ではない。それは身体が赴くべき場所ではなく、意識が飛んでいく場所、想像力を赴かせる一種のサイバー空間であった。とりわけ明石は月が照っていて、月が心身を分離する機能を持つことから、そうしたサイバー空間の発端としてはいかにもふさわしい地であったことになる。

以上見てきたように、俊成女の月の光は世界に遍在する。遍在するがゆえに、隣り合っていながら大きく分け隔てられている「明石」も「須磨」も同じように照らし出す。月は二つの場所を分け隔てることなく照らしているのみならず、実は、その光はあらゆる浜辺に及んでいる。そうした壮大な光景を見るのは、作者の肉眼ではない。月があまねく照らすことによって、あらゆる浦々すべてに月の光が輝いて、その海面を眩く、照らしている有様を作者は心の目で見ていることになる。

ここで今一度、須磨・明石の伝統というものをあらためて振り返っておこう。人麻呂の歌では畿外への長い旅路への出航がテーマであった。その畿外とは、海外へと繫がる外界の始まりであった。伊周では制度の外へと押し出される離別の悲しみが主題となった。その後の歌人達にあっては、明石と須磨には、制度としての関が観念的に含みこまれている。関は両地を隔てる。それと同時に、自然界、あるいは情念のレベルでは、両地の連続性が歌われ続けた。その後、登場する源有房においては、境界が霞の中に消え去る。そして俊成女においては、月が再度、その境をあからさまに照らし出すと同時に、両者をまったく隔てなく均等に照らす。俊成女の場合も、人麻呂に似て、開かれた外部というものが暗示される。ただしその外部は外国を指すだけではすまない。地理を超え出て、一挙に普遍的、宇宙的な澄明へ突き抜けていく。最後に須磨・明石の和歌における発展の歴史を見ていくと、ここには三段階の展開が見られる。第一に、連続性を持った自然、次に囲み、仕切り、区分する人為、そして最後にあらゆる制約を超え出ていく超越的意識。

それはどこか、「依他起」、「遍計所執」、「円正実」という唯識における三段階の認識と重なるものがある。これについては、最後の章で扱うことにする。

第八章　俊成女　月

幽玄にして唯美な作として、俊成女ほどに象徴的な美の姿を、ことばで描き出した詩人はなかつた。俊成女のつくりあげた歌のあるものは、たゞ何となく美しいやうなもので、その美しさは限りない。かういふ文字で描かれた美しさの相をみると、普通の造形芸術といふものの低さが明白にわかる。音楽の美しさよりももつと淡いもので、形なく、意もなく、しかも濃かな美がそこに描かれてゐる。驚嘆すべき芸術をつくつた人たちの一人である。

保田與重郎は『日本語録』1) の中で、俊成女について以上のように述べている。氏によれば俊成女の歌は言葉で言い表せない、「なんとなく美しいもの」であるという。俊成女の作品への、この種の読者の思い込みによる偏見は、同時代人・定家による誤読からすでに始まり、正徹において夢幻的なまでに強化し継承されて、その後の彼女は忘却の闇にうずもれていった。保田の俊成女像も、こうした誤った伝統の継承に過ぎない。ここで改めて明言したい。俊成女は貫之と並ぶ日本国双璧の主知的詩人である。その優れた歌を読み解くに当たって、手がかりとなる唯一の資料は、鴨長明の『無明抄』である。同時代人の証言として、その作歌に関して以下のような伝聞を記している。

今の御代には、俊成卿女と聞こゆる人、宮内卿、この二人ぞ昔にも恥じぬ上手共成りける。哥のよみ様こそことの外に変りて侍れ。人の語り侍りしは、俊成卿女は晴の哥よまんとては、まづ日を兼ねてもろもろの集どもをくり返しよくよく見て、思ふばかり見終りぬれば、皆とり置きて、火かすかにともし、人音なくしてぞ案ぜられける。

このドキュメントは俊成女の歌がもつ、見逃しがたい特徴を予見させる。この歌人は、詠題歌を詠む際、これまで詠まれた歌を徹底的に読み解いた。その上で、直接的な影響を避けるべく、すべての本をしまって、誰も部屋にいれずに、闇の中に一本の蠟燭を立てて、詩作に集中した。こうした作り方をみると、歌を単独でいかに分析してみても無駄というものであろう。他の歌をどのように読み替え、発展させて行ったか。その軌跡を追うことなく彼女の歌の本質、あるいは全体を解釈することは不可能である。彼女の和歌製作は他の歌人たちの作品の模倣などではない。まず、それぞれの歌の精確な理解が根底にある。それらを分析して、包括的、総合的に独自の歌を作り上げていった彼女は過去の歌の集積的な引用をバネに、三十一文字ではとても表現し切れない濃厚な内容を稀に見る新たな再創造として打ち立てた。そうした偉業の一端を、彼女が伝統的な「月」という主題をどう捉え詠んでいたかの側面から検討してみよう。

『無名草子』の月をめぐって

俊成女は『無名草子』の中で「されば、王子猷は戴安道を尋ね簫史が妻の、月に心を澄まして雲に入りけるも、ことわりとぞ覚え侍る」と記している。原典の『蒙求』では少々話が違っていて、王子猷は遠方に住んでいる友人の戴安道を月の光に誘われて尋ねていったが、門前まで来ると、その気が失せて会わずに帰ったとある。月が邂逅へのモーメントとなっていない。『蒙求』が平安時代の教養書であることからすれば、これを博覧強記の彼女が読まなかったわけはないだろう。つまり、明らかに俊成女は原作を脚色している。「簫史の妻」に関しては、出典が二点ある。一つは『列仙伝』で、ここには簫史についての記述はあるが、月は登場しないので措いておく。もう一つの『楽府詩集』の江総による「簫史曲」では月と簫史とが登場する。これは、軟弱と言われている六朝後期の陳詩であるが、筆者から見ると、十八世紀末のイギリスの女流詩人E・ローウィーやその影響を受けたドイツ詩人のヘルティーを想起させる優美な様式感を持つ好ましさがある。

弄玉秦家女　簫史仙処童
来時兎月満　去後鳳楼空
密笑開還斂　浮声咽更通
相期紅粉色　飛向紫煙中

「弄玉は秦の王女であり、簫史は仙界の童であった。ある満月の夜、二人して鳳楼を去った後、そこはもう誰もいなくなった。密かな笑い声が起こってしばらくすると消えて、泣き声があったかと思うと、たちまち仲睦まじくなった。簫史は化粧した美しい弄玉との再会を期せずしては、仙界にはとても戻りきれなかった」が大意である。形の上では五言律詩だが、内容は起承転結に沿っておらず、二行一単位以上の構成がみられない。重要なのは俊成女が言うように「簫史の妻が心を澄ませて雲に入った」と書かれていないことだ。「澄まして」の主語は当然ながら「心」であり、また「雲に入る」の主語も同じ「心」である可能性が高い。あるいは、がらんどうになった彼らの住まいを、彼ら自身の身体と理解したのか。いずれにせよここには仏教的な心身分離が混入している。ちなみに、神仙思想には心身分離の観念は存在しない。たとえば仙童寅吉は、仙界に赴く時は、旅支度をして、体を伴って趣いた。また仙人の死を意味する「尸解」という概念は、仙人が亡くなったあと、その死体を地上から消して、生身の身体を伴って仙界に赴くことを指す。神仙思想では、生身のまま別次元へ移行するからである。

月は心身分離の機能を持つ

月にだにあくがれはつる秋の夜の心残さぬまつの風かな　俊成女
秋の夜の月に心はあくがれて雲居にものを想ふ頃かな　花山院

冒頭は、俊成女三十歳頃の失恋を主題とした作である。この歌は「月」「あくがれる」「心」の三語を用いた後者の花山院による歌を踏襲している。「月が体から心をおびき出して、気が付いてみると、自分は雲の彼方を呆然と見上げている」と院は歌う。花山院は月には体から心を引き離す作用があるとした。以降、この歌に則って以下に挙げるように多くの歌が詠まれる。

1. 秋の夜は空ゆく月に誘はれて雲の果てまで心をぞ遣る　肥後
2. 月をみて思ふ心のままならば行方も知らずあくがれなまし　肥後
3. おほかたの秋のあはれをおもひやれ月に心はあくがれるとも　紫式部

この中で特に個性的なのが肥後の詠んだ1である。花山天皇の歌に使われている「秋」、「夜」、「月」、「雲」、「心」が共通していて、違うのは文法的構造だけであることから、これは花山院の歌の一種のヴァリエイションにすぎない。肥後がその地点で留まったならば、彼女は単なるエピゴーネンに過ぎなかっただろう。しかしこの歌を基に、彼女は新しい月の歌を幾首か詠むことになる。2では確実に花山天皇の歌を凌駕する。ちなみにこの歌は、紫式部の3からも幾分、想を得たとも見受けられる。

「普通の女である秋の私のことも少しは思いやってください、たとえ月のように魅力的なあの女に魅せられて、家からさまよい出ることがあっても」という意の紫式部の歌でも、月の光が人の心をはるかな広がりに連れ去ってしまう。それを肥後は「行方も知らず」と描出する。ここで月をめぐる大きなターニングポイントが訪れているのだ。「月を見ていると、自分の心はからだから抜け出していく。このまま心のままにまかせたなら、心は行方も知れずさ迷い出てしまいそうだ」。もはや二度と、体に戻って来られなくなるかもしれない、という不安が言外に示される。この時、月の光は人の心を引寄せる代わりに、心が体に繋ぎとめていた艫綱を解く働きをするようになる。その結果起こる、幽離魂とも言うべき、心のさまよい方、その寄る辺のなさ、不安に満ちた浮遊感は、院政期の絵画にも見られる、独特な感情に裏付けられている。次に挙げるのは冒頭に掲げた俊成女の歌である。

月にだにあくがれはつる秋の夜の心残さぬまつの風かな

花山院の歌、以来「あくがれる」と「月」「心」という三語を共有する、これまで連続的に継承されてきた数々の歌が、この歌でも大きな転換を迎えることになる。ここでは、心の行き所ではなく、それが去った後の不在が問題にされている。傷心の心はすっかり月に吸い取られて、実体が残っていない。跡形もなく、まったくの虚ろである。かつて心のあった場所、廃墟となった身体の胸には、松の風、つまり、物がぶつかったり、こすれたりする音ではなく、空気そのものの虚ろな音が響いている。まさに峻急、荒涼にして清冽と形容するにふさわしい。こうした不在美の視点において、俊成女のこの歌に関連を持つと思われる先行歌がある。

見る人の心は空にあくがれて月の影のみすめる宿かな　経信母

これを作った経信母は、その作品の稀少さからか、あまり注目されることのない歌人であるが、その作品のいくつかは実に魅力に富んでいる。ここで特徴的なのは、尋ねた人の心が身体を伴って外出していたことにある。つまり、訪ねた家の主の不在が歌われる。がらんとした、奥行きのある空間があって、そこに月の光が浸透している。自分の体の主人である自分の心の不在が、俊成女の場合の主題であった。こちらでは、不在の主人は、友人であり、その友人は、身体を伴って家を後にしている。こうした枠組みは以下の中唐の詩人・常建の詩から学んだことを連想させるのに十分だ。

清谿深不測　　隠処唯孤雲
松際露微月　　清光猶為君
茅亭宿花影　　薬院滋苔紋
余亦謝時去　　西山鸞鶴羣　（『宿王昌齢隠居』）

友人の王昌齢が隠居したというので、常建はその隠棲の地を尋ねてみる。すると親友は再度、政界を志すべく下界に戻ってしまっていて、主人の去った庵の薬草の庭は、日の当たらないところにしか生えない苔が繁茂し、薬院は荒れ果てていた。第四句、清光猶為君「この月の光は本来、君のため照らしていたのに!」と、がらんとした空間で友の不在を嘆く。他方、この歌でも「月の光が澄み渡っているので、それに誘われて、晩になってから、さ迷い出て、そのまま親しい人の家にふと立ち寄ってはみたが、主人は、月の光に誘われて、自分と同じように、外へとさ迷い出てしまっていて、がらんとしたその家には、澄み渡った月の光だけがそこに射し入っていた」となっている。共に不在の符牒としての月光が確認できる。この詩と経信母の歌の間には大きな共通性がある。

俊成女はこの経信母の歌を基にしつつ、そこに身体分離作用を加味し、さらにその主体を、友人から自己に入れ替えることによって、当該の歌を創っていったとみることができよう。ちなみに経信母は、十五首のみからなる「大納言経信母集」を残しただけで、よっぽど寡作であったと見える。まったくの蛇足であるが、次の歌は大変魅力的な歌で、定家にも気に入られた一首として挙げておこう。

山里の霧をよめる

あけぬるか川瀬の霧のたえまよりをちかた人の袖のみゆるは　経信母

次第に明けていく朝霧を通して、向こう岸に、さまざまな色の衣をまとった女たちが、話し声と共に動いているのが微かに見えるという。川の向こう岸という距離、霧の厚み、そうしたものが、驚くほどの空間的な奥行きを与えている。この歌と上述の同じく経信母の歌を並べてみてみると、一方はガランとした室内に差し入る月光、他方には視界が半ば霧によって閉ざされた向こう岸の風景という対照的な風景が見られる。経信母の月の歌が「しかも廃寺に月は落ちる」を想起させるドビッシーのピアノ曲だとすると、こちらの歌はヴェールを通して眺めたような乳白的半透明の印象から、何処となくフォーレの管弦楽曲を思い起こさせる。こうした光の性格による対照化は実は大陸的なもので、本書の冒頭に掲げた謝霊運の詩の初聯を想起させもする。ただ謝霊運では暗い透明と明るい不透明が対照化されているが、この二首では、一方は透明の極致、他方は不透明でありつつなお微かに見える、というように、いずれも視覚が機能している点が超越とはかけ離れていて、その分、親しみを感じさせる。

潜虬媚幽姿　　潜虬は幽姿媚（うるわ）しく
飛鴻響遠音　　飛鴻は遠音を響かす

（訳）清らかな淵に棲む竜は、自らの姿をいとおしみ、鴻の列は雲の上から鳴き声だけを送ってくる。（謝霊運『登池上楼』）

さて、月による不思議な作用によって心があこがれ出して、やがてどこと も知れずさ迷うという、この章の冒頭でふれた肥後の歌「月をみて思ふ心のままならば行方も知らずあくがれなまし」や、やはり心が月にあこがれ出てしまい、空洞となった胸には松風が響いている、という俊成女の歌「月にだにあくがれはつる秋の夜の心残さぬまつの風かな」では、共に体から心が抜け出した。しかし次の歌では、動くのは心だけではない。身体の居所もまた動く。

都思ふ心の果ても行方なき芦屋の沖のうき寝なりけり　俊成女

体は芦屋の沖の波の上にゆらゆらと浮いて、物憂いので、心だけが体から離れて、都を求めて迷い出る、と歌われる。ここでも心身分離の契機が見られる。さ迷い出た心は、都を求めつつも、道順が分らない。都に飛び去ろうとする魂と、芦屋に留まる身体という対照的な二者がこの歌では動いている。一方の体は一定の場所で繰り返される運動、他方の心はきわめて茫漠としているにせよ、方向を探っている移動である。次の歌は、いかにも俊成女を思わせる明晰さを伴っていることから、俊成女なりの月と心をめぐる歌の最終的な到達点となっている。

清見がたうき寝の浪に宿る世は月に心のとまるなりけり　俊成女

心身が分離している点で共通しているが、動くものと留まるものがここでは逆転している。体は船に揺れても、心は月に止まっている。この地点に至ると、時代の反映といったものを想定せざるを得なくなる。鎌倉期に入った俊成女の時代ともなると、社会情勢はますます混乱の度を深め、貴族たちが経済基盤としていた荘園は暴力を含んだ実力で武士の手に移っていく。拠り所を失った貴族たちは、より切実に、和歌の世界へ没入し、歌枕というヴァーチャルな空間へと自らの拠点を移して行く。しかしながら俊成女はそうした男たちとは、方向を異にした。確かに自分の身体はこの時代の中にあって翻弄されてはいる。しかし、彼女は、自分の意識はそうした時代の波には巻き込まれない。心身分離とは、俊成女にとっては時代を生き抜く知恵でもあった。

月光の水中への入射

そもそも、月は何に向かって射し込むのだろうか？　まずは微かな隙間を通じて、閉じられた空間に、つまり闇の中へ、である。次に考えられるのが澄んだ清らかな深い水の中へ、である。水が澄むとなれば、当然、「底」もしくは「深くまで」という語が伴われることになる。そこから「月の光」、「照らす」、「清い」、「底」という語をもった歌を探ると、以下の道真の歌が見つかる。ただし、まったくもって一首というのは意外である。

海ならず湛へる水の底までに清き心は月ぞ照らさむ

この歌は自然観照の歌ではない。私の天皇に対する忠誠心は、深い海の底まで光が届くように、一点の曇りもないという。ここで重要なことは、光が水の底に透過するという自然現象を比喩であれ、主題として扱っている点である。それから数十年経った後、『古今集』を編纂した貫之にあっては、水中に差す月光のイメージは詠われていない。「水底」という語は用いているが、それは水底の有様ではなく、水面に映った鏡像について詠っていることについてはすでに述べたとおりである。その後、「三十六歌仙」を編纂した公任(きんとう)は以下のような歌を詠む。

池水のにごりに沈む月影をわが身になしてみるぞかなしき　藤原公任

貫之以降、貫之の作り上げた伝統から外れていった『後撰集』以降、再び和歌は、再度ユーラシア化していったとも理解できるかもしれない。とはいうものの、この歌にある水は道真の歌に見られたような透明な水ではなく、濁水であるのがいかにも日本的だ。日本においては、山間の澄んだ清流はあっても、陸上・水中の植生が豊かで、火山も豊富なために、水は濁らざるを得ない風土的制約の中にあった。以下の肥後の歌は、道真の歌同様、ユーラシア的な語の組み合わせ、「月」、「水」、「底」、の語を持って、透き通った水が描かれている。反射と入射を対比としている点でも和風を超えている。

庭路渡りに歩くに、一品の宮の池に月の映りたるをみて
池水の底の心の濁らねば澄みてや月の影を見るらん

詞書には「月が池の水面に映っているのを見て」とある。月の反映を見たのだから、水鏡で終わるはずだ。ところが歌はさらに進んで、水中への入射に至る。それは、水が澄んでいたからであるという。この「水が澄んでいるから入射」という因果関係は非科学的である。入射は入射角が高いから、反射は入射角が低いからだ。だが和歌は文学、自然現象を用いて作者の心のあり方について詠っているという理解が伴う。濁っていれば光は水の中には入ろうとはしないが、澄んでいれば水深くに浸透する。

深く暗い水の中に月の光が差し込むというイメージは、無明長夜の心に仏の英知の光が差し込むという象徴として大陸では理解されていた。例としては、銭起の「送僧帰日本」の一聯「水月通禅寂／魚竜聴梵声」を挙げたい。前半は一般には、「月は海面に反射し」と理解されているが、だとすれば、なぜそれが禅寂に通じるのかは理解不能となる。月の光は海面を反射しているのではない。それは透き通った深い海水の底の、禅寂の透明へと浸透していく。心の奥底まで光が届いている悟りの心をもった僧であるからこそ、水底の闇の世界に生きるすべての生き物たちまでが、僧の読経の声を聴く耳を持つ。この歌でも月の光が透き通った水の底の心まで達すると歌う。一品の宮の仏教への帰依への深さがここでも描かれている。肥後がこの歌を作る前におそらく以下の歌を先に詠っていたと思われる。

氷の上に月宿れり
池水の底に心を隔つとてつららの上に宿る月かな

「氷がその表面で月の光を反射させてしまっているので、池の底まで光が達することができず、歪んだ氷の表面を月が照らしている」という。この歌には通常見られる、波立つ水が静まり返り、鏡のような水面が生じる明鏡止水はなく、水面の氷のために月光の入射が阻まれている事態が扱われている。明鏡止水は単なる風景ではなく、人間の心理のあり方の比喩でもあるように、その人の心が凍り付いているから、月の光は水底まで達することが出来ない。その象徴的な心理状況を暗示している歌である。それは、その後に展開する、前述の肥後の歌を見ると容易に想像できる。次の西行の歌は、道真の系譜とも、貫之の流れとも異なる、曖昧さに特徴がある。

池水に底清く澄む月影は波に氷を敷きわたすかな　西行

西行は確かに、月の光が池の中に入射する事実に触れている。しかし下の句では表面反射に逆戻りする。肥後の場合は、上の句において表面反射について述べながら、下の句では、「底の深さ」の語により、水中への月の光の浸透が言及されていた。しかし西行は、上の句で底清く澄むといいながら、下の句では、「氷を敷き渡す」という水面の現象へたちまち折り返す。入射しようとしつつ、反射してしまう。ならば西行は、「底清く」などという言葉を冒頭に使うべきではなかった。何処か言い訳めいた感じさえする。次の歌はなかなか宗教的な含蓄に富む。

月影を心に入ると知らぬ身はにごれる水に映るとぞ見る　藤原頼宗

光が水に出会った時、入射と反射というまったく異なった二つの事態が起こりうることを頼宗は自覚している。話は幾分飛ぶが唐の常建の「破山寺題後院」の詩が書かれてからしばらくすると、その詩の中の「潭影」とは水の中に射し入る光ではなく、水面の反射であると理解されるようになり、それがこの詩の現代における一般的な解釈になってしまった。このように宋以降の中国人が反射と入射という光の二つの側面を忘れ去ってしまったのに比べれば、この歌は、光の二つのありように対して一応、意識が向けられている分、まだ良いのかもしれない[2)]。さらに時代が下ると、はるかに明確な宗教性に支えられて以下のような歌も詠まれた。

金剛経の是法平等無有高下の心を
水底に沈むも同じ光ぞと空に知らるる秋の夜の月　法印憲実

宗教家の歌を別にすると、水中へと照射する月の歌をこれ以上日本和歌史のうちで見つけることは難しい。当然、貫之の精神を受け継いだ俊成女の歌においても、この種の歌を見出すことは不可能である。それは一つには、俊成女の敬愛した貫之が、水中への光の入射というものにまったく興味を示さなかったことに由来している。

遠さへの透明

俊成女は、貫之の歌に見られた水面反映の歌を詠むことは一切なかった。また貫之とは異なって、水面に映るもう一つの鏡像世界を詠うこともなかった。その代替ともいうべきか「透明なものへの限りなき浸透」という概念が彼女の詠った月の歌の中には潜在している。そのベースを彼女は肥後に求めている。

遠く近く照らすといふ題を、人のもとに詠みけるに
閨の内にさし来る月の影こそは唐土までもさして往くらめ　肥後

訳は「月がひっそりと寝室へ射し入ると心はたちまち唐土まですべり往くよう」というようなことになるだろうか。まず与えられた題詠の「遠く近く

を照らす月」に基づき、近いところの描出からこの歌は始まる。閨に差し込む「近くを照らす」月である。小さく囲まれた空間・寝室に月光が射しこむ。次に「遠い月」の照射として、唐土をもってきている。しかし単に二つの月のあり方を描くのではない。両地点を急峻な移動で結ぶ。この月の光は、寝室から、はるか遠方の唐土までも一気に射していく。射すのは月である。往くのは彼女の意識である。月が上から射すのに対して、意識は水平に走る。全体としてきわめてダイナミックな歌である。この歌で確認しておきたいのは、意識の到達点は、唐土までだということだ。この歌を継承して俊成女が詠ったのが以下の歌である。

雲晴るるまつらの沖の秋の月唐土までも澄める夜の空　俊成女

この歌でも、月は肥後の歌と違って、差すのではなく澄む。「さす」は他動詞であり、あるものに向かって光が進むこと。いわばサーチライトのように、照明する。他方、「澄む」は自動詞であり、月の光それ自体が澄明であることを意味する。たとえばドビッシーの「月の光」の原題は文字通り月の澄明 Clair de Lune であり、これも月の光それ自体の澄明を意味しており、この澄明性は俊成女の結晶へのこだわりと深い関係をもっている。次の歌では、「澄む」から「冴える」へとさらに先鋭化している。

波の上は千里の外に雲さえて月影通ふ秋の潮風　俊成女

この歌では、地上のあらゆる地名を通り越して、まったく人気のない、雲一つない海上の大気を突き抜けて、千里のさらに向こう側へと彼女の意識が走っていく。そこでは秋風に煽られて飛沫となって舞う波を月の光が何のためらいもなく突き抜けていく。ここでは彼女の意識の遠方への浸透力と、月の光の研ぎ澄まされた浸透力とが同時に独立的に生起する。大陸では、透明な水への光の浸透という主題がしばしば見られた。一方、火山国で、泥の国である、列島においては、豊かな植生に向いたほぼ亜熱帯に属する高い気温ともあいまって、停滞する水が明度を維持することはきわめて難しく、透明な水へ差し入る光、というイメージを育むことは稀であった。こういう風土にあって、貫之が水に求めたのは光の水底への浸透ではなく、水鏡であり、そして俊成女が求めた透明は、水に向けられるのではなく、遠さ、つまり垂直の透明ではなく、水平の透明へと変換されざるをえなかったのだった。

注

1）保田與重郎『日本語録』（新潮社、１９４２年）８２－８３頁。

2）この点に関しては、拙論「五感の彼岸」『明治大学紀要』１９９７年1月、を参照していただきたい。

第九章　俊成女　桜と梅

桜

多く政敵に囲まれていた崇徳院が何ゆえ、不文律であった梅と桜をめぐる貫之のカノンを発掘する時間と余裕があったのか、筆者には大きな疑問である。しかしながら再発見されたカノンは崇徳院以外のいかなる男たちの関心も引くことはなく、そのまま忘れ去られようとしていた。平安末から鎌倉初期の男たちには、復古を希求する経済力も気力も尽きていたからである。しかるに俊成女は崇徳院が発掘した貫之のカノンを再確認し、これを保守していくことを自らの課題とした。滅びゆく貴族社会の中にあって、彼女が拠り所としたのはもはや貴族社会の体制ではなく、それが精製した精神にあったからだ。ここではそこから一見、逸脱したようにみえるが、臨界点で貫之のカノンを守っている俊成女の桜の歌について探ってみることにする。まずは貫之の歌から始めよう。

桜花降りに降るとも見る人の衣濡るべき雪ならなくに　貫之

「桜の花びらが私の衣の肩にどんなに雪のように降りかかっても、それでも結局、花は衣をぬらす雪にはなれない」と貫之は歌う。雪になりたくてもなれない桜。それではなぜ桜は、衣を濡らして人を不愉快にまでさせても、雪になりたいのか。平安和歌のうちにあっては、その末期である院政期を除けば、桜の花びらは頭や笠、さらに肩の上、家の中、あるいは遠方に向かって散ることがあってはならなかったからである。桜は日本の花であり、その木のもとから離れて散ることを貫之が禁じた。貫之以前では、例えば菅原道真が「桜花主をわすれぬものならば吹きこむ風にことづてをせよ」と歌っている。この歌でも桜の花弁の方向を持った運動が暗示されている。しかしこの一首は、『曾我物語』にのみ掲載されていて、それ以前のいかなる歌集にも収録されていない。となると、場合によっては、贋作である可能性もある。これは桜と梅の歌い分けなど知らない、鎌倉期の、王朝文化圏外の人の手によるものということになるかもしれない。あるいは逆に、貫之以降の人物で、貫之以前には桜のカノンがないというのを熟知していて、それを織り込んで創られた、教養ある貴族の贋作ということになる。それならば、その成立年代は『古今』以降、『新古今』成立までの期間ということになる。真作というならば、それはそれで納得がいく。道真が貫之以降の桜のカノンを知る由もなく、彼はごく自然体で歌っているからだ。ただ、実際にこの歌が、道真によって詠まれたものであれば、もっと人口に膾炙していて良さそうなものを、『曾我物語』以外には見られないというのは、幾分、不自然である。この歌とペアをなす、有名な歌「東風吹かば匂ひ起こせよ梅の花主なしとて春を忘るな」と比べても、幾分、見劣りがする。一方、この梅の歌は貫之の梅の花のカノンにも抵触しない。梅の花の方が有名になりすぎて、桜の歌はかすんでしまってはいるが、もともと道真は漢詩には堪能で、和歌はそれほどでもなかったから、もしかすると桜の歌のほうが真作で、伝説的ですらある梅の歌のほうが贋作ということもあるかもしれない。梅の歌の方は、桜と梅のカノンが成立した以降ということになり、それに則って、誰かが伝説をでっち上げたという解釈が、的を射ているようにもみえる。偽物はある意味本物より本物らしい。だから偽物が本物を駆逐して、偽物が本物の顔をして闊歩しているかもしれない。いずれにせよ、この二首に見られるように古今以降、鎌倉以前の日本の和歌にあっては、運動の方向を明瞭にもった桜、何かに向かって明らかに散っていく桜が例外的なものであったことは紛れもない事実である。

話は戻って、貫之の歌「桜花降りに降るとも見る人の衣濡るべき雪ならなくに」は、貫之自身によって『古今集』から外されたか、あるいは、『古今』成立後の比較的後期の作品のいずれかである。それでもなおこの歌は、伊勢の前述の歌のような、カノンからの確信犯的な破壊ではない。貫之は、言い訳がましく、「万一、桜の花びらが衣に散り掛かるとしても、それは花びらではなく、濡れない雪であってほしいのに」と歌う。貫之らしからぬ歯切れの悪い言い回しを使って衣に向かって散っているのが桜の花びらであることを否定しよう、もしくは隠そうする。つまり、降り注ぐものが桜の花びらではないのであれば、その落下がある特定の対象物に向かう運動の方向を持っていても差し支えなかった。

散りがたの花見るときは冬ならぬわが衣手に雪ぞ降りける　貫之

こちらの歌では、その運用法がさらに前進している。雪であれば何かに向かって散りかかっても構わなかった。貫之は雪を桜の花びらに見立てる方法には深い愛着を持っていた。実際、雪を花に見立てる和歌を少なくとも八首残している。今みてきた二首に見られるような、花を雪に見立てたのとは反対の例は、一章で取り上げた「桜散る木(こ)の下風は寒からで空に知られぬ雪ぞ降りける」「鶯の花踏みしだく木(こ)の下はいたく雪降る春べなりけり」の二首で、雪を花に見立てた歌全体の半数にも満たない。それは、雪を花に見立てることは、季節の変化からみて順転であるのに対して、花を雪に見立てることはその逆転であり、ある種の不自然さを伴うからだろう。『新古今』時代に入ると、再び「桜か雪か」「桜か雲か」の主題が歌人たちの関心を惹くが、この時代は春の到来への期待感から雪を桜に見立てる貫之の発想とは異なって、花を雪や雲と錯覚し、取り違えた。これは編者・定家の攪乱趣味を濃厚に反映している。この種の歌は、『新古今』だけでも以下のように頻出する。

白雲のたつたの山の八重ざくらいづれを花とわきてをりけん　道命法師
あさ日かげにほへる山の桜花つれなくきえぬ雪かとぞみる　藤原有家
またやみむかたののみのの桜がり花の雪ちる春のあけぼの　藤原俊成
山ざくら花の下かぜ吹きにけり木のもとごとの雪のむらぎえ　康資王母
桜いろの庭の春かぜ跡もなし問はばぞ人の雪とだにみん　藤原定家
はつせ山うつろふ花にはるくれてまがひし雲ぞ嶺にのこれる　九条良経

道命では、雲と花の見分けがつかないといい、有家では、花を雪と見まがう、俊成は花が雪のように散るという。康資王母では桜の木の下だけに雪のように散った桜が残っていて、定家は、散っている桜を人は雪と見まがうだろうという。また、良経では花と見誤った雲が峰に残っている。これらすべての歌にみられるのは錯覚である。同じ『新古今』時代に生きた俊成女には、この種の錯覚は見えない。錯覚は俊成女の好む所のものではなかった。とはいっても、彼女にも桜の花びらを別のものとして見立てる例がないわけではない。ただ、それは『新古今』的な錯覚や錯誤などではなく、徹底的に意識的に意図されたものであった。

桜散る四方の山風怨みても払はぬ袖の花の朝露　俊成女

この歌の意は「露を含んだ桜の花弁が山風に従って袖に散ってきたから、濡れていても放っておこう」ということになる。そのまま読めば、花弁が袖に向かって落ちてきたのだから、貫之のカノンに抵触する。しかしなぜ作者は濡れてしまう袖をそのまま放っておこうとしたのか。作者が露を払わなかった理由はほかにある。冒頭の貫之の一首では、桜の花弁は雪になれなかった。二首目では、「冬でもないのに」と付け加えられつつ、花弁は雪となっている。俊成女のこの歌ではその花弁がさらに露になったと理解できないだろうか。花弁が雪になれるのならば、花弁は露にもなれるのではないか。雪が空から降るのと同様に、花もまた露も樹冠から降る。だから露が花弁になれないわけがない。だが実際、花と露の違いはあまりにも大きい。透明の露と不透明の花弁。花弁を露と見立てるのには無理がある。それを承知で、俊成女は露だと言い切る。そうすれば貫之のカノンには抵触しない。ここには貫之のカノンを死守する理論先行型ともいえるレトリックが見られる。露が落ちてきた、だが、実はそれが花弁だから手では払わない、というのがこの歌の真意である。

雨注ぐ花の雫は濡れつつも露を厭はで帰る山人

一つの歌の中で、はじめは雨だったものが雫と書き替えられ、さらにそれが露と書き替えられる。つまり、同一のものが三つの名詞によって置き換えられている。なぜここまで同一物を言い換えるのか。それは「見立て」というコンセプトによる。不可解なのは、この山人が、なぜ露を厭わないのか、濡れるのを厭わないのかだ。それは雨でも雫でも露でもないからに他ならない。「雨注ぐ」とは雨が注ぐのではなく、雨のように注ぐ桜の花弁なのだ。文字面ではそれは雨であり、雫であり、露である。しかしこれらすべてには「見立て」があって、実際は桜の花弁であると解釈すれば、肩に降り掛かっても構わないことになる。この歌には雨も雫も露もない。あるのは桜の花弁だけだ。だから風情のない山人でもそれを払わない。プラクティカルな山人であれば、花弁でなければとっくに露を払いのけているだろう。

貫之が「雪」を「桜」の花びらと見立てることを好んだことはすでに述べたが、それと同じ修辞として俊成女は、花を露と見立てた。素材こそ異なるが、その手法はまったく貫之譲りである。貫之によれば、桜の花びらは運動の方向を持ってはならなかった。しかし次の歌にあっては、桜の花びらが峰を渡っていくイメージが形作られている。これは貫之のカノンからの逸脱であるようにみえる。しかし、文字の上では桜の花びらは移動してはいない。渡るのは花びらではなくて、色のついた風であるという。

尋ね行く花や散るらん吉野山色なる風ぞ峰渡りける

貫之が定めた、桜の花の歌を歌う際の不文律は、運動の方向を持ったものは桜ではなく、「色のついた風」という見立てで、最終的に遵守されている。次の歌も貫之に倣いつつ、独創的である。

春の着る花の衣や山風に香る桜の八重の白雲

この歌は、以下の在原行平の歌が元歌であるが、「春の着る」という言い回し以外、ほとんど影響は見られない。

春の着る霞の衣ぬきを薄み山風にこそ乱るべらなり

俊成女のこの歌では、春はどこか場所を限定して存在しているのではなく、空間すべてを統べている。無限定の春の空間が着ている、途方もない大きな衣に焚き染められた、桜の花の香りが立ちのぼってくる。花の香りは何処からかやってくるのではない。春の衣の真っ只中に作者はいる。桜の花の香りは、梅とは異なって、空間を貫いて伝播することがない、という貫之のカノンが遵守されているのが分かる。

嶺高き雲に桜の花や散る嵐ぞ香る葛城の山

高い峰に掛かる雲の中に桜の花が散っているのだろうか、だからこちらへと吹いてくる強い風に桜の花の香がする葛城山である。桜の花の香がこちらに向かって香ってくるというのだから、桜の花の香りはついに運動の方向を持ってしまったように見える。貫之が禁じた事態を俊成女は詠んでしまったのか。葛城山、これは連峰である。となると、ここでいわれている峰も、また単一ではない。嵐とは峰から下ってくる強い風であるから、これが単一の峰であれば、きわめて明確な運動の方向を持つことになる。しかし連峰ということになると、その方向性は著しく弱まる。彼女は連峰である葛城山の中にいる。そしてその山並みに囲まれている。「春の着る衣」のように覆われ抱きかかえられている、という方が正しい。しかも、作者は葛城山に行ったのではない。歌枕としてこの場所を呼び出している。なぜそれが葛城山であるのか？ それは葛城山が桜と雲を従える歌枕の地であるということ以上に、それが連峰であったからだと考えるべきだろう。俊成女は、崇徳院の「尋ねつる花のあたりになりにけり匂ふにしるし春の山風」の歌を踏襲したとみえる。ここでも桜の花の香りはあるゾーンを形成していて、その場所でしか花の香りはしない。風がその香りを別の場所に運ぶことはない。桜の香りには運動の方向が見られない。次の讃岐の歌も、崇徳院の歌にあらわれた考え方を踏襲しているようだ。

風香る花のあたりにきてみれば雲も紛はずみよし野の山　讃岐

「花のあたり」という場所を示す語を持ってきて、そこでしか花の匂いがしないことをこの歌は示している。俊成女の歌にみられる「葛城山」という体言止めもまた、崇徳院や讃岐の歌に見られるゾーン概念を暗示させる。事実、この場所は歌全体を支配している。ここで起こったことはすべて葛城山という場所で起こっている。作者は葛城山の連峰を遠くから見ているのではない。連峰をなす、葛城山中にまさに作者がいて、そのいくつかの山峯に掛かる雲の中に桜の花が散っているのを見ている。同じく葛城山を詠んだもう一つの歌が俊成女にはある。

春も今花は桜の時ぞとや雲より匂ふ葛城の山

「より」は運動の基点を示す。ここだけを見ると、運動の方向があるように見える。しかし「にほふ」は香りであるよりは、その姿をさしている。外見を「にほふ」と表現することは当時しばしば見られた表現だ。したがって、雲間から、桜の咲いている姿が見えると解釈すべきである。実体それ自体が押し寄せるのではなく、その姿があるものを貫通して眼まで届く、という意味での像の移動であれば、桜は移動しても問題ない。以下の歌は、貫之以降の優れた桜の歌、それには崇徳上皇の桜の歌がまず挙げられるべきであろうが、それと並ぶほどこれも秀逸である。

葛城や高間の山の山風に花こそ渡れ久米の岩橋　俊成女

この歌の元歌は、伊勢の「心のみ雲居のほどに通ひつつ恋こそ渡れかささぎの橋」である。その訳については、すでに述べたのでここでは省略する。この俊成女の歌に詠まれた高間山は葛城連山の主峰。久米の岩橋の方は、役行者が一言主神にその建設を命じた、葛城山から大峰山にかかる長い架け橋のこと。しかしながらこの橋の建造は伝説によれば途中で放棄され、橋の残骸の形状の岩が残っている。空想上で出来上がったこの岩橋を、桜の花弁の群れが渡るとなると、一方の橋のたもとからもう一方の橋のたもとまでなのだから、出発点も到着点も明確で、明らかな運動の方向があることになってしまう。俊成女は貫之のカノンをとうとう破ったのだろうか。

ここではドイツ語文法の例を出そう。「子供たちは教室の机から窓まで走る」を Im Klasenzimmer laufen die Kinder von der Tuer zum Fenster. という。また「教室の中に子供たちが走って入ってくる」を Ins Klassenzimmer laufen die Kinder hinein. と描出する。前者では戸口から窓に向かって子供が走るが、それは教室内というゾーンでの出来事なので、名詞「教室」には与格を用いる。後者では、子供たちがゾーン外からゾーン内である、教室に走りこむ。そこに越境する運動の方向があることから、名詞「教室」には対格が用いられる。こうした考え方をこの歌に適用すれば以下のようになる。確かに橋の片端からもう一方の端まで桜の花びらは運動をしていて、橋を起点に見れば、運動の方向を持つように見える。しかしその越境は超越界内部の出来事であって、桜の群れが橋を渡ったとしても、それは越境とはならないと考えるならば運動の方向もないことになる。

久米の岩橋は途中で建設が中断した事を受けて、古来、中断した愛の暗喩としても使われた。その文脈でいえば「自分の恋は途中で途絶えてしまったけれど、桜の花びらよ、自分が果たせなかった夢を実現してくれ」というメッセージが俊成女の歌には含まれていると考えられる。伊勢は壮大で決然としているのに対して、俊成女の歌は艶やかで、はかなげであるという違いはあるが、二人の歌は、共に橋のイメージを共有しつつ、恋の成就を祈願するという点で、どこか類似している。次の歌も伊勢の歌を下敷きにしていると考えられる。

嶋の海春は霞の滋賀の波花に吹きなす比良の山風　俊成女

まず元歌の伊勢の「浪の花沖から咲きて散りくらめ水の春とは風やなるらむ」では、琵琶湖の波が沖から寄せて岸に砕け散ってくる様に、桜が山の向こうから咲き始め、次第にこちらに向かって散って来る有様を重ねる形で、唐崎神社の小高い丘の上から想像上のイメージで喩えている。ここでは、波を花に見立てたのであって、花を波に見立てたのではない。つまり、これは花の歌である。しかもそれは「散り来る」という言葉通り、運動の方向を持っている。一方、俊成女の歌は、琵琶湖に存在する三つの地名を転々とする中から桜の花のイメージが生まれてくる構造になっている。嶋の「海」、滋賀の「波」そして比良の山「風」がそれである。まず海によって広さを、その次に水の波動である波を、そして最後には空気の運動である風を次々に重ねていくことで最終的に、水を桜に変質させている。和歌に名詞を多用すると、スタティックになりかねないが、この歌はそれぞれの名詞が、まるで飛び石のように配置されていて、その上を意識が次々に飛び越えていく、あるいは意識がそれらを数珠繋ぎに連結してその中を意識が通過していく異質な構図をとっている。風が波を吹き上げて、それを桜の花弁のように見せているが、伊勢の歌にあったように、それはこちらへと「散り来る」わけではなく、あちらで漂っていて、元歌にあった運動の方向は見られない。ここから言えることは、俊成女は、伊勢とは異なって、貫之のカノンを踏み外すことはなかったということだ。鎌倉初期という武家政府成立以降において、平安に花開いた桜の文化は終わってしまった。ちなみに俊成女の祖父・俊成に師事した実朝は、王朝文化の幾分かを継承したとも理解できるのかもしれないが、少なくとも桜の歌をめぐる貫之のカノンに対しては、自覚なき逸脱を見るばかりである。

落花をよめる
春深み花散りかかる山の井は古き清水に蛙なくなり　実朝
屏風の絵に旅人あまた花の下にふせる所
木のもとに宿りをすれば片しきの我が衣手に花は散りつつ　実朝

実朝は実際に目の前にあるものを観察し、事実を歌に読み込んだ。実朝は桜の花が何かに向かって散り掛かるのをこの目で見た。雨が袖にかかるように、雨が地上に降り注ぐように、桜の花びらも、散りかかる。その意味で「散り掛かる桜の花」はきわめて穏当な表現である。しかし、そうした歌は、「八大集」には、すでに述べた伊勢のそれを除くと、見当たらない。貫之のカノンが遵守されていたからだ。

梅

俊成女の筆になる、いわゆる桜の歌「風通ふ寝覚めの袖の花の香にかをる枕の春の夜の夢」は幾分、文法的に無理がある。歌の中において助詞「の」が六回も登場し、なおかつその「の」によって数珠繋ぎになった九つの名詞が現れる。その結果、どの名詞が主語で、二つの動詞「通う」と「香る」のうちのどれが主文の主語なのかも明確ではなくなってしまっている。また、「花」が梅なのか、それとも桜なのかもはっきりせず、現在でも最終的な結論を得るに至ってはいない。こうした文法的な脆弱さからして、この歌に文法面からの解明を試みても効果的ではないだろう。そこで、日本の和歌ならではの解析方法をここで提案したい。当時の和歌は、相互依存的な網の中に取り込まれる形で存立していた。これを鑑みると、歌に現れた各語を共有する他の歌を参照する——それらの語がどのような意味を持っていて、それがどのような形でこの歌に織り込まれているのかを徹底的に調べ、歌の真意を確認することによって、初めてこの歌のもつ意味が抽出できるのではないだろうか。

桜の花の香りを詠った歌は数は少ないが、『新古今集』には桜の花の香りを歌ったものとして三首の例がある。

花の香に衣は深くなりぬなり木の下かげの風のまにまに　貫之
風通ふ寝覚めの袖の花の香にかをる枕の春の夜の夢　俊成女
このほどは知るも知らぬも玉鉾の行きかふ袖は花の香ぞする　藤原家隆

冒頭の貫之作については、大木の桜の下で微かな風が起こり、衣にまでその香りが染み込む。ここに方向をもった桜の香りが描かれていないことは、崇徳院の歌との比較の際に先に述べたとおりである。次に家隆の歌に関していうと、古来、花の香りを衣に焚き染めるのは梅の花に限られていて、桜ではなかった。したがって「桜の花の香りが袖から薫る」は「焚き染め」ではない。桜の香りは袖が起源ではない。「行き交う袖に桜の香りがする」とは、すれ違う他人の袖が触れるたびに、その場の空気が袖に煽られ、掻きまわされることで、桜の香りが、その度ごとに、感知可能なものとなったことになる。袖が煽らなかったならば、桜の香りはしない。したがってここでは「袖に移り香がした」という香りの移動すなわち動作ではなく、「袖が香っている」という状態を示す言葉使いがされている。貫之の桜の花は微かな風が吹いてこそ匂う。家隆の桜も袖に煽られて香りが副次的に立ち上ってくる。桜の花弁は微かな風でも散り始めるので、その風すら疎まれた。しかしその香りとなると事情が幾分違うようだ。家隆の歌でも確かに桜の香りが歌われている。二歌とも微風と共に、桜の花の香りが立ち昇っている。しかもそれは、A点からB点へと移行する風ではなく、その場所に限って漂う風に煽られて香ってきた。つまり『新古今集』では一定の場所の運動であれば、桜の花は香っても良いとの理解があるようだ。貫之のカノンの一応の遵守である。これに対して第三の歌、俊成女の歌はどうであろうか。この歌はもともと「千五百番歌合」において顕昭(けんしょう)の歌と競わされ、勝った経歴を持つ。

風通ふ寝覚めの袖の花の香にかをる枕の春の夜の夢　俊成女
梅が香を夜半の嵐の誘はずは閨の板間をいかで漏らまし　顕昭

「夜、嵐が吹かなかったならば、どうして梅の花の香りが閨の板間など潜り抜けることなどできただろう?」という。なぜこの二首を競い合わせたのか。外と内の空間を分けるのが「板間」、それを貫通するのが「梅の香」、ここには明確な運動の方向がある。俊成女の歌も冒頭の「風通ふ」からして、風は建物の外部からやってきていて、ここにも運動の方向がある。共に外から花の香の侵入を主題にしている。事実、梅の花の第一の特徴はその貫通力にある。両者は歌合せに似つかわしい。

他方、貫之・家隆の歌では香りの貫通力ではなく、共にその場所でのみ漂う風が暗示されている。貫之の歌では大きな桜の木の下で漂う風が花の香りを作者にもたらすが、家隆にあっては花の香はその場に停滞していて、袖に煽られて初めて知覚できるものとなる。貫之・家隆の和歌における場所での停滞、対する俊成女の香りの明確な運動の方向、その違いは明瞭だ。さらに傍証を挙げるとすれば、夥しい桜の歌において風は常に厭われている。なぜなら、はかなく散る花の盛りを風はさらに短くしてしまうからだ。一方、梅は風を厭わない。

以上のことからこの歌が梅について歌った歌であることがほぼ確定できたと思う。次に、この歌で香ってくる梅の香は何処からか来たのかを問うてみたい。室内か、夢かそれとも外か。室内であるとすれば、当然、袖からとなる。しかし袖からであるならば、なぜ夢が持ち出されるのか？ また「香る」の連体形が掛かっているのは枕である。ならば、枕が香っているのか？ 枕とは一体どのような機能を持つものなのか？

枕だにしらねばいはじみしままに君にかたるな春の夜の夢　和泉式部
みる夢のすぎにしかたをさそひきてさむる枕もむかしなりせば　藤原宗隆
夢ならでおどろく物は春風の枕ににほふ夜半の梅がえ　藤原公相

上述の三首では、枕が現の中で夢に最も近い位置にあることが読み取れる。公相(きんすけ)の歌では梅の香は枕にある。枕に梅の花が香っているのが夢ではないので驚いたという。この「枕」とは一般にどのような使われ方をしたのであろう？ この語を頻繁に使った歌人である式子内親王の例を見てみよう。

み山べのそこともしらぬ旅枕うつつも夢もかをる春かな
袖のうへにかきねの梅はおとづれて枕にきゆるうたたねの夢
かへりこぬむかしを今とおもひねの夢の枕ににほふたち花
はかなしや枕さだめぬうたたねにほのかにかよふ夢のかよひ路
いかにせむ夢路にだにも行きやらぬむなしき床の手枕の袖
秋の夜のうきねに夢をみなと河さむる枕に月ぞながるる
たがかきねそこともしらぬ梅がかの夜はのまくらになれにけるかな

これらの歌から、枕は夢の世界と現実の世界を橋渡しするものとして捉えられていることが窺える。俊成女もこうした伝統に即していると見てよい。つまり、梅の香りは現と夢の接点である枕を通過して、夢まで進入していたわけだ。枕の向こうにあるのは夢であることがここから予感される。そこで、「夢」と「梅」という二語を有する式子の歌1を見てみよう。袖の上に梅の香が訪れたために、枕から短い夢が消えていく、それほどまでに梅の香が強かったのである。2では梅の香りがもつ強い浸透性からして、それがとうとう夢の中にまで入っていく。梅の枝が軒端に咲いている春の夜は、寝ている夢の中にまでその匂いが香っているのだという。「匂いが香る」という同義語反復によって香りの強さがよりいっそう感じられる。3の良経の歌は、公重の歌を受けているのであろう。公重では、梅の香りが夢の中に忍び込み、夢の一部となった。良経では、梅の香りを運んできた風の冷気が作者を夢から覚醒させる。夢の中にまで梅の香りが浸透したかどうかは不確かだが、早春の梅の香を含んだ風が夢から作者を醒ましてしまう。もともと梅の香は、夢を見させるほどの芳香であるのだが、梅の香が室内に紛れ込むということは、まだ寒い外気が部屋の中にまで忍び込み、ついにはそれが夢から覚まさせてしまうということでもある。梅の香は、夢を見させると同時に夢を途絶えさせてもしまう二重性をもっており、それが複雑な感情を引き起こしているのをこの歌から読み取ることができる。それはそのまま、時代の反映とも取れる。公重にあっては、まだはかない梅の花の夢を見ることが出来たが、良経では、時代の冷たい風のためにそれすら不確かになっている、と。俊成女・良経の歌には「風」、「春の夜の夢」の二語が共通するのみならず、直接用いられてはいないものの、風が夢から覚めるという事態、しかもその風に梅の香りが乗っているという点でも似通っている。俊成女は良経の歌に感銘を受けたのであろうし、それをさらに自分なりに展開しようと思ったに違いない。

1. 袖の上に垣根の梅は訪れて枕に消ゆるうたた寝の夢　式子内親王
2. 梅が枝の軒端に咲ける春の夜は夢も匂いに香りてぞみる　藤原公重
3. 軒近き梅の木末に風すぎて匂ひに覚むる春の夜の夢　九条良経

若き俊成女には、次のような梅の香の移り香りを歌ったものがある。

よしさらば軒端の梅は散りもせよ匂ひを移せ手枕の袖

「現実の梅は散っても良い、夢の中で継続して香ってくれるならば」と俊成女は詠う。屋外の梅の香が室内に流れ込み、袖を通じてさらに手枕を経て、夢の中まで入り込めば、夢の中で香り続けることができるならばと願う。今話題にしている俊成女の歌は、これよりも一段と複雑な構造を示している。梅の花の「香」にとって「袖」は縁語、「枕」は少なくとも縁語的つながりを持ち、その「枕」は「夢」にとっての縁語、「春」および「夜」は「梅」の縁語である。それぞれの語に相互につながりがあるということは、同時にそれらの語同士がどのような関係を持っているかを教えてくれることになる。これによって、文法に依拠しない形で、和歌全体の構造が副次的に浮かび上がってくる仕組みになっている。以下の実朝の歌を参照すると、俊成女独特の意識構造がより明らかになってくるだろう。

梅が香を夢の枕に誘ひきてさむる待ちける春の山風　実朝

「梅が香」の後に直ちに「夢」という文字を順列する点からみて、梅の香の運動の方向は見えてこない。しかも「梅」の述語は、停滞を意味する「待つ」である。梅の浸透力はすっかり殺がれてしまっている。また「夢」とあるからには作者は室内で寝ていると捉えるのが自然だろう。屋外の梅の香りが「夢」まで達するには、通過すべき障害である建物の壁と戸があるはずだ。事実、俊成女の場合は和歌の頭に、「風通ふ」とあって、梅の香は、「袖」から、「枕」を通って、「夢」までさまざまポイントを通過しながら、最後に夢に到達する。実朝の歌では、「梅が香」から「夢」へと続き、その後は「枕」である。これでは順序が逆であろう。枕は夢への通路で、枕を通じて夢へと至らなければならないからだ。さらに「夢の枕」と続けた結果、「夢」は枕の単なる装飾と化す。このように和歌の中の語の係わり合いと語順が、梅の香の伝播の順序と符合しないために、室内が屋外から隔離されている、という感覚がこの歌からは感じ取れない。山風は梅の香りを枕までは誘ったが、夢にまで入ったら失礼だと思ったのか。最終的な歌の意味は、「私が夢から覚めると、あたりに梅の香りがしていた。梅の香りは自分が寝ている間、ずっと侍っていてくれたのだなあ」というものである。いかにも武士的である。他方、良経・俊成女の梅の歌では、冷たい風で作者は目を覚まされて、がっかりしている。二人とも壊れ行く摂関体勢内部にいるから、外部の何者かによって目を覚まされざるを得ない。実朝にはそうした幻滅はない。春風が冷たくても、平気で寝ていることができるのは、彼が体制の外部にいたからである。いずれにしても屋外と室内、そして夢の空間という三重の入れ子構造を暗示するような要素を一応、内包しているように見せながら、実際にはそうした立体空間が平面に押しつぶされ、それぞれの境を貫いて空間を浸透する梅の花の香の力動は見えない。ただ自然観察に感情移入するだけの単純な歌である。

他方、俊成女では、夢は風によって中断されてしまう。だが、かといって良経の歌のように単に寒々しいわけではない。はるかに長い余韻が続く。歌の冒頭に「風通う」の語があることによって、その微かな風は六回使われる「の」という一種のパイプを通じて、外部から内部に向かって、順序正しく、しかもゆっくりと、袖、枕、そして夢へと貫いて通り抜けていく。まさにこれは梅の香をめぐる貫之のカノンの鏡といえるであろう。しかもここには俊成女の歌の基本構造である、梅の花の香る夢の空間、梅を焚き染めたと一時は錯覚した袖のある室内空間、梅の花の咲いている外部空間という三つの空間の入れ子構造があり、その三重の空間を貫通して梅の香りが訪れる力動的な性格を帯びているのは見逃せない。

以上をふまえて、この歌の最終的な解釈を試みよう。梅の香を恋人と共に愉しんでいた夢から冷たい風に目を覚まされた作者は、枕元に梅の香りがするのを不審に思う。梅の香はもしや袖から香ってきたのかと疑う。しかし袖に昨晩、梅の香りを焚き染めた覚えはない。梅は枕を通じて今覚めた夢からここまで香ってきたのだろうか。どうもそうでもなさそうだ。それでは一体どこから梅の香りはやってきたのか？ 作者は想像を巡らせる。梅の香りの起源は、夢でもなく袖でもない。実は、庭に立っている梅の木の花の香りが、冷たい春風にのって、家のそして塗り込めの隙間を通り抜け、枕を通して、眠りの中へ入り込み、夢の一部となっていたのだ。春風は、夢の中に梅の香りをもたらしたが、同時にその冷たさが夢を途絶えさせた。冷たい春風が王朝の外からやってきて夢を壊した。崩壊しつつあった摂関体制の内部に生きていた作者は、外部からのかぐわしい、しかし同時にほろ苦い侵入をこう理解して受け止める。現実描写がこうして象徴的な姿を与えられ、そこに歴史の力動が作用する。一方、武士から見ると、梅は象徴ではなく、自然に生えている樹木の一つに過ぎない。体制外の武士にとって、実朝の歌が示すように、梅の香という自然の中に自己を発見すること以上のものではない。

俊成女のこの歌が梅の歌であることはもはや疑いを差し挟むことはできない。歌自体にはいわゆる脊椎はなくとも、直接目には見えない形で、他の歌の骨格を呼び出し引き寄せ、自らの不可視の骨格としている。これこそが日本和歌の最終的な姿である。実際、俊成女は、歌を詠むに当たっては、それまで歌われてきた歴史上のあらゆる歌を熟読して、それらの掲載された書物をすべて閉じて、思い浮かべつつ机に向かったという。そうして出来上がった歌は、他の歌との関連性が著しく強いと同時に、他の歌との差別化という点においても、著しく抜きん出ていた。他の歌への強い依存性と、歌自体の際立った独立性が同時に成立している、この一見矛盾する性格こそ、俊成女の歌の特徴なのである。この梅の歌は、無数の、それまで作られてきた一連の梅の歌の数々に依拠しつつ、それらの堆積を潜り抜けて地上に達し、羽ばたき、空高く飛翔していく。

『新古今』を編纂したのは定家である。その編集において、彼はこの歌を「桜の歌」に分類した。彼はこの歌を誤読したのであろうか。定家ともあろう和歌の大家であれば、それは考えにくい。彼は、この歌が「梅の歌」であることを知りつつ、それでもなお、これを「桜の歌」のグループに組み込んだと考えるべきだろう。定家は、奇術家であった。読者を攪乱してこそ、職業歌人足りえると考えた。あえて錯誤的に歌を「桜の歌」にグループ化することで、生半可な知識を持つ後世の読者を幻惑させ、ワグナーが無限転調の手法で、聞き手の鼻面を引きずりまわすように、読者を混乱の淵に引きずり込もうとした。こうして職業歌人としての玄人を素人から引き離し、それによって自らの権威を保とうとした。かれは確信犯としてこの歌を桜の歌として誤読した。最後に、晩年に近い頃に歌われた梅の歌を挙げてみよう。

吹きすぎてこれかとにほふ梅が香のそなたの風や昔なるらん

「風通ふ」の歌では、芳香をもたらしたとはいえ、冷たい風が夢を醒ましてしまっていた。こちらでは梅の香りが、一瞬、もう戻れない過去の世界から香ってきたのかもしれないと思われ、闇の空間に立つ自分の隣に過去の時間が臨在している感覚に襲われる。それは「さつき待つ花橘の香をかげば昔の人の袖の香ぞする」の延長にあると同時に、そこでは過去の時間はあくまでも時間として描かれている。時間とは過ぎ去って、取り返しのつかないものであるという悲しみと懐かしさがこの元歌にはある。こちらの俊成女の歌では、過去の時間が見事に空間的に実在しているかのようである。その特徴は貫之の歌「花もみな散りぬる宿はゆく春の古里とこそなりぬべらなれ」にも見られる。春は時間である。その時間が去った後の自分の家は春の古里となったという。鬱蒼とした庭は元来、時間概念である春の、空間的な不在として表現されている。両者とも時間が空間化されている。同じことは次の貫之の歌にも言える。

陰深き木(こ)の下風の吹きくれば夏のうちながら秋ぞきにける

涼しい風が通ってくる鬱蒼と茂る大木の根元には、夏でありながら、すでに秋が訪れているという。夏の中に取り残された春の古里、あるいは夏の最中にすでに秋の空間が特異点的に成立するという貫之が目指したものは、時間の空間への変換であった。貫之は過ぎ行く時間を空間的に固定して永遠化することに和歌の重要な働きを見ていた。その時、二つの異なった空間は隣接こそすれ、両空間を貫通するものは想定されていない。ところが俊成女では、そこに梅を参入させることで、風は時間の壁をくぐって、過去から現在へと吹いてくることになる。過去世界という、もはや人間が立ち入ることのできない別世界が現世界に隣接していて、人ならぬ、梅の香りがその境界を越えて、こちらの世界まで到来していることがイメージされている。俊成女の桜の歌が、貫之のそれに匹敵するかは疑問である。

しかしこの「風通う」の梅の歌に関する限り、俊成女は明らかに貫之を凌駕した。貫之の代表的な梅の花といえば、「梅の花にほふはるべはくらぶ山闇に越ゆれどしるくぞありける」である。その構造は、「桜花散りぬる風の名残りには水なき空に波ぞ立ちける」や「桜散る木(こ)の下風は寒からで空に知られぬ雪ぞ降りける」などの歌のもつ、本来、人間が持つ複雑な意識構造に則って造り込まれた歌とは異なって単純である。他方、俊成女の梅の歌は、人間の意識のダイナミックな構造に依拠して、それを歌の中に重層的に造り込んでいる。

「風通ふ」の歌は貫之の「桜散る木(こ)の下風は寒からで空に知られぬ雪ぞ降りける」の歌と並んで、日本文化を代表する和歌であろう。一方の、貫之の歌からは大陸文化から離脱し自立を確立した誇りが透けて見えていたのはすでに述べたとおりである。それは意識的に造営されたものであった。他方の俊成女のこの歌には、そうした意識的な歴史意識というものは見当たらない。だからといって、それが単に審美的なものに留まっているわけでもない。彼女の作り上げたものが、徹底的に磨きぬかれたものであるがゆえに、その表面には不可避的に彼女の生きた時代の様相があたかも霊写真のように映り込んでしまう。当時の貴族の男達が、崩壊していく摂関体制のうちに籠って、ひたすら時代の断末魔の夢を紡いだ、もしくは良経にみられるような仮借なき現実への覚醒、という意味での夢と現実の二元論に留まったのに対して、俊成女は王朝世界が滅びた後も貫之に代表される古今精神を最後まで堅持した。彼女は、外部にかぐわしきものを見出したのみならず、その向こう側に超越的といってもいいような何かをすでに若い時代の歌で予感させている。俊成女とは、フランスの諺「鋼鉄の腕にビロードの手袋」のような繊細さと強靭さを併せ持って、すでに滅び去っていた栄光の貴族文化を楯に、吹きすさぶ時代の北風に抗して、徹底的に突き進んだ、類まれな気高い精神の持ち主であった。

第十章　俊成女　仏法と桜

女ども山寺にまうでしたる
想ふことありてこそ行け春霞路妨げに立ち渡るらん　貫之

「願い事があるからこそあなたたちは美しく着飾ってこれから山寺にお参りをするのだろうけど、でも春霞はあなたたちを邪魔しようと、もう立ち込めていますよ。僕にはそれがここから見えていますよ」。屏風に描かれた、これから山寺に颯爽と出発しようとして華やかに着飾った女たちに貫之が添えた歌である。おそらく彼らの行先には霞が立ち込めているのであろう。しかしいかに絵の上であれ、せっかく着飾っていく女性たちに、冷や水を浴び去るような歌を詠むとはどういうことだろう。貫之が山寺に篭っても、何ら験を得ることも出来なかったようだ。

山寺にまうでたりけるに詠める
宿りして春の山辺に寝たる夜は夢のうちにも花ぞ散りける　貫之

山寺にこもって寝た夢の中には、ひたすら花だけが散っていた、とある[1)]。寺籠りに赴いた貫之が、仏陀の啓示なり、助言なり、慰撫なり、救済なりを望まなかったわけがない。しかし、行って泊まっても、仏の側からのアクションは一切、起こらなかった。彼が夜、見たのは、ただただ散り続ける花のカーテン。高いところから散り来て、しかもその花弁の数の多さが必須な状況からして、ここでの「花」は桜以外には考えられない。桜は日本固有の、原生の草木であると同時に、日本の神、木花咲耶姫（コノハナサクヤヒメ）でもある。貫之は山寺で、桜が渡来の仏の顕現を遮るのを見たのだ。この歌は桜の歌というよりは、仏との関わりを詠ったものである。よって『古今』の編纂時に桜の項には加えなかった。神や神道の儀式を詠った作品が、貫之には数多くあるのに対して、寺院、もしくはそこでの儀式を歌った歌は、わずかである。その希少な作を挙げてみよう。

三月山寺に参る

A. あしひきの山を行き交ひ人知れず思ふ心のこともならなん

仏名の朝に、導師の帰るついでに、法師、男ども庭に降りて、梅を持て遊ぶ間に、雪の降りかかれる梅折れる

B. 梅の花折りしまがへばあしひきの山路の雪の思ほゆるかな

十二月、仏名の朝、別るる空に

C. 君さらば山に帰りて冬ごとに雪踏み分けて降りよとぞ思ふ

Aは、詞書に三月、願い事があって、山寺に籠ったとある。山を多くの人と行き交って参拝したのだから、私がひそかに願っていることが実現して貰いたい、の意。だが実現したとは記されていない。Bは、仏名の儀式について触れるのは避けて、梅の枝で遊んでいるうちに、雪が穢れを落としてくれるだろうと期待しつつ、梅の枝についた雪から山の雪を想起した、という。Cは導師に個人的に、冬毎にまた来てください、とお願いしている歌で、ここにも仏名への直接的な関わりは読めない。貫之の仏教に対する冷淡さに比べると、神道に対しては、特別な親密感がみられる。そこからは中国や、インド文化に対する貫之のナショナリストとしての、日本固有のものへ愛着が読み取れる。貫之のこうした傾向がその後の伝統を育んだのであろう、数知れない桜の歌の中でも、寺に関わるもの、仏法に関わる歌の例だけを見つけようとすると、きわめてわずかである。

山里にまかりて、詠み侍りける

山里の春の夕暮れ来て見れば入相の鐘に花ぞ散りける　能因法師

小初瀬や峰は桜に埋もれて入相の鐘に匂ふ山風　後鳥羽院

一首目の能因法師の歌は、仏法との関連を示すかもしれない鐘の音と、桜とを詠んだ史上最初の例である。二首目は、「後鳥羽院御集」からのもので、時代がさらに下る。いずれにせよ、これら二首の歌に関しては劉小俊氏が『古典和歌における鐘の研究』で、「一言でいえば、『鐘・花』の組み合わせは読者に臨場感を与えつつ、春の夕べののどかな情景を詠み出すのに用いられる」と述べている通り、そこに宗教的な契機を見出すことは困難である[2)]。「八代集」全体のうちでも、仏法に関わる事項と桜とを同時に詠み込んだ歌は、桜の語が入った釈教歌らしきものを含めても、その例はきわめて少なく、寺院に関わりのある語を含んだ詞書を持ち、桜（もしくは花）の語を有する歌も調べてみても、次の一首しか見当たらない。

最勝寺の桜は鞠のかかりにて……

なれなれてみしは名残の春ぞともなど白川の花の下影　雅経

蹴鞠の広場が最勝寺にあり、その四隅には必ず桜の樹が植えられることになっていたので、この寺でもそうしていただけのようである。ここに仏教色はない。次に「八代集」を離れて、寺院・仏法と桜を同時に詠いこんだ歌を探していくと、『新古今』時代の源仲正が「法輪百首、寄桜述懐」の詞書を有する歌を三首残している。

いかで我つぼめる花に実を成して心もとなく人に待たれん

足引きの山ばとのみぞすさめける散りぬる華のしべになる身は

春のうちに一盛りには逢ひなまし身の嘆きだに桜なりせば

一応これらは釈教歌になるだろうが、立派な詞書とは裏腹に、冒頭の一首にある、花の結実が、二首目では、自分は散っていく花の雄蕊であるとなっていて、桜の中に仏法が取り込まれているようである。そこでは桜がもともと、木花咲耶姫（コノハナサクヤヒメ）であることには関心が払われていない。彼にとっては、花は世俗、その花の実や雄蕊は仏の道、という以上の意味を持たない。仏法は桜の花の中にあることになる。三首目に至っては、仏法との関連がほとんど見られない。ここでさらに「古花寺」の詞書のもとで鎌倉時代までの歌を探ると、以下の五首がみえるが、これらの歌の中でも仏法と切実な関わり合いを示す歌は、良経の一首に留まる。

散らすなよ笠木の山の桜花思ふばかりの袖ならずとも　定家
逃れ棲む小初瀬山の苔の袖花の上にや雲に臥すらむ　良経
初瀬山日原の梢雪白し峰の桜に嵐吹くらし　家隆
初瀬山山立離れ散る花を行方定めず誘ふ春風　後鳥羽院
なべて世の花ともいはじ小初瀬の山の桜の曙の色　俊成女

定家も、「古寺花」の詞書を持つ上述の和歌の他に、鐘を詠んだ歌を数首詠んでいる。彼は香り、色、音を相互に絡ませて読者の五感だけでなく、思考までをも攪乱させようとする奇術的な手法を試みることがしばしばあり、その材料として、鐘を歌に詠み込んでいる。以下の歌では、もともと仏法を暗示するはずの鐘の音が、初瀬山の春の曙にあっては、易々と花の香りに変質してしまう。和歌という美こそが彼にとってはすべてであり、仏法は花の香りの添え物でしかなかった、ということをこの歌は露わにしている。

鐘の音も花の香りに成り果てぬ小初瀬山の春の曙　定家

仏法と桜を共に和歌の中に詠み込んだ和歌を一首残した俊成は、以下のように桜と仏法とは、元来まったく馴染みのない二者であることをあらためて表明している。これこそ本来の二者関係であろう。桜とは何か、ということを俊成が自問した結果、桜の本質が明かされる。桜の本質が永く曖昧なまま放置されてきたことを、この歌は物語っている。こうして俊成は、いかに和風化が進んでいたとはいえ、桜の花が蓮の花にとって代わることはついになかったことを、我々は知る。それに続く歌では、桜が木花咲耶姫(コノハナサクヤヒメ)であることを熟知している様子が覗える。歌に見える、(神の)名とは神のことである。伊勢神宮には主神の他に多くの神が祀られている。元来、桜と神道はこのような深い関係にあった。

道遠く何尋ぬらん山桜思へば法の花ならなくに　俊成

桜の宮　伊勢

名を思へ桜の宮に祈りみん花を散らさぬ神風もがな　俊成

桜と仏法を重ねた歌人となれば、西行も忘れることはできない。一首は最も有名な「願はくば花の下にて春死なんそのきさらぎの望月の頃」で、もう一首は「仏には桜の花を奉れ我が後の世を人弔はば」である。一方は自己の死そのもの、他方は、自己の死後についてである。一首目は、後で詳しく述べるが、涅槃とも無縁な、無宗教性を示しており、二首目は、自己の死後、現世の人々に対して、自分の墓には桜の花を捧げよと要求する、自己の名声を前提としたような物言いは仏教精神とは無縁であり、個人的には評価できない。前者の歌を高く評価したのが、元来、桜と仏とがなじみのない二者であることを熟知していた俊成というのは幾分奇異である。俊成は桜と仏とが交じり合わないことを知ったうえで、あえて西行の歌を評価したというのだから、ポップでモダンな西行に対して、どこかしら、羨望と驚嘆の眼差を注いでいたのではないだろうか。

仏教との深い繋がりを感じさせる、という条件を付けた上であれば、仏法に関わるものと桜とを重ねた歌を、歴史上最も多く詠んだのは、実は、俊成女である。とはいうものの、俊成女のこの種の最初の例であると思われる、

「古花寺」の詞書をもつ、「なべて世の花ともいはじ小初瀬の山の桜の曙の色」の歌には、定家の歌同様、ほとんど宗教色が見られない。おそらくは、敬愛していた良経の、同一の詞書を持つ、幾分、宗教性が見られる上述の歌を見て、俊成女は、桜と仏法との関連を持つこの主題を深めようとしたのかもしれない。この歌を詠んだ後であろう、鐘と桜を歌い込んだ和歌「鐘の音もほのかに更けぬ神山の花の外まで誘ふ嵐に」と「小夜深き吉野の奥の鐘の音も花の中にぞなほつきにける」の二首を詠んでいる。いずれにせよ一人の歌人が、他にほとんど例を見ない仏法と桜という、本来相容れない二つの要素を、一つの作品の中に歌い込んだ歌を、三十代前半に、三例書き記していたことが何を意味するかがこの章での課題である。これらの歌を分析する前に、まずはその周辺から、論を進めて生きたい。

道具か俊成女か

以下の桜の歌は『道具(みちとも)俊成女歌合切』に登場する道具作のものである。この歌に関して、判者の定家は「『色なる風ぞ峯渡りける』は、いとよろしく侍る」と評している。歌合せにおける両歌を列挙する。

尋ね行く花や散るらん吉野山色なる風ぞ峯渡りける
散り散らず若葉ぞわかん吉野山花より他の風も吹かねば

渡邉裕美子氏によれば、この歌は、「道具にはもう一首、紅葉を含んだ風を『色なる風』と表現する『をちかたやもみぢ吹きおろすかけぢより色なる風をわくる山人』(建仁元年十首和歌一二五「遠近紅葉」)という歌があるが、他の歌人には例がない」とされている[3)]。もしこの歌がそれほど独創的であるならば、それを支える内容を持たなければならない。なぜ「花が峰を渡る」ではなく、「色のついた風が峰を渡る」、と書き改めなければならなかったのか。その表現の根拠には、貫之のカノンの順守が隠されている。花が峰を渡れば、桜の花には運動の方向があることになり、貫之のカノンに抵触する。だから花ではなく色の付いた風が峰を渡るのである。こうした操作は貫之のカノンを知らない者には出来ない。渡邉裕美子氏が「道具の作」としている歌はほかでもなく俊成女の作に間違いない。

一方、もう一つの道具作の「をちかたやもみぢ吹きおろすかけぢより色なる風をわくる山人」においては、「色なる風」の語を用いるに至った必然性を、和歌の中から読み解くことはできない。紅葉の混ざった風を、「色なる風」と言い換える必要も口実も見当たらない。紅葉が運動の方向を持っても何ら問題は生じない。「色なる風を分くる山人」なる表現は、単なる見立てによる嗜好の面白さ以上のものではない。よってこの歌は、前述の俊成女の和歌から一部借用したと考えられる。借り物というものは、初めから織り上げられたものではなく、所詮、そこだけを張り付けたパッチワークである。以上、伝道具作「尋ね行く花や散るらん吉野山色なる風ぞ峯渡りける」は俊成女の作、「散り散らず若葉ぞわかん吉野山花より他の風も吹かねば」もまたその重く滑らかで、かつ波打つその語調からして、俊成女の作である。

夜桜の忌避

夜桜が、肥後によって、和歌史上初めて、何のためらいもなく明白に歌われるようになった件については、すでに述べた。その後の『新古今』時代に入ると、あからさまな夜桜の表現は控えられる。1の孝標の女の歌では、桜の姿は木々の緑と混ざり合って霞んでいて、桜それ自体の美しさを詠ったものではなく、2の雅経の歌も、月の光が出てきてくれることを期待するに留まっている。

1. あさみどり花もひとつにかすみつつおぼろにみゆる春のよの月

菅原孝標女

2. 尋ねきて花に暮らせる木の間より待つとしもなき山の端の月

藤原雅経

2もまた『新古今集』収録の歌である。下記のAの作者・是則の歌は、貫之が曲水の宴を開いた際に、貫之が与えた「月入花灘暗」、つまり「月は花の中に入るが流れが急で暗い」という題詠に対して詠んだものである。その意は、「花が流れているこの曲水に映るはずの三日月は、流れが急なために、割れて山の向こう側に入ってしまった」であり、桜と夜の相性はいま一つである。『新古今』に収められたB歌は、例外的に夜桜の実写を主題にしている。実際にみた有様を歌った即興詠というべきもので、見えたことをそのまま写したから、結果的にカノンを無視したのだろう。あるいは、女だから、そうしたカノンから自由であったといえるかもしれない。確かに、当時の男たちは、このような歌を詠まなかった。にもかかわらず、Cは、男による夜桜の歌である。確かにこれも単に見たものを歌ったものではないが、明らかに、歌の中に桜の花と月とが見える。

紀貫之、曲水宴し侍りける時、月入花灘暗といふことをよみ侍りける

A. 花流す瀬をも見るべき三日月の割れて入りぬる山のをちかた　坂上是則

B. 山高み嶺の嵐に散る花の月に天切る明け方の空　二条院讃岐

C. 願はくば花の下にて春死なんそのきさらぎの望月の頃　西行

西行の歌から見えてくるのは、闇の底からおぼろに浮かび上がる満開の薄紅色の桜、その上に煌々と輝く、満月である。この光景は、仏教よりも加山又造のどこか官能的な夜桜の絵を想起させる。東山魁夷も砂糖菓子でできたような夜桜を描いている。このように、今では夜桜は、桜の美の主要な一部を占めてしまっているが、これはすでに述べた通り、古今の伝統、貫之のカノンに反した、逸脱と破格の美に過ぎない。当時の貴族たちには、ポップともいえる単純な絵画性が斬新に映ったのだろう。桜の咲く仏陀涅槃の日に西

行は死ぬことができたらと詠い、実際、彼はまさにその時期に死んだから、実にあっぱれであると、俊成も記している。逸話としてはできすぎである。

元来、寺院と桜の縁は薄い。桜の後には、浅間神社の主神、木花咲耶姫(コノハナサクヤヒメ)が控えている。桜は寺院にはなじまない。しかし時代と共に神仏融合が起こり、それにしたがって、寺院にも桜が植樹されていった。その代表としては、中でも雲林院等が名高く、今では寺院以外の場所で桜の名所を探すことの方が難しいほどである。桜と仏法との破格の繋がりは、おそらく西行あたりから急激に強まってきたと思われる。月の光は、勢至菩薩の象徴であり、仏陀の英知、仏陀の恵みをも意味している。他方、桜の背後には木花咲耶姫が控えている。両者はそう簡単に混交させられない。原理的対立を避けるためであろうか、西行は月の光ではなく単に満月とした。盆のような月を桜の花の上にただ置いた。ここには両者の間の対決や相克、宥和の痕跡が見られない。極言すれば、それは仏法と神道とのパッチワークの歌である。『古今集』のカノンの一つ、「夜桜の忌避」は、二百年を経た後の、崇徳上皇が詠んだすべての桜と梅の花でも遵守されているし、俊成女の歌のほとんどにおいても同様である。ところが西行は、即興詠とはいえない一種、観念的な構成歌を歌いながら、伝統的な不文律のこのカノンをなぜか踏みにじっている。おそらく、西行は即物的なのだろう。武士にとって歌とは単なる事実以上のものではなく、現実とは殺し殺されることであり、単なるザッヘ（ことそれ自体）でしかなかった。出家しようとしまいとそれは変わらない。生きようが死のうが、西行は所詮、武士なのだ。

俊成女の夜桜の歌

西行の歌の対極に、俊成女が詠んだ夜桜の歌が二首ある。夜桜が古今時代では禁じられた表現であることを俊成女は熟知していたにもかかわらず、彼女の場合は、カノンを壊してまで、それを歌うそれなりの歴史的な経緯をもっていたことを以下確認したい。

鐘の音もほのかにふけぬ神山の花の外まで誘ふ嵐に　俊成女

この歌にある「ふける」とは、もともと「深」が動詞化したものである。よって、それは「夜が更ける」であると同時に、鐘の音が「深まる」、つまり万物に深く鐘の音が浸透していくことが、「も」の語から想定される。ところで、この鐘が寺の鐘である一方で、神山というからには、山自体が御神体であろう。神山に鐘楼があると考えるのは幾分無理である。百歩譲って、神山に鐘楼があるとしても、神山に、鐘の音が浸透していくのだから、そこに、仏教の神道への浸透を考えないわけにはいかない。鐘は作用の主体、神山はその客体である。ここからは二者の対決を読み取ることができそうである。

当時、神仏融合はすでに常識であっただろうから、あえて仏教から神道へのアクションをこの歌が見ていること自体、幾分奇異である。思えばかつて貫之は、外来の仏教に対しては距離を置き、神道に対しては強い親密感を持っていた。貫之から三世紀近く経って生まれた俊成女は、貫之を敬慕しながら、その置かれた時代状況が彼とは大きく異なっていたことに起因するのであろう、仏教に限りなく傾斜している。鎌倉初期の時代、世は末法に入り、かえってそれゆえに仏教が社会全般に亘って希求されていた。俊成女個人にとっては、仏教は、和歌の次に大切な第二の支柱であり後年、以前からの望みであった出家を果たした。事実、俊成女の著した『無名草子』の導入部には、仏に関する描写が濃厚にみられるが、神道に関しては、まったく触れられていない。俊成女は和歌そのものに関する限り、貫之のカノンを墨守したものの、こと仏教に関することになると、貫之とは対照的な仏教賛美に終始している。この歌に現れている仏教から神道への作用という表現は、こうした背景の下で形作られていったのであろう。

さてこの歌「鐘の音もほのかにふけぬ神山の花の外まで誘ふ嵐に」は、『和漢朗詠集』の八十一番の李嶠作の双聯「長楽鐘声花外尽・竜池柳色雨中深」

から想を得ていると考えられる。「鐘」は勿論のこと、「花外」それに「更ける」に当たる二聯目の「深」という概念を、どれだけ俊成女が天才的な歌人であったとはいえ独自に創案したとは考えられないからだ。ところが、実はこの双聯は李嶠作ではない。『和漢朗詠集』それ自体が誤っていることもすでに既知の事実である。実際の作者は銭起である。ここに原詩を引用する。

二月黄鶯飛上林　　春城紫禁暁陰陰
長楽鐘声花外尽　　竜池柳色雨中深
陽和不散窮途恨　　霄漢常懸捧日心
献賦十年猶未遇　　差将短髪対華簪　（「贈閼下斐舎人」）

訳は以下のようなものである。二月の朝鮮鶯が宮廷の林の中を飛び回っていても／春の城壁の宮中の朝はまだ暗いのでは／それでも長楽宮の鐘の音は都の花咲く所すべてに行き渡って消え／竜池の柳は雨にあたってさらに冴え冴えとするだろう／こちらでも春色は消えていないが、行路が険しいのが残念だ／まずは、空の彼方はるかに都の君を思う心を掲げよう／君に賦を贈ってから、はや十年、まだ君に会えない／会うにしても、眩い被冠の君に自分の白髪では気が引ける[4]。これは地方官在任の作者が都の友人を思って書いた詩である。「長楽」とは宮殿の名、「鐘」とは、城壁の朝の開門を知らせる鐘漏である。もしこの詩全体が当時の歌人の間で親しまれていたならば、正確な理解が成されていたであろう。しかし『和漢朗詠集』では、冒頭聯のみが記されている。「長楽」が宮殿の名前であることを、当時の日本人がどれだけ知りえただろうか。事実、冒頭の聯のみを抽出したために、それが一人歩きを始める。京都には城壁と呼べるものがなく、開門の知らせもなかった。したがって、鐘といえば、おのずと、寺の鐘となる。そうした誤解に輪をかけたのは、当時よく愛唱されていた白居易の「遺愛寺の鐘は枕をそばだてて聴き、香炉峰の雪は簾を撥(かか)げて看る」あるいは張継の「夜半の鐘声客船に到る」などの詩句でもあろう。これらはすべて寺の鐘であった。鐘が寺の鐘であれば、「長楽」はおのずと寺の名前になる。鐘といえば寺であった。それは俊成女と同時代人の慈円の「鐘の音も友と頼みて幾夜かも寝ぬは習ひのを初瀬の山」にも読み取ることができる。初瀬山には長谷寺があったからだ。俊成女よりも一世紀後の、醍醐寺の僧の歌を集めた『続門葉和歌集』に収録されている歌では、この詩に関する誤読はさらに明瞭である。

長楽鐘声花外尽といふ心を

寺深き尾上の花は霞み暮れて麓に落つる入相の鐘　法印憲淳

この歌では、詞書には『和漢朗詠集』の双聯の一聯が引用され、「長楽鐘声花外尽」と詞書で明示されているにもかかわらず、それが宮殿の名前ではなく、寺院の名称として解釈されている。ここでは題詠自体がすでに誤読に基づいている。事実、「長楽寺」なる寺は九世紀初めには京都市内に存在していたのみならず「竜池」なる地名も都には相当以前から存在していた。となると、銭起の詩の「長楽」は「長楽寺」として、また宮殿の「竜池」も身近にある「竜池」とイメージしても無理はない。俊成女もその例に漏れず「鐘」を、寺の鐘の音として、「鐘の音もほのかにふけぬ神山の花の外まで誘ふ嵐に」を詠んだ可能性が著しく高い。俊成女のこの歌には、銭起の詩にみられた都と地方との対照化が見られないことから、おそらく、彼女もまた銭起の原詩を見ていなかったのではないか。それをさらに裏打ちするように、この歌には原詩にはない嵐も加えられている。歌全体としては、激しい嵐に乗って、静かな鐘の音が、花の向こうまで響いていくという原詩の痕跡はほぼ失われている。しかも銭起の詩と違って、事実描写ではなく、各語が象徴的な意味合いを帯びている。激しい嵐とは、摂関体制を吹き飛ばした武士の勃興、静かな鐘の音とは、末法思想に裏付けされた鎌倉仏教の隆盛、神山とは神道、花とは木花咲耶姫（コノハナサクヤヒメ）という解釈に立つのであれば、以下に示した和歌同様、歴史主義とも言うべき造形をこの歌もまた達成していることになる。

橋姫の氷の袖に夢絶えて嵐吹き添ふ宇治の川風　俊成女
鐘の音もほのかにふけぬ神山の花の外まで誘ふ嵐に　俊成女

橋姫は、橋のたもとで来ない男を待つ女性であり、涙のために袖は濡れてしまう。しかし寒さのために涙はそれをぬぐった袖を凍らせてしまう。硬く凍りついた袖を枕に、もはや夢を見ることもままならない。宇治の川は、涙と同じ水でありながら、寒さの中でも凍ることなく、嵐に煽られ非情にも激しく波打ちながら流れていく。時代から取り残され、時代の中に凍りついた魂の前を、氷よりも冷たい奔流が激しく流れ去っていく。

貫之は、かつて日本を大陸から分離し、その自立を保障させるために、歴史の意味を持つ時間を排除し、それを空間として解釈しようとした。三世紀近く後の俊成女では、逆に、空間も時間的な様相を帯びる逆転が起る。黄金時代は去ったという歴史認識は当然ながら、人間の意識を時間に沿って走らせることになるからである。以下の俊成女のもう一つの鐘の音の歌では、それがさらに深化される。

小夜深き吉野の奥の鐘の音も花のなかにぞなほつきにける

何よりもここで目を惹くのは、「花の外」が、「花の中」に改められていることである。今一度、三者を並べてみよう。

1. 長楽鐘声花外尽　　竜池柳色雨中深
2. 鐘の音もほのかに更けぬ神山の花の外まで誘ふ嵐に
3. 夜深し吉野の奥の鐘の音も花のなかにぞなほつきにける

1から2への移行は、「鐘」、「花外」、「深」がそれぞれ「鐘」、「花の外」、「更く」へ転用として解釈しえる。これを順接的継承として理解するとすれば、2の「花の外」から、3の「花の中」への変化は逆転的展開である。このことに深く関わるのが、2の歌に内在していた夜を、3では顕在化させたことだ。これによって、肉眼による映像が歌から消え去る。

『道具・俊成卿女歌合切』に含まれているこの歌は、推定されている判者・定家によって「長楽鐘声を思ひていへる。『花の内にぞ』は、花の色、春の影もはるかに消えて、心いとをかしくはべれ」と評価されている。この意味するところは、花の色、春の風景のみならず、鐘の音さえもが消えていって、大変情緒がふかい、というほどのことだろう。（定家が李嶠の詩句をここで想起したのは、単に彼が博識だったからではない。彼自身がこの詩句を下敷きに、「鐘の音も花の香りに成り果てぬ小初瀬山の春の曙」なる歌を詠んでいるからである。この歌では、仏法の鐘の音はその浸透力が及ぶことなく、花に近づくにつれて、花の香りへと変質してしまう、というのだから、花の前で鐘の音は尽き果てていることになる。李嶠の詩句を最初に取り込んだのは、ほかならぬ定家自身であった。）また渡邉裕美子氏も、この定家の評に同意して、「鐘の声が咲き満ちた花の彼方に消えていくことが詠まれている」と記している5)。しかし、このような解釈を俊成女の歌にほどこすとなると、逐語的に訳す際、文法的に無理がある。「ぞ」「けり」は掛り結びであり、強意があるが、それが渡邉氏の訳では明らかではない。さらに「なほ」の意が渡邉氏の訳には入っていない。「なほ」は、それまでの動きがさらに強まるという一般な意味か、あるいは「それでもなお」「にさえ」であって、基本的に英語の finally に当たる「とうとう」の意味はない。「花の向こう」に鐘の音が消えることは何ら障害ではないのだから、「花の向こう側にさえ」という表現は意味不明となる。係り結びにせよ、「なほ」にせよ、ここに強意が強く現れているのだが、それに対応する意味を氏の訳から読み取ることは出来ない。さらにこの歌に特徴的な、「小夜深き」の「深」、吉野の奥の「奥」は、この歌に深奥さを与えている重要部だが、それも渡邉氏の訳には反映されていない。

確かに俊成女も定家同様、李嶠の詩を誤読しているのだが、そのありようはまったく別物であった。ここで改めて『和漢朗詠集』の詩句の俊成女の誤読について追体験してみたい。

長楽鐘声花外尽　　竜池柳色雨中深

銭起の原詩での花とは、壮大な都の広がりに咲き誇る樹木の花である。「鐘の音は樹木の花を越えてその向こう側に消えていく」の意味である。しかし誤って「李嶠作」となった『和漢朗詠集』の中の聯では、それが詩の一部の引用であることから、長楽寺において撞かれた梵鐘の音が、花の中にまで浸透せず、花の前で尽きてしまう、という意味に変化しているということはすでに述べた。おそらくこの花は日本人である俊成女からして牡丹であったと想像される。この花は、仏界にとっては、所詮、紅塵の一つであったから、もともと強い浸透力を持つはずの梵鐘の音ですら、その花の中までは届かない、と理解したのであろう。それに続く詩句の解釈は、文字通り「竜の棲む池の周りには多くの柳の木が植わっていて、そこに降り注ぐ雨のために、その緑がさらに一層深くなる」であったから、梵鐘が持ちえなかった浸透力が鐘の音ではなく、雨に代わって実現されると理解されたのであろう。一方では俗界の花によって弾き飛ばされる鐘の音、他方では自然世界へと浸透する雨。二つの世界の対極がこの二句によって示されている、という誤解へと収斂したことになる。こうなると、浸透の可否としての鐘声と雨、浸透の客体としての花と柳、作用の方向としての外と中、作用の様態としての尽と深がそれぞれ見事に対応している整合性を得た誤読になる。

前述した定家の和歌から類推する限り、定家はこの聯を上述のような対立としても理解しておらず、いわんや原詩の本来の意味を把握してもいなかった。定家は、ただひたすら詩の極限的な部分に固執し、初句からのみ想を得ている。他方、俊成女は一句目だけではなく、双句を下敷きにした。となると、彼女の歌に現れた「つきにけり」は「尽きる」ではなく、深く浸透するという意味を帯びた「撞きにけり」である可能性が高くなってくる。実際、同一の詩を下敷きにした俊成女の歌「鐘の音もほのかにふけぬ神山の花の外まで誘ふ嵐に」においてもすでに鐘の音は、消滅するという意の「尽きる」ではなく、深まる・浸透するという意である「更く」が用いられている。延長的発展であるとすれば、鐘の音は、「消える」のでなく、「深まる」のだから、「鐘の音は尽きてしまう」のではなく、「鐘の音は花の中にまで撞かれる」という意味として捉えられなければならない。そこで作者は、この二句をまずは新たな一句に合成した後、それを和歌に翻案した可能性をここからさらに検討してみたい。

俊成女はおそらく鐘の音のうちに大陸と列島のコントラストを見ていたのだろう。唐においては、鐘の音は花の中まで浸透せず、花の前で消え尽きていた。しかし日本では……という具合である。彼女の頭の中では次のような展開があったのではないだろうか。

第一段階（定家）

長楽鐘声花外尽→

鐘の音も花の香りに成り果てぬ小初瀬山の春の曙

「鐘の音が花の外で消える」という句の意味を、文字通りに受け止め、鐘の音が消えるのは、花の香りに変わるからであると解釈した。

第二段階（俊成女）

長楽鐘声花外尽　　竜池柳色雨中深→

長楽鐘声花外深→

鐘の音もほのかに更けぬ神山の花の外まで誘ふ嵐に

双聯を合体させる。「深」を「更ける」に書き改め、「花外」という概念をそのまま残す。また原詩に文字として存在していた「朝」を「夜」に換え、そこに「嵐」を加えている。

第三段階（俊成女）

長楽鐘声花外尽　　竜池柳色雨中深、

小夜深き吉野の奥の鐘の音も花の中にぞなほ撞きにける

まずは原詩にない「撞く」を新たに加える。さらに原詩にあった「深」を「夜」に掛ける。この歌の最大のモーメントは、「花外」を「花の中」へと対極変換したことである。奥吉野は長楽寺よりもさらに仏の教えの強く働くところであろうか。そうではない。もともと奥吉野とは、神道の色合いの濃い場所である。そうした仏教に縁が薄かった場所から、意外にも、鐘の音が響いてくる。なぜそのようなことが起こるのか。鎌倉初期といえば、仏の教えが滅びる時代である。その時代に、元来、最も日本的な場所から鐘の音が響いてくるというのである。これは「危険のあるところ、また救いも育つ」のヘルダリンの詩句を想起させるし、またヨーロッパの反宗教改革の動きの中で、最も宗教的な芸術が花開いたことをも想起させる。逆に言えば、吉野の奥まで寺が建てられ、仏教が浸透した時代でもある。吉野の奥まで仏教が行き渡っているとなれば、どうして桜の樹冠まで鐘の音が浸透しないのだろうか、と理解することも出来よう。

原詩では花よりも、かつて自分が任官していた都を懐かしむ思いがあるので、それは樹木も含む都市空間を意味していたと考えられる。しかし日本的な誤解によれば、花は牡丹となる。牡丹は一輪、一輪、数えられるが、桜の花は、一輪では、桜の花とは呼べない。桜の枝を折ることは平安時代には行われはしたが、その際でも、折るのはあくまで大枝であって、小枝ではない。桜の花をめでる場合でも、集合として花は捉えられていた。桜の花とは、それ自体が集合名詞である。よって、桜の場合、「花の中」といえば、樹冠によって覆われたその内部空間をさす。しかもこの「中」は、実は、貫之の「下」という概念を俊成女が時代に合わせて、変換させた、新概念でもあった。以下の歌では、花の下という概念が「木の下」という語によって表されている。

桜散る木(こ)の下風は寒からで空に知られぬ雪ぞ降りける　貫之

なぜ「花の中」という語を貫之は使わなかったのか。「中」と記せば、中心・外縁、さらには内部・外部という対立観念が生じる。それはそのまま、広い意味で、中国文化の内部・外部をも意味することになるからだ。平安初期の当時、まだ日本文化というものが確立していなかった時代、日本は外縁で外部に位置していた。これに対して、内部に当たるのは、中国に他ならなかった。つまり、内部に入るということは中国化のことである。しかし貫之はそれを避けたかった。ナショナリストである彼の心の中には、中国文化の非中心化という強い意志に基づく明確な意図が常にあった。したがって、内部空間を暗示することになる樹冠、つまり「木の中」の語を避けて、樹冠下、「木の下」とした。一方は蒼穹の下で降る雪、他方は桜穹の下で降る雪である桜、その二者どちらが中心となるわけでもなく、共に並存する。貫之は実際、内部を意味する「中」ではなく、自らの支配が及ぶ範囲を示す「下」の語を偏愛した。以下に貫之の歌から「下」の語を有する歌を枚挙してみよう。

はる歌あはせせさせ給ふに、歌ひとつたてまつれと仰せられしに
桜ちる木(こ)の下風は寒からで空に知られぬ雪ぞ降りける
白雪の降りしく時はみ吉野の山下風に花ぞ散りける
人知れず越ゆと思ひしあしひきの山下水に影は見えつつ
花の香に衣は深くなりにけり木(こ)の下陰の風のまにまに
紅葉ばのまなく散りぬる木(こ)の下は秋のかげこそのこらざりけれ
六月すずみする所
夏衣薄きかひなし秋までは木(こ)の下風も止まず吹かなん
人の家にもみぢの川の上にちりかかる所
紅葉散る木(こ)の下水を見る時は色くさぐさに浪ぞ立ちける
菊の花下行く水に影見ればさらに波なく老いにけるかな
足曳の山下たぎつ岩浪の心くだけて人ぞ恋しき

鶯の花踏みしだく木の下はいたく雪降る春べなりけり
足曳の山下しげき夏草のふかくも君をおもふ比かな
人の木のもとにやすめる
蔭深き木の下風の吹きくれば夏の内ながら秋ぞ来にける

「下」という語は、部下・支配下などの熟語の意味を構成する重要な要素である。これは「知る」という語が知行の意味をもともと含むように、支配と深く関係している語である。しかも、すでに述べたように、ナショナリストの貫之の場合、「下」の語は国内の政治的な支配を意味するのではなく、中国の文化的支配からの脱却、さらには日本独自の空間を確保するための、並行化の装置として使われていたことが、上述の歌からもうかがえる。中国嫌いの貫之は、当時まだ中国という言葉がなかったにもかかわらず、「中」の語を和歌の中で、二回しか使っていないのも、偶然ではないかもしれない。

もえもあへぬこなたかなたの思ひかな涙の川の中にゆけばか
住の江の松の煙は世とともに波の中にぞ通ふべらなる

この「中」は、共に水中の意味であり、花の中という用例は見当たらない。前者では、涙の川の中に人の思いが浸透していくし、後者では、煙が波に似たものになっていると歌う。いずれにしても、貫之としては例外的な表現であり、しかもどちらの歌にも中心の観念を読み取ることが出来ない。中心というものを貫之が極度に嫌悪していたことがここからも伺える。ちなみに、この歌を仮に、貫之の愛用した語の「下」とすると以下のようになる。

小夜深き吉野の奥の鐘の音も花の下にぞなほ撞きにける

これでは撞くことがどこか空振りに終わってしまう。柳に風ということだろうか。さらについでにここに「撞きにける」の代わりに「尽きにける」とすれば、以下のようになる。

小夜深き吉野の奥の鐘の音も花の下にぞなほ尽きにける

こうなると、定家の歌と同様、仏法は、はかなくも桜の樹の根元で力尽きてしまうことになる。仏法は桜の樹の根元まで行くと、そこでひれ伏して消えていくことになる。一方、桜の方は、自らの領分と威厳とを仏法の威力から確保している。この歌はどこか貫之作に見えてこないこともない。大陸由来の仏教を最終的には受け入れないという国家的決意として解釈されえるかもしれない。しかし俊成女の時代はそうした時代からはすでにかけ離れていた。ここであらためて定家の誤読を噛み締めてみよう。

小夜深き吉野の奥の鐘の音も花の中にぞなほ尽きにける

この誤解はいかにも定家らしい。仏教など花の中に消えてしまえばいいと思っている。しかし俊成女のこの歌は、元来、以下のようでなければならない。そこでは運動の方向を持つのは鐘の音であって、散っていく桜ではない。桜は散らないまま、咲き誇る桜の樹冠の中心へと、鐘の音が静かに浸透していく。

小夜深き吉野の奥の鐘の音も花の中にぞなほ撞きにける

以上のように、「撞きにける」であるとすると、満開の桜の樹冠の中心に鐘の音が浸透していくことになる。「なほ」とは、さまざまなところに浸透していくのみならず「まさに花の中にまで」の意であり、しかもそれに「こそ・けり」の係り結びが加えられることによって、その強意がさらに強められている。これでこそ文法的にもこの歌の解釈が可能となる。貫之のカノンに従っている限り、これは昼の桜であるから、桜はその眩いばかりの視覚的な存在の持つ放射力によって、鐘の音などたちまち撥ね退けたはずである。何しろ木花咲耶姫（コノハナサクヤヒメ）であるのだから。ところがこの歌は、桜を闇夜に突き落とす。そうして、光という甲冑を失って無防備になった桜の樹冠の奥へと、鐘の音があたかも槍のように深く浸透していく。「深き」「奥」の語が歌の中に連鎖的に用いられることによって、深いが清らかな闇の山の奥から、鐘の音が花の樹冠の芯にまで深々と響き渡るという有様が見事に浮かび上がってくる。西行とは異なって俊成女は夜桜を歌わざるを得ない立場に立っていた。西行にとって可能性の一つに過ぎない夜桜が、俊成女にとっては、不可避の必然となった。彼女はあえて桜の魔力が消えうせる夜を選んだ。なぜならば、彼女にとっての現代とは、王朝時代の夜、王朝文化の夜であったからだ。

ちなみに、定家はこうした俊成女の時代意識をまったく理解しなかった。この歌に対する批評の中で定家は「いはまほしくや侍るべき、月などをかしからずは、さよふかきぞ、さしもあらでも侍りぬべき」と述べている。「そこに月の光を加えたら『小夜深き』はもっと生きてくる」という。闇夜だからこそ、桜が本来の力を失い、鐘の音を自らの内部に浸透させることになることが定家には分からない。定家の父・俊成は、桜の本質を知っていたが、その父にも増して博識だった定家にどうしてそれが理解できなかったのか。あえて仮説を唱えるならば、彼に膨大なまでに散乱する知識はあっても、それを組織化し統合する知性は欠けていたと言えるだろう。

まとめ

『古今』においては、桜は日の光の下で鑑賞されるべきものであり、それでこその桜であった。ところが平安末期ともなると、貫之のカノンは忘れ去られ、それまで忌避されていた夜桜が、西行などによっても、歌われるようになる。こうして梅と桜の並行二者の棲み分けのバランスが崩れていく。このような終末的な時代状況の中にあって、復古の志を強く抱いた、崇徳院および俊成女によって、貫之のカノンが一時的に復興される。実際、俊成の女の梅の歌においては、終始、貫之のカノンが遵守される。俊成女の梅の歌の代表作である「風通ふ寝覚めの袖の花の香に薫る枕の春の夜の夢」でも、貫之のカノンに従いつつ、それまでのすべての梅の歌にあらわれたさまざまな特徴をこの一首の中に織り込んで、その総決算を実現している。一方、桜の花に関しては、貫之がありとあらゆる桜の歌の表現の可能性をすでに探り当てていたこともあって、従来の枠組みの中では、新たな表現の可能性が残されてはいなかった。そこで彼女は、貫之のカノンの単純な遵守やその放棄だけでは、桜の歌の復古は如何ともしがたいことを自覚しつつ、貫之のカノンを新たに蘇らせるために苦闘する。とりわけ、桜と鐘を読み込んだ歌の場合は、もともと梅にあてがわれていたエレメント・闇や夜を、桜の歌に適用する逸脱、脱法を、歴史的異化として自覚しつつ敢行する。無知・無教養の西行とは異なって、脱法の苦さをどこまでもかみ締めながら。

そもそも貫之は反射や並行という理念によって、大陸に対するところの、自国の文化の自立を達成していた。反射の理念は、その多くの歌において、水面を三次元の世界の開示として理解することに現れている。反射が桜に応用された例としては「宿りして春の山辺に寝たる夜は夢のうちにも花ぞ散りける」の歌があるのはすでに述べた。そこでは桜による照り返し、視野の不透明化、仏の遮蔽を見ることができる。また並行の理念を骨子とする典型として「桜散る木の下風は寒からで空に知られぬ雪ぞ降りける」にも触れた。大陸文化に対する反射にせよ、それとの並行を志向するにせよ、それらの理念は、それまでの日本文化が中国を学習し、消化し、追従することに精いっぱいであった道真時代からの決別を意味し、中国に対してもう一つの独立した固有の文化の創造をめざすという目的を持っていた。

ところがほぼ三世紀近い後の、俊成女を取り巻いていた社会的環境は、一応の大陸文化の摂取を完成させ、安定化へ向かっていた貫之の時代とはまったくその様相を異にしていた。当時、にわかに武士勢力は強大化し、体制の中へと深く浸透し、それだけには飽き足らず、ついには鎌倉にもう一つの権力の中心を構えるに至っていた。俊成女は貫之の時代とはまったく異なった現在に生きていることを自覚せざるを得なかったはずだ。そうした時代にあっては、貫之のスタティックな反射や並行という理念はまったく無用の長物であっただろう。俊成女の心を捉えたのが、この桜と鐘の歌に見られるような、浸透の概念である。浸透とは万葉時代の和歌において、水底への深みへの視線の中にすでに見られたものであり、後の道真では、それがさらに象徴的な意味を負い、独特の大陸的な造形となっていたことはすでに他の章で述べたとおりである。しかしそれは、その後、貫之が古今を編纂する際、和歌世界から排除された、一度は完全に忘却の彼方に消えていったものである。その浸透が、再び、別の意味を持って、少なくとも俊成女の和歌の中で、特別な重みをもって、この桜と鐘の歌を初めとして、多くの彼女の和歌において現われることになる。とはいうものの、そのヴェクトルは以前とは異なっていた。垂直から水平への変換があったからである。これは武士が摂関体制に深く浸透し、最終的にそれを解体していった歴史と深くリンクしているという仮説を援用すれば理解可能となるだろう。このことと、ある意味で重なるのが、もう一つの、当時の社会における浸透である。それまではほぼ貴族に限られていた外来の仏教が、鎌倉時代に入ると、広く一般民衆にまで国民的宗教として浸透していったという事実である。この歌は、そうした意味で、末法思想に基づく仏教の衰退への危機感が、かえって日本固有の仏教への強い希求を生んだ鎌倉時代の宗教精神を象徴的に表現している、という解釈に読者を行き着かせることになる。

注

1）田中宗博「紀貫之の夢に散る花」（『古今集』・一七番歌考）（『古今和歌集連環』、和泉書院、１９８９年）。氏はこれを「彼は仏からのメッセージを受けることもなく、ただ落花の美景を夢に見たのだ、と積極的に表明していると考えられる」と的確に指摘されている。ただ、夢の中で、貫之が見たものは「美景」と表現されるような景色であろうか。

2）劉小俊『古典和歌における鐘の研究』（風間書房、２００６年）１６０頁。
3）渡邉裕美子『新古今時代の表現方法』（笠間書院、２０１０年）２２９頁。
4）日本語訳に関しては、明治大学文学部の志野好伸先生にご指導頂き解読できた。ここに記して感謝申し上げます。
5）渡邉裕美子『新古今時代の表現方法』（笠間書院、２０１０年）２２８頁。

間章　出会わない眼差し

鎌倉時代の評論集『十訓抄』には、次のような逸話がある。

> 先日の話だが、最勝光院の梅の花が盛りのころ、由緒ありげな女官が一人、釣り殿に佇んで、花を眺めていた。そこへ男法師たちがガサツにもぞろぞろと入ってきたので、女はなんて無遠慮な人たちだろうと思ったのであろう、その場をそそくさと立ち去ろうとした。その際、彼女の衣がことのほか、黄ばんで、なおかつくたびれていたので、男法師たちは、「まるで花を見捨てて帰る猿丸だな」と連歌でからかった。すると彼女はすぐさま、「星を見上げて吼えている犬に驚いたからよ」と切り返した。法師たちはその見事な返答に驚いて逃げ出したという。この女官は俊成卿の娘で、優れた歌人だが、その姿はみすぼらしかったそうである。

俊成女は最勝光院をたいそう気に入っていたから、しばしば訪れていたようだ。逆に、ガサツな法師たちは元来、この寺院には似つかわしくない。本来ならば、彼女ではなく、法師たちが退散すべき場所であった。実際、法師たちがそこから逃げ出した。ただなぜ、法師たちは、俊成女の受け答えがそんなにも立派で、驚いて逃げ出すほどであったのか、五十数年前にすでに俊成女の歌を愛読していた筆者としてはそれが気になって仕方がなかった。実はこの一文は、筆者が高校生の時に、受験の文法のテキストの一つとして、高校の授業の際に出会ったものである。今では麻布高校といえば、自由な校風で有名だそうだが、当時は典型的な受験校だった。だから国語の教師がこうしたことを説明することはなかったし、また古文なるものは、そうした文学理解とはまったく無縁の存在であったからである。筆者はなぜ、法師たちが逃げ出したのか、どうしてもその訳が知りたくて、その時ばかりは、いろいろ本を調べてみたが、どの本を探しても、納得のいく解釈は載っていなかった。結局、それが分からないまま、それから永い年月が過ぎた。そして、ある時、バロック後期の画家、マッティア・プレーティーの『聖クリゾストモ』を見た時、それが初めて理解できた。

その絵とは、イエスの出現を主題にしている。ここでは、あえてイエスは幼児の姿を取って現れている。とはいうものの、その魂は老成した聖者のそれをはるかに超えた成熟を示している。この絵でも俊成女の逸話同様、眼差しが問題になっている。聖者の前に突然、出現したマリアに抱かれた幼子イエスと彼は、一寸の狂いもなく、相互に眼差しを交換している。外見こそ子

供だが、その話しかけ方は、まさに老賢者のそれである。逆に老人の姿をしている聖者の眼差しは子供のそれである。何はともあれ、ここには超越者との交流がある。マリアの脇にいる黒人の少年は、地上に顕現した聖母子を見ることができないが、聖者のただならぬ様子から、何か途方もないことが起こっていることだけは感知している。ところが、そばに立つ、世俗の高位者は、幼児キリストの方向に眼差しをやりながらも、キリストの姿がまったく見えない。何か特別なことが起こっていること自体がまったく分からない。彼には薄暗い宙以外のものは見えない。

俊成女が法師たちに言いたかったのは、次のようなことだ。「あなたたちは、みすぼらしい格好の私をじろじろ見て、奥山に住んだ猿丸太夫に私をたとえた。格好だけ見れば確かにそうかもしれない。猿であるかもしれない。しかし、あなたたちは元来、肉眼を越えたものを見ることのできる法師ではないのか。それなのに、あなたたちはものの表面にしか目がいかない。犬は、闇の夜空を見上げて吼えることは知っているが、暗闇の夜空を見上げていても、そこにまばゆく輝く星などはまったく目には入らないのとおなじように」。法師達の眼差しとは、プレーティーの絵でいえば、ちょうど、権力者の眼差しを指している。元来「出会わない眼差し」というものはプレーティーの絵で明らかなように、超越者を前にしての凡夫の眼差しであった。しかしながら、俊成女はそれを、自分に向けられた悪意の眼差しとして再解釈し、「星まぼる犬の吠えるに驚きて」と切り返したのである。

最後に、俊成女の逸話とプレーティーの絵画が類似していない点が二つある。第一の違いは、プレーティーの描く権力者は何一つ見えていないが、俊成女を嘲笑った法師たちは、彼女の指し示したものを見て、それを理解し、脅威を覚えたこと。第二の違いは、身体という自らの牢獄に鎖で繋がれていることを悟った魂だけが神と直接、顔を合わすことが出来るということである。

第十一章　俊成女　昇華と超越

結晶体と橋姫

高麗は、多くの外国人が首都•開城に在住していた国際国家であった。そこに住む高麗人達は、他のユーラシアの人々と同様、石入りの見事な指輪をはめていた。それは、東北アジアと中央アジアとの趣味が混交した洗練されたものである。一方、高麗と同時代の、鎌倉期の日本人•俊成女の作とされる『無名草子』には、「金の柱、玉の幡」の語が見当たる。清盛が滋子のために建てた最勝光院の建物の描写のことである。ここでの助詞「の」の意味は、材料を示す「の」ではなく、「で飾られた」の意である。つまり、金でできた柱ではなく、金で装飾された柱であり、玉でできた幡ではなく、玉で飾られた幡である。このように、平安貴族たちは、建物には金銀財宝を施しても、自らの身を決して、それで飾らなかった。平安初期、海外との交流が遣唐使の廃止と共に急速に希薄化すると、その後日本には、和風化の時代が訪れて、貴族たちは金属や宝石を直接、肌身に着けて、誇示することを嫌っていた。その代わりに身につけて誇ったのは、物質を超えた色彩であり芳香であった。そもそも地質的に見て新しい地層のうえに立つ日本には、古墳時代に勾玉として使われた翡翠を除けば、宝石、輝石の産出はきわめて少なかった。このようなさまざまな理由で、石入りの指輪が平安には見られないのは勿論のこと、宗教用具としての数珠はあっても、それを首や腕に装身具としてまとうことはなかった。こうして、日本人にとっては、玉というイメージは、次第に、なじみの薄いものとなっていた。そのため、我が国では、結晶体としての、玉を歌いこんだ和歌はほぼ皆無に等しい。以下の歌は有名な歌だが、こうした玉の歌は例外的である。

玉の緒よ絶えなば絶えねながらへば忍ぶることのよわりもぞする
式子内親王

主題は玉そのものではなく、それを繋いでいる紐にある。紐が切れたことによって、玉が互いにぶつかりながら、音を立てて落ちていく音を我々は聞く。和歌に頻出する「玉」の語はこれを除くと、例外なしに、露あるいは水滴の言い換えとして使われている。代表的なものを挙げよう。

山深み春とも知らぬ松の戸に絶え絶え掛かる雪の玉水　式子内親王

この歌もすでに幾度か取り上げているが、ここでは雪解けの水を玉に喩えている。玉によって比喩される水滴の和歌は確かに多い。ただ、水滴は磨けない。それが原因であろう、「玉」とその縁語である「磨く」の語を共有する先行歌は少ない。次の二首では、「玉」の縁語である玉川の語が登場する。それが玉であることを示すために、「つらら」つまり「氷」として把握される。ここには結晶の観念が看取される。

冴え渡る月の光や磨くらむつららゐにけり玉川の水　藤原重基
つららゐて磨ける影の見ゆるかなまことに今や玉川の水　崇徳院

俊成女は氷の意の「つらら」なる名詞を好まなかった。あえてそれを使った次の1の場合は、動詞「こほる」を用いていた。実際の氷は気泡を含んでいて透明でも澄んでもいない。俊成女の結晶がどこまでも冷たく澄み渡った結晶であるためには、ものとして存在してはならず、その結晶は彼女の心の中にのみあったからだろう。俊成女の2では、重基や崇徳院の歌同様、「玉川」と「磨く」という語が見られる。「磨かれた玉」というイメージが結ばれてはいるものの、ここでは、氷結してはいない水が浅い河床の丸い石を乗り越えていく滑らかな表面の様を「磨かれた玉」と表現している。彼女は氷の固さよりも、澄んだ水の透明を好んだようである。

1. 秋を経て宿りし水のこほれるを光に磨く冬の夜の月　俊成女
2. 光射す里を尋ねて住む月の影を磨ける玉川の里　俊成女

次に「玉」の縁語として「磨く」に並ぶ「砕く」の語をみてみよう。この二語を持つ歌を探ると、彼女の祖父である俊成と彼女とほぼ同年齢の良経の二首が見つかる。

月冴ゆる氷の上に霰降り心砕くる玉川の里　藤原俊成
夕されば小野のあさぢふ玉散りて心砕くる風の音かな　九条良経

共に「砕く」の語を使用することによって、透明という視覚性よりも、硬質物同士がぶつかる音響が強調されている。両歌とも霰という玉が砕けるように、彼の心も砕け散るという。ただし、良経の歌では、実際の物質の砕ける音は聞こえない。聞こえるのは、霰がしおれた枯れ草に当る鈍い音であり、それに重なる北風の音である。それらの音を聴いた結果、凍りついた彼の心が二次的に氷のように砕け散る。この両歌のみならず、「砕く」の主語は、「玉」ではなく「心」であり「想い」である。玉は砕けずに、心や思いだけが砕ける。

ちなみに「心を砕く」の句の初出は『古今』の良岑秀崇の和歌である。この歌では、比喩するものは砕ける「幣」であり、比喩されるものは「心」。紙の「幣」は元来、「裂ける」。それをあえて「砕(くだ)ける」と表現している。この歌以降「玉」のように砕ける硬質の物質が、和歌に言及されることなく、ひたすら「砕ける」という表現だけが独り歩きをしていく。例外的に大江匡房の歌では、砕ける物質が言及されるが、それは散りしきる柔らかな花弁の集合で、砕けるわけではない。繰り返すが「玉」なるものは、日本にはなかった。砕けるのはひたすら「心」である。そしてそれはいとも簡単に砕け散るものとなった。

ともののあづまへまかりける時によめる
白雲の此方彼方に立ち別れ心を幣と砕く旅かな　良岑秀崇
一度も恋しと想ふに苦しきは心ぞ千々に砕くべらなる　壬生忠岑
夢にだにつれなき人の面影をたのみも果てじ心砕くに　壬生忠岑
君恋る心は千々に砕くるをなど数ならぬ我が身なるらん　曾禰好忠
花ゆゑに身をや捨ててし草枕千々に砕くるわが心かな　曾禰好忠
君恋ふる心は千々に砕くれど一つも失せぬものにぞありける　和泉式部
身は一つ心は千々に砕くればさまざま物のなげかしきかな　和泉式部
草枕紅葉むしろにかへたらば心をくだく物ならましや　亭子院
別るるを惜しとぞ思ふつる木はの身をより砕く心地のみして　読み人知らず
年を経て花に心を砕くかな惜しむにとまる春はなけれど　藤原定頼
花いでず
散る度に千々に心の砕くるは花片毎に添ふにやあるらん　大江匡房
恋すれば千々に砕くる心かな篠田の森の忍びかねつも　大江匡房
宿る袖砕く心をかごとにて月と秋とを恨みつるかな　式子内親王
露霜も四方の嵐に結び来て心砕くる小夜の中山　式子内親王

平安人はこのように、心が砕け散ることはあっても、固い物質が実際に砕けるという表現を嫌った。物質が砕け散るという例外的な歌は、以下の俊頼の歌が嚆矢である。ただし、ここでは、月の光は氷のように砕けはしない、と否定形で表現されていて、やはり物質の粉砕はない。

大弐長実の八条にて水上月といへる事をよめる

湧きかへる岩間の水に澄む月は波に砕けぬつららなりけり　藤原俊頼

砕けない結晶という俊頼のイメージは、はるかにヴァーチャルな姿をとって以下の俊成女の歌に継承されていく。俊成女が、実際に物質が砕かれる状態を示す、「砕く」という語を用いる際、それは従来のような固体としての玉や氷ではなく、流体の水であった。ただしそこに急峻な速度が付加される。速度を持って高所から落下する液体は空中では玉となる。そしてそれが岩に当たった際は、確かに砕け散る。そしてその後たちまちもとの玉に戻る。このことはもっと注目されても良い。それはまるで映画「ターミネーター2」の流体金属でできた身体を髣髴とさせる。俊成女は液体としての結晶体を磨き上げることによって、打ち砕かれることも、また押しつぶされることもない、心のあり方をそのうちに見ていたに違いない。

音絶えぬ吉野の滝も秋の夜は月に氷を砕くなりけり　俊成女

流体を「砕く」という表現をとらない俊成女の場合でも、「心が砕ける」と詠う。

月見ても千々に砕くる心かなわが身ひとつの昔ならねど　俊成女

「千々に砕ける心」とは、とりわけ俊成女の場合、物質の粉砕よりも、散乱する空間の広大さに重点が置かれている。それは、この歌が、遍在の性格を明確に持った「月」を伴って表されているからである。

以上見てきたように、結晶体という概念そのものが和歌において直接、かつ具体的に表現されることは、ほぼ皆無であったといってよい。それに対して、式子内親王は、1に見られるように、先鋭的な氷の歌を詠んでいる。はるか高い空から吹いてくる風は氷の上を吹き過ぎていくが、乙女の袖までも凍りついているので、それが磨かれたように月の光に照らされているという。凍りついた袖とは、涙で濡れた袖が凍りついていることを意味するが、歌全体としてはどこかすがすがしく、悲壮感がないのがなんとも意外である。凍りついた袖をさらに展開していったのが、俊成女の2である。

1. あまつ風氷を渡る冬の夜の乙女の袖をみがく月影　式子内親王
2. 橋姫の氷の袖に夢絶えて嵐吹き越す宇治の川浪　俊成女

橋姫は宇治橋の下で橋を守る神であるが、もともとは来ない男を橋の上で待つ、捨てられた女であった。和歌の主題になる際の橋姫は、神になる前、失恋の女のイメージを多分に負っている。橋姫が和歌に初登場するのは、以下に挙げる『古今』のAである。以後、橋姫の秀歌は少ない。捨ててしまった女を神話の世界に追いやって、祭り上げているといえば聞こえはいいが、男の思い上がった顔が浮かぶ不愉快な歌である。慈円によるBでは、網代木の音が聞こえる。音が加わったことでとりわけ歌の意味が深まったわけではない。

A. さ莚に衣片敷き今宵もや我を待つらむ宇治の橋姫　古今・読人しらず
B. 網代木にいざよふ浪の音ふけて一人や寝ぬる宇治の橋姫　慈円

視覚性の強い歌を詠んだ家隆は、神となったあとの、超越の印を帯びた橋姫をヴェールによって視覚的に捉えようとする。以下は、すべて家隆の歌だが、これらは薄絹のヴェールをかぶった女性を好んで描いた十九世紀末ベルギーの象徴派の画家F・クノップを髣髴とさせるものがある。

橋姫の霞の衣ぬきをうすみまださむしろの宇治の河風
橋姫の朝明の袖や紛ふらし霞も白き宇治の川波
朝霧にしばしやすらへ橋姫の心も知らぬ宇治の河を

薄絹と霞、朝霧を重ね合わせて橋姫の寄る辺のない悲哀を表現しようとしたとみえる。橋姫に追加されていくイメージを問うてみると、以下の二首では時鳥あるいは千鳥を加えている。しかしそれは単にまったく別な要素を加えて、橋姫のイメージを薄めているに過ぎない。

橋姫のまつ夜ふけてや時鳥まきのを山に初音鳴くらむ　源有光
千鳥なく有明がたの河風に衣手さゆる宇治の橋姫　如願法師

次の定家のAでは、「月を片敷く」という言葉使いが独特だ。「片敷く」とは一人寝を意味するが、「月を片敷く」となると一人寝をしている傍らに月が照らしてくるわけで、本人は一人寝をしているつもりでも、他所から見れば、月が添い寝をしていることにもなり、明確かつ一義的なイメージは結びがたい。詩というものは、もともと多義的な要素を含むがゆえに、美しい。その多義的なものとは、個人的なもの、社会的なもの、歴史的なもの、風土的なもの、政治的なもの、芸術的なものといった、さまざまな側面から見て、重層的な解釈可能なことを意味する。決して、相反する意味やイメージを相殺的、あるいは矛盾的に含有するということではない。そうした意味において、この橋姫は俊成女の歌の前では影が薄い。観察や目の前の発見を新鮮に受け止めるのが得意だった実朝にあっては、Bの歌が示すように説話上の橋姫の歌はどうやら苦手であったようだ。

A. さ莚や待つ夜の秋の風ふけて月を片敷く宇治の橋姫　藤原定家
B. さ莚に幾夜の秋を忍びきぬ今はた同じ宇治の橋姫　源実朝

さて俊成女もこの橋姫を歌に詠いこむに当たっては、まず1は、「一人寝に慣れてしまった自分の袖に月が差しているが、幾夜こうした秋が続くのかと橋姫は自問する」という幾分在来的な歌である。次の2では、床の霜を払うのが寂しいと歌う、寒さをより強くイメージした歌へと展開していく。そしてついに3では悲しみでその袖は凍りつく。ここには式子内親王の「あまつ風氷を渡る冬の夜の乙女の袖をみがく月影」の影響を読むことができるだろう。これによって俊成女の橋姫の歌は、ある一段と高いステージに上り始める。ただし、袖は凍りついたが、川が凍っているかどうかについては、言及されていない。次の4では明確なコントラストが現れる。袖は凍りついても、川はそれに構わず流れ続けるという対比の中から、橋姫の悲劇が個人を超えた歴史性を帯びて立ち現れてくることになる。

1. 片敷きの袖になれぬる月影の秋も幾夜ぞ宇治の橋姫
2. 橋姫の待つ夜むなしき床の霜払ふもさびし宇治の川風
3. 袖氷る小夜の川風さむしろに片敷きかぬる宇治の橋姫
4. 橋姫の氷の袖に夢絶えて嵐吹き添う宇治の川波

川も袖もすべてが凍ってしまうのならば、まだ諦めがあったかもしれない。しかし橋姫の袖が自分の涙で凍り付いているのに、川のほうは凍らずに氷よりもさらに冷たく流れ続ける。悲しみに凍りついた彼女は、時の流れから取り残される。それでも、せめて夢を見ていられるならばまだよかったかもしれない。しかし実際には、彼女の氷った袖は冷たくこわばり、もう夢を見ることができない。時はまさに武士勃興の時代。すさまじい殺戮の時代であった。河という歴史は、非情に、過酷に、氷よりも冷たく流れ続ける。他方、橋姫は、今や凍ってしまった袖を枕に寝ることもできず、また凍っているがゆえに、川と何らかの親和関係を維持することもできず、さらにそこに冷たい嵐の風が吹き付けてくる中で、流れ続けていく世界から孤立し、隔絶されたまま、結晶化してゆく。次の歌では、結晶化の先の昇華へとさらに一歩を踏み出していく。

橋姫の袖の朝霜なほさえて霞吹き越す宇治の河風　俊成女

ここでの「越す」という言葉には注目すべきものがある。前述の歌の「嵐吹き添ふ宇治の川浪」の場合、嵐は主語である。動詞は他動詞「吹き添う」で、目的語は宇治の川波である。添えるということは、嵐の運動の終着点が宇治の川浪にあることを示している。しかし「霞吹き越す宇治の川風」の歌の方では、主語は「風」、「霞」は目的語、述語は「吹き越す」である。両者は、形式上きわめて類似しているが、意味は異なる。風は、前者では袖に当っていたのに対して、後者では霞を通り越して、向こうへと吹いていて、行き先はない。ただ霞を越えていくだけだ。しかもそれは単なる風ではなく、霞を越えた時には、河の風となって吹いていく。河の風とは、湿気の風である。ここで水という物質の、霜としての氷、小さい水滴としての霞、そして水蒸気としての湿気という水の三つの様態が描かれていることに気づかされる。それがこの歌の本質を構成している。風は橋姫の袖に吹いていた。まずは彼女の涙の跡でもある袖の上の、微かな物質性を帯びた霜の上を吹いて、それを霞の中に溶かし込んで吹き、そして最終的に目に見えない湿気た川風となって、行方も知れず吹きすぎていく。こうして橋姫の結晶化された悲痛な思いもまた雲散霧消して、世界から超え出て行くこととなる。

古里の夢

1. まどろまぬ現ともなき旅寝して嵐にたゆる古里の夢
2. 面影の慕はぬ旅の夢覚めてあはれ都やこの露かものかは

貫之は時間を空間化させることに長けた歌人であった。とりわけ季節という時間を空間的に立ち上げていく点に彼の特色はあった。俊成女の時代には、もう時間を空間化する芸当はままならなかった。というのも、現在ではなく、過ぎ去った時代が歌の中心を占めていたからだ。2の「面影」とは具体的な人物の面影でもなく、旅によって離れた都でもなく、過ぎ去ってしまった王朝の栄光である。それが夢の中にも現れることもなくなってしまった。夢なき旅の眠りから覚めて、ふと見回すと、辺りには露が下りているのが目に入る。まさか、王朝の夢とは、この露のようにはかないものだったのだろうか、そんなはずがない。いや、でもやっぱりそうだったのだ、という。最盛期の王朝時代においては、夢は現実の代償的な機能を果たしていた。そうした夢がもはや都の面影を持たないというのは、かつての王朝時代に、もはや夢の中ですら参与することができない、ということを意味している。

1の歌も「旅の夢」の語から、旅寝をしている。こちらでは、冒頭に「まどろまぬ」とある。まどろまない、しかし現でもない。寝てもいないし、起きてもいない。現と夢の中間での彷徨である。時代という激しい嵐が俊成女に眠りも与えようとしない。2では、確かに夢は形骸化してはいるが、夢と現実は枠としては残っていた。夢を一応、見るには見ていた。ただ、この世ではかなわぬ願いを夢の中で実現することがなくなった。それが1では夢と現実の境がすっかり取り払われてしまっている。夢を支えていた眠りが確保できない極致まで到達する。眠ることができないのだから、当然夢を見ることもできない。したがって「古里の夢」とは眠りによる夢ではないことになる。この夢は、「現と夢」の夢ではない。すなわち、「現」とペアである「夢」と、「嵐にたゆる古里の夢」における「夢」まったくの別物である。それではこの夢とは何なのか。元来、「古里」とは故郷の意味ではなく、長く住み慣れた場所のことである。そうした場所には実に多くの記憶が蓄積されている。そうなると「古里の夢」とは長く住み慣れた場所への記憶ということになる。俊成女の場合、それは都である。つまり「古里の夢」とは、夢のような記憶になってしまったかもしれないが、かつては実際に起こった過去の記憶である。「古里の夢」に対応するのは、2の歌の「都の面影」である。嵐によって眠りを妨げられ、夢なのか現なのかも定かでない。この現実＝夢の混沌とした混乱世界の嵐の彼方に、ゆらゆらと揺られるゆりかごのように輝いて見えるものとして、「古里の夢」、つまり過去の記憶が立ち上がってくる。それは、夢も現実もまったくの幻となして、嵐の彼方でノスタルジックな響きを帯びて、彼岸的な輝きを帯びて輝きつつ揺らめく。

粗末な板張りの屋根と金剛心

槇の屋の霰降る夜の夢よりも憂き世を覚ませ四方の木枯らし

この歌は日本詩歌史の中でも傑出して宗教性を帯びた歌である。これを分析するに際して、先行歌をまず探ることにする。以下に挙げたように、俊成女は、自然観照的な性格をもった、深夜の庵の目覚めを主題とする一連の歌を詠んでいる。

A. 槇の屋に夜半の時雨の訪れて寝覚めに冬と告げて過ぎぬ
B. ながき夜の夢をも覚ませ露深き笹の庵の下葉吹く
C. 何時しかと時雨降り来て明け方の槇の戸たたく木枯らしの風

Aでは時雨が降ってきたことで、彼女は深夜目を覚ます。時雨は、冬の到来を告げた後、去っていったとある。このようなことが起こったのも、彼女が槇で葺いた屋根を持つ粗末な家に住んで、雨の音が聞こえたからだ。Bでは「槇の屋」という語こそ見当たらないが、外部の音によって深夜、目を覚ますという出来事を描いている。こちらでは、訪れるのは時雨ではなく、風である。しかし風そのものではなく、笹の葉擦れの音が、夢から現へと作者を目覚ませる。この歌はAの歌同様、目の前の風景をそのまま写し取ったナチュラリズムの歌といってよい。Cも同様の性格を持つ。ここでは外部の音によって目覚めさせられた、とは明記されていないものの、家の外の音を聞いて、明け方目を覚ましたことが、間接的に暗示されている。ただしこの場合は、音は屋根から雨が垂直に到来するばかりではなく、北風が槇の戸に対して水平に訪れる。垂直と水平の両面から、外部の音が眠りに侵入してくるという点で、これは当該の歌のもう一つの準備になっているといえる。ここで少し視点を変えて、「槇の屋」の語を持つ、他の歌人による、先行歌をみてみたい。

1. 真木の屋に時雨の音は変はるかな紅葉や深く散り積もるらむ
藤原実房
2. 時雨より霰にかはる槇の屋の音せぬ雪ぞ今朝はさびし　九条良経
3. 夕されば小野のあさぢふ玉散りて心砕くる風の音かな　九条良経
4. さゆる夜の槇の板屋のひとり寝に心くだけと霰ふるなり　九条良経

1は落ち葉が屋根に積もって板張りの屋根に降りかかる雨の音が変わるという。2は時雨が霰に変わったのに音がしないのは、雪が屋根に積もっているからであるという。3の「心砕く」の語は、これまでの歌人によって幾度か使われている用語だが、良経は七文字からなる在来的なこの句を内部／外部の二つの出来事のシンクロニシティを示す、斬新な手法で再生させている。「霰」という言葉こそないものの、実質的には「霰」が降ってきて、その上にさらに「風」が吹いて来る。「霰」と「風」とを重ねたところが、まさに俊成の当該歌と共通する。ただし、良経では単なる「風」であったものが、俊成女では「木枯らし」という、さらに過酷な風へと変貌している。4の歌も良経の歌で、これが当該歌に与えた影響は濃厚である。ちなみに、ここに上げた三首の作者・良経は俊成女とほぼ同年代であるが、俊成女は『新古今』が初出であるのに対して、良経のこれら霰の歌は『千載集』にあることから、時系列的にみて、良経が俊成女に影響を与えた可能性が高い。4の霰は、単に屋根を叩くだけではなく、屋根を貫通して、自分の心までも打ち砕いてしまうほどに強い音であったとある。この歌も、外部の自然現象と、作者の心の内で起こる心的現象が、シンクロする点で、3と共通する。ただし、こちらでは、外部と内部とが関数でそれぞれ独立して、シンクロするのではない。外部世界において衝撃的な力を持つ霰が、内外という二つの世界の仕切っている屋根を貫通して、それが単なる音響に変貌しつつも、いまだその根源的な力を失うことなく、さらなる内部、つまり良経の心の奥底へと貫いていく。その結果、内部世界全体を統合しているはずの心が崩壊しかねない、深刻な危機が示される。この新しい様式は、俊成女に大いに創作意欲をわかせたに違いない。俊成女の一連の槙の屋の歌は、主客の間に明確な境界線を引きつつ、それを破壊していく良経の歌の影響下において、まったく別の地平に向かって大きく動き出して新たな作品を生み出すことになる。式子内親王のAもおそらくは何らかの影響を与えたかもしれない。ここでは、砕けるのは心の内部だけで、外部世界には砕ける音はしない。その意味でこの歌は、在来的な枠組みの中にとどまっている。俊成女の当該の歌の成立に深く関わったと思われるもう一つの、きわめて重要な歌が崇徳院によるBである。

A. 露霜も四方の嵐に結び来て心砕くる小夜の中山　式子内親王
B. うたたねは荻ふく風におどろけど永き夢路ぞさむる時なき　崇徳院

歌の大意は以下のようなものである。「うたた寝をしていると、萩の葉を吹き越す風に驚かれつつ目が醒めた。しかし自分の人生という迷いの夢から自分は一体いつ醒めるのであろうか、生きている限り醒めはしない」。夢と現を歌った多くの伝統的な歌では、夢と現とが相互交換性を持ったり、夢が現実の代償になったりというように、二元論によって特徴付けられていたのに対して、この歌はそうした二項対立の伝統から抜け出す契機を孕んでいる。この歌でも確かに夢と現実とは対極に配置されている。だが、夢からは確かに醒めた、しかし自分の人生というものが、もう一つの夢ならば、その夢から、悟りの境地へと一体、何時、醒めるのであろうか、と問う時、夢と現実の二元論という前提が崩壊していることを悟らせる何かが、この歌にはある。人生は夢なのか、夢こそ人生なのか、どちらがより現実なのか、夢なのか現実なのか。そうした古典的な問いが、無効になる超越的な軸が予感されていて、新しい。しかし一方でこの歌は、そうした新たな視点が想定されつつも、伝統的な二元論の殻をいまだかぶっていて、その外へと歩み出す契機を摑み損なっている。それは、教養あふれる崇徳院ではあったものの、宗教の領域までは達していなかったことを物語っている。『千載集』時代の崇徳院に続く、『新古今』時代の歌人・九条良経も、家の外の音によって眠りから覚める歌を歌っているが、ここでも、「砕け散っていく心」の方に意識が向かう結果、新たな目覚めへの予感へと思い至るような契機は見当たらない。他方、良経の歌と同じ語を有する俊成女の「槇の屋」の歌では、彼女の心はもはや砕け散ることない。過酷な運命を象徴する霰は良経の心を粉々に打ち砕きかねないが、それよりもさらに過酷な運命であろうとも、俊成女の金剛の心は打ち砕くことは出来ない。それどころか、彼女は深夜に目が覚めたことを、むしろ自己展開の好機として捉えなおす。心が砕けてしまったなどと、嘆くことはない。霰の音にひるんで、寝具に潜り込んで、もう一度眠りの世界、夢の中に戻ろう、などとは思わない。実際、多くの公家たち、たとえば定家や有家などは、必死になって崩れ行く夢の中に潜り込もうとした。だが本来、男性よりもか弱き女性であったはずの俊成女は、深夜に一人、すっくりと立ち上がり、あたりに吹き荒れる北風に向かって、「その凍りつく冷たい風で、この私を迷い世界から、悟りの世界へと目覚ませよ」と北風に雄雄しく呼びかける。迷いに満ちた崇徳院が捨て切れなかった二元論の表皮を破り捨て、夢でも現実でもない第三の、金剛の超越軸を屹立させる。霰は目覚めさせられた良経の小屋の屋根を音響的に突き破るが、俊成女の小屋の屋根を突き破るのは、彼女の魂の覚醒である。以下、あらためて三首を並べてみよう。

うたたねは荻ふく風におどろけど永き夢路ぞさむる時なき　崇徳院
さゆる夜の槇の板屋のひとり寝に心くだけと霰ふるなり　九条良経
槇の屋の霰降る夜の夢よりも憂き世を覚ませ四方の木枯らし　俊成女

この俊成女の歌には、夢、現、そして宗教的な覚醒の三つの世界が組み立てられているが、この構造は、俊成女がすでにその青春期において作り上げていたものであることは、以下の歌からすでに言及した通りである。

風通ふ寝覚めの袖の花の香にかをる枕の春の夜の夢

梅の香が屋外・室内・夢の三世界を貫いた越境がこちらの槇の屋の歌では、夢から現へ、そして現から超越世界へ向かうという意識の覚醒に変貌している。それは、艶やかで芸術的な様式から、自己克己的で、峻厳な宗教的様式への移行でもある。ただどちらも、入れ子構造を持つという点では、初期も後期もあまり変わりはない。その違いは端的に、俊成女が宗教的に成熟していったことである。

野中の清水

野中の清水とは、野中という地にあった清水のことであるが、それが有名になったのは、『古今集』の読み人知らずの歌による。俊成女は、「野中の清水」の語を有する二首を残している。

老の後都を住みうかれて野中の清水を過ぐとて

A. 忘られぬもとの心の有り顔に野中の清水影をだに見じ

B. 草しげき野中の水もたえだえになびくすゑ葉の風を待ちつつ

Aに見られる「じ」とは、神尾暢子氏の解釈によれば、否定の決意・意志である[1)]。その意訳では「野中の清水は昔の心を持っているような風情をしているが、私はそんな素振りに騙されたりなんかしないぞ、影（つまり光）なんか見るものか！」と、「野中の清水」の影を拒否している。だが、いかなる理由で、彼女は光芒を見ることを拒否するのかは、問われなければならない。

彼女は両親ではなく、祖父母に育てられた。二世代前の祖父母から学んだものは、すでに成立していた武家社会の中にあっては、役に立たない遺物に過ぎなかった。遺物に囲まれて育った彼女もまた時代の遺物であった。遺物が遺物を拒否することなどあるのか？ 俊成女と野中の清水が親和しているのは疑いない。野中の清水は憧憬の対象でこそあれ、拒否の対象になるわけがない。そこで俊成女が依拠した、『古今』の読み人知らずの本歌に、何が表されているかを探ろう。

いにしへの野中の清水ぬるけれどもとの心を知る人ぞ汲む

読み人知らず（『古今』）

まずこれを風景として理解してみる。かつては木立に覆われていた野中の清水は、湧き出る水が途絶えがちになったのだろうか、木立による日陰もなくなり、湧水もぬるくなった。歌には「もとの心を知る人」という限定があるから、ほとんどの人は昔の泉が清冽であったことを知らない。次にこれを男女の関係の歌として読んでみる。泉の光景は変わった。水もぬるくなった。それでは変わらないものは何か。「三つ子の魂百までも」という諺もあるように、心は変わらない、変わったのは光景であり、容姿である。「もとの心」とはかつての容姿だ。それを知っている男が通ってくる。心が変わらないから通ってくる。「もとの心」とは湧き出していた清冽な泉の水であり、同時に若い頃の容姿である。「心」の意味するものは心ではなく、それとは逆の「身」の意である。一方、この歌は「雑の部」に掲載されていることから、恋の歌ではないことが分る。とすれば、この歌の主題は何なのか？ 時が過ぎて後、かつて愛していた男が自分に戻ってきた慎ましい喜びの歌であるのではないのか。回帰がこの歌の主題だ。ここでもう一度、俊成女の方の歌の詞書を検討しつつ読んでみよう。

老の後、都を住みうかれて野中の清水を過ぐとて
忘られぬもとの心の有り顔に野中の清水影をだに見じ

老境に入ってから、都には住みにくくなって、地方に移り住む旅の途中、「野中の清水が近くにありますよ」といわれて、と詞書には記されている。俊成女は亡き叔父・定家から遺産として受け継いだ荘園へ向う旅の途中、たまたま近くに野中の清水があると聞きつけて寄り道をしたのだろう。「野中」という地名が放射するノスタルジックな響きに彼女はたちまち惹きつけられる。もしや、野中の清水の歌において実現していた、あの回帰に、もしかしてあやかれるかもしれないという微かな期待が生まれたのであろう。そこへ赴けば、都ではとっくに途絶えている、王朝文化の痕跡が見られるかもしれない、というほのかな希望がたちのぼったのだろう。そこまでの期待の思いが、上の句によって表されている。問題は下の句である。「影をだに見じ」とある「影」とは何であろう。影とは陰ではなく光の意である。上の句に「顔」という語が見えることからも、水面に映る自分の姿を見たのだろうか、老いた自分の顔か。それとも何も映らない濁った水であったのか。

渡るとて影をだに見じ七夕は人の見ぬ間を待ちもこそすれ　伊勢

この歌と俊成女の歌には「影をだに見じ」の語が共通する。ここにある意味は、「影を見るものか」ではなく「影を見ないであろう」である。これと同様に、俊成女の歌の「じ」も意志や決意をもつ否定ではなく、推量の否定であるとすればどうだろう。推量には、空間的距離を持った推量（今ごろ〜しているだろう）と時間的距離をもった推量（〜するであろう）があるが、ここでは後者であろう。つまり未来の推量の否定だ。これに従って、俊成女の野中の清水の歌を解釈し直すと、「野中の清水影をだに見じ」における主語は私で、私は野中の清水において、「光の顔を見ることもないであろう」の意になる。この和歌に見られる「影」とは何かといえば、もとの心の、今

は過ぎ去ってしまった影である。すなわち光芒である。それは、回帰が可能になっていた王朝世界である。「つまり影をだに見じ」とは、野中の清水という言葉が発している世界が放つ光芒が、もはや野中の清水の底から立ち昇ることはないであろう、という意味を持つ。このように考えてくると、『古今』の世界では成り立っていた回帰が、不可能であるという確信が、この歌を詠ませたと考えられる。そうなると、一方の歌は、現実の野中の清水を目の当たりにして詠んだ歌で、もう一方は、泉に近づく間に詠んだ、途方もない期待と、来るべき幻滅を予感した歌であることになる。だから泉水を巡る風景描写がこの歌には欠けている。もう一つの野中の歌の方は、そこにたどり着いた時に歌われた描写的な歌である。たとえば伊勢のような歌人とは正反対の性格を持った俊成女においては、その作歌法が演繹的なため、まず抽象的、形而上的な歌が詠まれ、次に写実的な歌が詠まれる、という逆転が起っていることが、野中の清水の二つの歌から読み取ることができる。

「心永さ」とは

哀れなる心永さの行方とも見し世の夢を誰か定めん

俊成女のこの歌について、『正徹物語』の中では次のように評論されている。

極まる幽玄の歌なり。この夜の秘事をば、その人と我ならでは知らぬなり。ただ独り心長く待ち居たるをもひとが知らばこそ、ありし契りを夢とも定めんずれといひたる心なり。

ここに明らかなように、正徹はこの歌を恋歌としている。その根拠の一つが以下の『新古今集』恋四にみられる公経の作であろう。森本元子氏もこの歌が俊成女の歌と酷似していることから、正徹が公経の歌を俊成女作と誤った可能性があると記している[2)]。

あはれなる心の闇のゆかりとも見し夜の夢を誰か定めん　西園寺公経

一晩だけのあの人との逢瀬は、今となっては一夜の夢、それも誰にも判別のつかないはかない夢に過ぎない、というほどの意味であろう。確かに両者はよく似ている。「哀れなる心」「見し夜の夢を誰か定めん」の二節は同一である。さらに名詞「心」、「とも」という助詞までも共通している。しかし、俊成女には、内容は違うが、形式上ほかの歌人の歌と類似する例はこれに限ったことではない。

春の夜の夢の浮橋とだえして峰に分かるる横雲の空　藤原定家
思ひねの夢のうき橋とだえして覚むる枕にきゆるおもかげ　俊成女

この歌では、「夢の浮橋とだえして」が共通するのみならず、「覚むる枕」と「峰に分かるる」も意味の上ではパラレルになっている。両者には著しい類似性が見られるにもかかわらず、その意味するものは異なっている。前者は、夢から覚めた後、空に浮かぶおそらくは微かに紅色に染まった朝焼けの雲を見て、そこに横たわる天女のイメージを重ねている。これに対して後者では、夢が現実から決定的に遮断されていることが意味されている。一方は夢の延長であり、他方は夢の断絶である。これと同じようなことが、公経と俊成女の歌の間にも起こってはいないだろうか？ 確かに両歌が共に恋の歌であるとするならば、単なる書き写し違いによって、偶然に俊成女の作となって現れたということになるかもしれない。しかしここで筆者は問いたい。俊成女のこの歌は、そもそもはたして恋の歌であろうか、と。公経の歌には先行する一首がある。

かきくらす心の闇にまどひきに夢うつつとは世人定めよ　在原業平

この歌も恋の歌である。「心の闇」、「夢」という語が共有されているばかりか、さらには「世人定めよ」と「見し世の夢を誰か定めん」にみられる「世」と「定め」に共通が見られ、歌全体の意味も公経とほぼ重なっている。また一条天皇の后であった上東門院は以下のような歌を残している。

うつつとも想ひ別れで過ぐる間に見しよの夢をなに語るらん　上東門院

同じ「見し世の夢」であっても、上東門院の歌の場合、彼女が天皇と共にすごした時間がまるで、夢のような時間であったという意味での「世の夢」、つまり夢のようなこの世の体験であるのに対して、公経、および業平の歌の場合は、上東門院の経験した、夢の中であったかのようなある晩、実際にあった逢瀬という意味である。つまり「よ」は業平、公経の場合は、逢瀬が夜であったという意味での「夜」であるのに対して、上東門院ではその「よ」が、「この世での体験」という「世」の意味を負っている。今度は逆に、公経と俊成女の歌に見られる、共通しない点を見てみよう。

哀れなる心の闇のゆかりとも見し夜の夢を誰か定めん　西園寺公経
哀れなる心永さの行方とも見し世の夢を誰か定めん　俊成女

異なっているのは上の句だけであるが、「哀れなる心」という冒頭は同一になっている。つまり、異なるのは「心の闇のゆかり」が「心永さの行方」になっただけだ。前者の「心の闇のゆかり」とは、心の闇の中に残っている痕跡である。後者では、「心永さの行方」は「永かった心の行き先」の意である。行き先ということは、到達地点にたどり着いていない。

ところで恋というものは進みつつ、長すぎて、行方の分からないものであろうか。恋にとって「心永さ」とは一体何を意味しうるのであろうか？ 相手との逢瀬を待つ時間の長さだろうか？ 正徹によれば、「一人長く待ち居たる」ということになるが、長く待ったからといって、逢う瀬のことが、大昔のことになったからといって、何かが変わるのであろうか？ その曖昧こそを正徹は幽玄と称しているように見える。手がかりも、あてどのない茫漠感を、そう表現したのではなかったか。公経の場合は、その後に来る語が「ゆかり」であるから、「心の闇のゆかり」は誰にも打ち明けることのない秘密の出会いの記憶という解釈が可能である。他方、俊成女の歌を男女関係のあり方を描いたものとして解釈することはきわめて難しい。そもそも、本歌としての前者が恋歌であるにしても、それを本歌取りしたものが必ずしも恋歌であるとは限らない。

たとえば、すでに述べた「忘られぬもとの心の有り顔に野中の清水影をだに見じ」は、「いにしへの野中の清水ぬるけれどもとの心を知る人ぞ汲む」を本歌として成立している。本歌は男女のことを歌っているが、本歌取りをした方の歌には、そうした男女関係の痕跡はまったく見当たらない。本歌が恋歌だから本歌取りの歌も恋歌であるという論理は成り立たないのではないか。

ここで俊成女独特の用語法について触れておかなければならない。すでに「野中の清水」の歌、また「まどろまぬ」の歌で述べたように、歌に記された語における通常の意味と、その歌の中において独自に構成される意味とが離反する例が時に和歌において存在する。「野中の清水」の歌では、「心」と呼ばれているものが実は「外見としての身体」であり、「まどろまぬ」の歌では「古里の夢」における「夢」が夢でも現実でもなく、それらを超えた、ノスタルジックな輝きを放つ幼児期の黄金時代の記憶である、と解釈されるべきものであった。となれば、ここでも「心」が実は「身」もしくは「命」の意を持つという解釈は、あながち無理ではないだろう。実際、「心永さの行方」とは進みつつ、到達していない茫漠感を表現してはいるが、それが最もふさわしいのは、恋であるよりも身であり、命であり、生においてではないだろうか。面白いことに、俊成女の当該の歌にコメントしている正徹は「心ながさ」の語を持つ、二首の和歌を残している。彼がこの語に並々ならぬ関心を寄せていたことを物語るものであろう。

秋の夜の心ながさのつらさまで鹿なく嶺に残るよこ雲
さもあらぬ心ながさの行末とや老いても花の猶またるらん

一首目の「長さ」とは、おそらく長くたなびく横雲と長秋とを兼ねる意のものであろう。二首目では、「老いて」という言葉から容易に想像できるように、これは命のことである。正徹は、このように「心永さ」を寿命の意味として、実際、自分の和歌で使っている。となると、俊成女の歌のコメントを含む『正徹物語』は、筆者がこうした理解に行き着く前に書かれた可能性が高いことにならないだろうか。俊成女の歌に見られる「心の永さ」も正徹の歌同様、「身もしくは命の永さ」ということだとすれば、この歌は作者の長寿を示すことになりすべて納得がいく。実際、俊成女は祖父と同じく、八十数歳まで長生きし、当時としては大変長命であった。しかも先に述べたように、彼女は、祖父母に育てられた。祖父母の育った王朝社会は、すでに当時崩壊しつつあったが、それを彼女は幼児期に現実として受け入れていたから、その分を考えると、彼女の内的な人生は八十年どころの話ではない。その途方もなく長い自分の人生を彼女は、「心ながさ」と歌ったことになる。実際、自身の長寿を有り難がるというよりは、むしろ恨む歌が俊成女晩年には数首みられる。

つきもせず同じ浮世を惜しむとや我が身に積もる歳は見るらむ
なき数に身も背く世の言の葉に残る浮き名のまたや留まらん
めぐりあはむ我がかねごとの命だに心に叶う春の暮れかな

この歌の最終的な解釈は以下のようなものであろう。「この先自分の人生は何処まで続くか分からないけれど、自分がそれまで体験してきた多くのことは、あまりに古い話なので、もはや自分にとってですら、伝説と化している。なぜならこれらの記憶を共有していた人々にはすべて先立たれてしまったから。自分の膨大な記憶を正面から共有体験として理解し、受け止めてくれるような人はもうどこにも居ない」。不思議なことに、「誰もいない」と俊成女が表明し、その言葉があたりに響き渡った後、完全な静寂が訪れる時、その静けさの中から、彼女のすべての記憶を共有する超越的な存在が、絶対的な不在として立ち上がっているのである。

注
1）神尾暢子『藤原俊成女』（新典社、２００５年）２０８頁。
2）森本元子『俊成卿女の研究』（桜楓社、１９７６年）３４０頁。

第十二章　二つの建物と「忘れがたき節」

『無名草子』は日本最古の女性文学の評論集である。その導入部には、八十歳を越えた老婆が歩き回ったさまざまな風景が、描出されている。中でも、二つの建物が対照的に描出される。一つは最勝光院で、これは後白河院がその妃・滋子のために一一七三年に建立したものである。この寺院に関しては、当時の記事に以下のように描写されている。

土木之壮麗、荘厳之華美、天下第一之仏閣也（『明月記』）

今度事、華麗過差、已超先例（『玉葉』承安三年十一月二十一日条）

定家の『明月記』では、その建物は壮麗で、荘厳の華美をもった、まさに天下第一の仏閣であると記され、また九条兼実は、批判的に、今回の寺院は先例を欠いて、異常なまでに華美であるとしている。実際の『無名草子』の記述は、次のように始まる。

東山わたりをとかくかかづらひありくほどに、やうやう日も暮れがたになり、たち帰るべき住処も遥ければ、いずくにても行きとどまらむ所に寄りなむ、と思ひて、「三界無安猶如火宅」と口誦みて歩み行くほどに、最勝光院の大門開きけり。

主人公は、貴族の別荘が点在する東山近辺の暮れかかった山道をとぼとぼ歩き回っているうちに日も暮れてきたので、どこか人気のあるところまでたどりつこうと思い、法華経を唱えて歩いていた。すると忽然と、最勝光院の大門が開いているのを目にする。ここで間違えてはいけないのは、主人公の「私」が、最勝光院に出会ったのではないことだ。「私」とは関わりなしに、最勝光院の大門が開いていた。それは文法に着目すれば分かる。主語をそれまでの、「私」である主人公から「最勝光院の大門」に切り替え、それに「開きたり」という述語を与えている。これによって、それまで主人公が歩き回っていた山岳風景が途切れ、突然、人工物である寺院が流れを遮って介入し、それに取って代わることになる。

最勝光院は、摂関政治体制が終わりを告げ、一時的に、一極集中の院政体制に変わっていく、その最盛期に建てられた。寺院は建てられてから間もなく火災にあって寺院が焼失するのが、一二二六年のこと。この評論集には、『新古今集』への言及がないことから、一二一〇年以前に成立していたことは文学史上、確定している。作者も寺院をまだ実在したものとして描いていることになる。この寺院が建立されたのは一一七三年。『無名草子』を書いた俊成女が生まれたのは一一七一年頃なので、彼女は、幼い時から、この寺を良く目にしていたことであろう。

「最勝光院の大門が開いていた」という結びは、文章全体の中でもとりわけ音楽的な変化でもある。あたりが薄暗くなった夕暮れの山道をとぼとぼと歩いていると、突然目の前に、大きな門とその向こうに、光輝く建造物が現れる。寺院の要所、要所にはすでに火が煌々と灯されたのであろう。こうしたプロセスはアルヘンタの指揮によるアルベニスの「セヴィリアの聖体祭」を思い起こさせる。この曲の導入部は歩行を思わせる二拍子で始まり、突然、その速度が四分の一の四拍子に変わる。人々が歩く行列の中に、突如、黄金の装飾でひときわ光り輝く、聖なるイエス像が一種、この世ならぬものとして神々しく現れる、という描写音楽になっている。両者には実に似たところがある。

ところが杉山信三氏による寺院の復元図面上には大門は見当たらない[1)]。

最勝光院はもともと東向きに立っているので、図面上の南門が大門に当たるとしても、そこから本堂の主殿は見えない。さらに氏によれば、滋子が寺院へ向かう時は、南門を潜らずに、法住寺泉殿から池伝いに船で行ったというのだから、南門は裏口であっても、大門ではありえるはずはない。そうなると「最勝光院の大門開きけり」は実景描写ではないことになる。これは、後に続く壮麗な建物の描写を、それ以前の山岳風景から劇的に転換するために作られた、一種の仕掛けである可能性が大である。

それまで特に目を引くものもない山岳風景の東山近辺を歩いていた老女が、こうして突然、壮麗な大門に出くわし、それをくぐって、壮大な本堂を仰ぎ見、内部にも歩み入っていく。最勝光院の大門とは別世界への入り口であり以後はすべてその世界での出来事として表されていくことになる。蠟燭や松明で照らし出される夕闇の仏閣や仏像は、背中の丸まった老女の見上げる視線によってますますその壮麗さを増す。死期の近づいた老女と、その眼前に現れる建立されて間もない、輝かしい寺院とのコントラスト。老婆は、内装である金の装飾のある柱や、玉で飾られた幡に驚き、襖に描かれた多くの屏風絵を仰ぎ眺め、「この寺院を与えられた建春門院は、現世ばかりではなく、死後も恵まれた幸せな方であった」と感想を述べる。建春門院は、身分はさほど高くない生まれであるが、院側と平家側の二つの勢力の宥和に尽力した聡明で美しい女性であったという。描写から見る限り、この建物は都市文化の香りでむせかえるような、アーバンの極みにある。これと対照的な建物がもう一つ『無名草子』に登場する。それは、都から見て、最勝光院があった東山とは逆の、都の西側に位置する。この点に関して、中村文氏は以下のように解釈していて、大変興味深い[2)]。

「こなたざまには人里もなきにやと、はるばる見わたせば、稲葉そよがむ秋風思ひやらるる早苗、青やかに生ひわたりなど、むげに都遠き心地するに、いと古らかなる檜皮屋の棟、遠きより見ゆ」。

ここに記される眺望は、実際に最勝光院の西側に広がっていた光景と

> は大きく相違しているようだ。杉山信三によれば、最勝光院は八条大路が鴨川を越えたあたり、蓮華王院（三十三間堂）の西南方に位置していたという。つまり、現実の地理においては、最勝光院から西に向かって歩き出せば、間もなく鴨川に突き当たり、川を渡ると京の町中に入っていくことになる。ところが、『無名草子』ではこの周辺の情景を、「都のうちなれど、こなたざまはむげに山里めきて、いとをかし」、「こなたざまには人里もなきにや」、「むげに都遠き心地する」のごとく、ことさらに洛中の賑わいから遠く離れた、早苗の植わる田圃だけが遥々と広がる人けのない場として描き出してみせる。それは恰も、最勝光院を通過した地点で時空が歪み、異界が忽然と出現したかのような印象を読者に与える。

氏の見解で疑問が残るのは、原文には、最勝光院が都の東側で、檜皮の寝殿造りの屋敷が都の西側と記されているように、共に都の中心からの方角が明示されている箇所に対して注意を払っていない点だ。もしこの空間が現実から遊離した空間に存在するならば、あえて方角を記すこともなかったであろう。となると、彼女（の意識）が、都の東端からその西端に都を通り越して、瞬間移動したという理解のほうが、自然ではないだろうか。大門をくぐりぬけて以来彼女はすでに別世界にいるのだから。ただ方角の有無を軽視できないのは、この作品の構造にとって東側・西側という方角が、重要な意味を持っているからである。さらに両者の違いを示すものとして、第一に、こちらのもう一つの建物は最勝光院とは違って、質素な檜皮の寝殿造りの屋敷であることである。最勝光院とは正反対にひどくひなびている。まず、当時の塀である築土も所々崩れ、そこからは草が生い茂っている。もうほとんど廃墟である。一見すると、人が住む場所とも思えないが、よくみると、人が質素に暮らしていることが分ってくる。そうして、蓬が生い茂っているなかを掻き分けて入っていくと、中門に出る。これをくぐって庭園の方へ入っていく。最勝光院では、腰の曲がった老婆が巨大な大門を通って入っていった。第二の違いとして、こちらでは、背の低い中門であることだ。小門は無いのだから、一種、対照的表現となっている。

> 庭の草もいと深くて、光源氏の露分け給ひけむ蓬も、ところえ顔なる中を分けつつ、中門より歩み入りて見れば、南面の庭いと広くて、呉竹植えわたし、卯の花垣根など、まことに時鳥蔭に隠れぬべし。山里めきて見ゆ。前栽むらむらいと多く見ゆれど、まだ咲かぬ夏草の繁み、いとむつかしげなる中に、撫子、長春華ばかりぞ、いと心よげに盛りと見ゆる。軒近き若木の桜なども、花盛り思ひやらるる木立、をかし。

最勝光院は、都の東側にあって東向きに建っていたが、こちらの屋敷は、都から見て丁度反対側の西に位置し、日当たりのよい、南向きであり、それゆえ広い庭にはさまざまな植物が繁茂している。優美な呉竹が一面に植えてあって、卯の花の垣根があり、山里風である。植え込みには、夏草が生い茂り、撫子や薔薇が咲き誇っている。桜の木もあって、春にはどんな姿をしているのか思いやられると書いている。春が終わって夏の始まりの頃であろう。

最勝光院の描写には、こうした植物の描写は一切なかった。ただただ人工物の、建築、仏像、絵画が言及されるのみであった。だが、実際の巨大寺院に植物が植えられていないわけがない。事実、『無名抄』の中では、逸話の一つとして、『無名草子』の作者である俊成女が最勝光院の梅を見に来たことが記されているし、広い池の周りには多くの植生が植わっていたのは確かである。にもかかわらず、『無名草子』では、意図的に、最勝光院における植物の描写を一切、避けているのは、この檜皮の棟との対照を際立たせたいからである。

> 南面のなか二間ばかりは、持仏堂などにや、と見えて、紙障子白らかに閉てわたしたり。不断香の煙、けだかきまでに燻り満ちて、名香の香な

どかうばし。まず、仏のおはしましけると思ふもいとうれしくて、花籠を臂に掛け、檜笠を首に吊されながら、縁に歩み寄りたれば、寝殿の南東のすみ二間ばかり、あがりたる御簾のうちに、箏の琴の音ほのぼの聞ゆ。

都の東側にある最勝光院では、老婆はその壮大な威容に驚嘆するばかりであった。都の西側に位置するこちらの棟では、主人公は全身の五感でもって、風景を心のうちに迎え入れる。驚嘆の代わりに共感が湧き上がっている。まず寝殿造りの主殿の柱三本分は、障子が閉じられていて、そこに仏に捧げるお香が漂っている。おそらく主殿の中央の一部が持仏堂になっているのだろう。縁に近づくと、寝殿の東側の三の柱のところは、御簾が巻き上げられていて、琴の音が聞えてきたとある。確かに最勝光院にも、仏は奉られていたが、お香の言及はなかった。香りはあったはずだが、彼女はあえてそれに言及しなかった。さらにここでは、最勝光院では聞こえてこなかった音楽もひっそりと奏でられている。最勝光院では、大陸的ともいえる、鮮やか極まりない視覚的な刺激のみがあったが、こちらでは、嗅覚、聴覚の伴った穏やかな視覚が伴っている。全体をまとめてみよう。

〔最勝光院〕	〔檜皮の棟〕
都の東、東向き、	都の西、南向き、
大門、	中門、
壮麗かつ巨大な寺院（盛期）、	廃墟に近い住まい（衰退）、
玉の幡、金の柱、	不断香、琴の音、
障子の絵、	多くの花々、
驚嘆	共感

これを対句のコントラストとみるべきか、それともアナロジーとしての縁語の並置とみるべきか、意見の分かれるところかもしれない。前者は大陸に

由来し、後者は、そうした大陸文化から自らを切り分けるために作り上げた、列島特有の並置の思想である。これが『古今集』の桜と梅の関係に最も典型的に現れていた。『古今』を編集した貫之は、大陸由来の仏教を退け、神道に関する和歌を多く読んだ。一方の俊成女は、『無名草子』において、最勝光院と檜皮の寝殿造りの屋敷という両建造物の中心に仏陀を配置している。貫之は仏教と神道を並行二者とは捉えていなかった。あくまでも仏教は否定されるべき外来の宗教であった。一方で、桜と梅という、共にバラ科に属する、互いに似通った二つの花を、序階なしに並置した、貫之の並行思想と、この二つの建物の間の関係はどこか共通するようにみえる。桜は日本固有種であり、日本の神の顕れでもあるがゆえに、そこから動かず、光と視覚とに深く結び付けられる。他方、梅は大陸由来の植物で、桜よりも開花時期が早く、とりわけ日本ではその姿よりも、浸透力のある香りがもてはやされた。桜が光と結びついたのに対して、梅は、闇と深く関わりを持ち、遠方までその香りをもたらす動く花であった。最勝光院と檜皮の棟の神殿造りがなす対置関係は、どうも、この貫之の二つの並置に重なるようである。どちらが上か下か、どちらが悪か優れているか、そうした価値判断が含まれていない。ただここでは、檜皮の棟の方に最終的な関心が向かうばかりである。

廃墟の思想

ここでもう一つ興味を引くことがある。それは、作者が廃墟に対して、特別な愛着を持っているという点である。

> いかなる人の住み給ふにか、とあはれに目留まりて、やうやう歩み寄りて見れば、築地も所々崩れ、門の上などもあばれて、人住むらむとも見えず。ただ寝殿・対、渡殿などやうの屋ども少々、いとことすみたるさまなり。

（訳）どんな方が住んでおられるのだろうと、心惹かれて目に留まり、躊躇しながら近寄っていくと、泥で塗り固め瓦で屋根を葺いた塀も所々崩れていて、門の上には雑草が生い茂っていて、人が住んでいる様子が無い。ただ良く見ると、主殿、それからその両脇に延びた建物、渡り廊下なども含めて、質素に暮らしている様子が分かってくる。

この廃墟になりつつある質素な住まいの描写を見ていると、筆者は五感を刺激する絵を描いた、北イタリアの初期ルネッサンスの画家・ジョルジョーネを想起せずにはいられない。筆者は高校時代から『無名草子』の導入部の描写とジョルジョーネには特別の愛着を持っていた。大学に入ってから、その絵を求めて、ヨーロッパ中を旅した経験がある。そのことを話したことがきっかけで、後にドイツ文学の川村二郎先生の弟子とさせて頂くことができた。個人的、社会的にも縁のある画家である。この二人を当時の筆者が敬愛していたのも、共に、廃墟を伴った風景に二人が深い愛着を持っていたことが、理由の一つであった。廃墟を描く画家は他にもいる。しかし普通は、壮大な建造物が、あえなくも大自然の威力の前に崩壊していく光景が描かれて

いる場合が多い。例えば、ドイツロマン派のフリードリッヒの作品にしばしば描かれている光景は、その典型だろう。元来、人間の作った建物を含めて建造物は、自然を排除する形で成立する。そして時間の経過と共に、その排除が死守しえなくなり、廃墟が生まれてくる。『無名草子』にも見られる廃墟になりつつあるこの屋敷は寝殿造りなのだから、貴族である彼女にとっては、明らかに慎ましさそのものである。しかも、最勝光院とは対照的に、自然に寄り添う形で描かれている。山里のこの建物には、人為が自然に一歩譲り、自然は人為に優しく応える、自然と文化のある種の譲り合い、ハーモニーがある。

『無名草子』の作者とジョルジョーネは共に、自然と隣接する廃墟を、都市ではなく、郊外の田園にあるものとして描いた。しかも二人に共通するのは、文化に対する自然の完全なる勝利でもなく、また自然に対する文化の圧倒的な制圧でもなかった。彼らにあったのは、両者の宥和の中に美を捉えるということに他ならなかった。廃墟は、しばしば亡霊や悪霊が棲む場所とされるが、そうしたおぞましさ、不気味さが、この二人の廃墟の描写からはまったく感じられず、ただただ懐かしい感じがするのも、そうしたものの捉え方による結果といえよう。

> 同じほどなる若きひと三、四人ばかり、色々の生絹の衣・練貫など、なえばみたる着て、縁に出でたり。所のさま、神さび古めかしかりつるほどよりは、めやすきさまなめるかなと見る。

> （訳）同じ年頃の若い女性が三、四人ほど、さまざまな色の、艶出しをしない生糸の布や、艶のある絹布ではあっても着古したのを着て、縁側に出てきました。このような場所であったので、深奥で古めかしい感じがするかと思うと、意外とそうでもなく、親しみの湧く様子です。

ジョルジョーネの「牧人の礼拝」では、彼らの衣装は着古されているだけでなく、破れて擦り切れている。といっても絵に描かれた生まれたばかりのイエスに礼拝する牧人は、貴族ではなく、庶民だから、そうした社会階層の違いを考慮すれば、共に着古されているという点で、人為が弱まってそこに自然が宿るという宥

和の意味を読み取ることができる。また着古されていることからいえば、『無名抄』に登場する俊成女の姿にも、きわめて似ている。最勝光院の梅を鑑賞しに来ていた彼女の衣が擦り切れて黄ばんでいたので、そこに入ってきた法師たちに、もう少しで、笑いものにされようとした際、彼女がそれを見事に切り返して、法師たちはその教養と機知にたじたじになって逃げていく、という逸話を想起させる。新興勢力である法師たちにとって、滅びていく貴族を笑いものにすることは、当時の遊びの一つであったのだろう。そうした風潮に対して、彼女は並外れた教養をもって、敢然と立ち向かった。

人間の営み、つまり文化が、自然を排除して成り立っているのではなく、自然との宥和の中で行われている、というのが、ジョルジョーネと無名草子の俊成女の根本的な類似性だと思われる。田園的な世界における、自然との宥和は、必然的に、都市文化が視覚を中心にするのとは対照的に、五感を研ぎ澄ます方向に向かう。ジョルジョーネの絵を見ていると、草の香りがしてくる。木の葉のせせらぎの音が聞えてくる。『無名草子』でも、草花の匂いにこそ直接言及されてはいないが、その詳細な植物の描写には、草花の匂いが立ち込めていて、実際、建物に入って、主人公が最初に感じるのは不断香の薫りである。

ジョルジョーネは壮麗な建造物には関心を示さなかった。彼の生まれはヴェネチア近郊のカステルフランコである。「カステルフランコ」とはフランク人の城の意味であり、ロンバルディア地方がゲルマン人の支配する地域であったことは、その町の名前からも分かる。彼もラテン化されたゲルマン人であることに起因するのであろう、アペニン山脈以南のラテン人たちとは、どこか異なって、自然に対する敬意というものを強く持っていた。ジョルジョーネは、貴族である俊成女とは違って身分の低い家柄の出身であった。ただ、とにかく絵が上手かったので、彼を育てようとするパトロンがいて、絵画の学習のために、豊かな自然に囲まれたカステルフランコからヴェネツィアに幼くして移住する。森や草原の無い、まさにアーバンの極致を行く石の都市、生臭い潮の臭いのするヴェネツィアは、アルプス・ゲルマンの血を引く彼にとって、けっして居心地のよい場所ではなかっただろう。その点で、彼は生まれ故郷に生涯、郷愁を擁き続けていたと思われる。彼は、地方出身であることを生涯引き摺ったデューラーとも違って、都市の近郊に生まれながら、完全に都会世界に馴染みつつ、自然との繋がりを捨てずにいたのだ。ちなみに、デューラーも自然の中の廃墟を描いている。ジョルジョーネの牧者の礼拝と比較することによって、ジョルジョーネの自然に対する愛情を看て取れるので、ここで比較しておきたい。

確かにデューラーの作でも、廃墟が描かれている。植物は建造物の上、あるいはその間に蔓延っているといった風情である。この絵にはジョルジョーネに見られるような自然と文化の宥和はない。あえて言えば、ここから読み取れるのは、中世以来の「自然とは悪である」という観念である。自然の猛威によって荒廃した背景の建物は旧約聖書を、また前景に配置された、きらびやかな衣装をまとった三王によって取り巻かれた聖家族は新約聖書を、それぞれ暗示するものとなっている。

他方、ジョルジョーネの牧者の礼拝では、自然と文化の在り方が根本的に

異なっている。デューラーは前後による分節を見せたが、こちらでは、洞穴の闇を描いた右が旧約聖書、左のひらけた牧歌的な風景が新約聖書の世界という構図になっている。この絵を見て、最勝光院と檜皮葺きの屋敷を想起するのは筆者だけであろうか。

ジョルジョーネとほぼ同時代人のロレンツォ・ロットなどは、逆に、ヴェネツィアに生まれた生粋の都会人でありながら、パトロンを求めて地方を巡り歩いたからだろうか、どことなく垢抜けなくて、ジョルジョーネの洗練には及ばない。ジョルジョーネは庶民として生まれながら、幼いころから移り住んだ都会で、優美・洗練というものを完全なまでに我がものとした。それはどこか、瀬戸物屋の息子として生まれながら、初期においては牧歌的洗練の極致をいったドビッシーと似通うところもあるかもしれない。実際に二人とも、ベルガモと深いつながりを持っている。ドビッシーは「ベルガマスク組曲」によって、そしてジョルジョーネは、約二歳年上のベルガモ派のアンドレア・プレヴィターリと驚くほどの近親性を示すことによって。ジョルジョーネは楽器も達者だった。当時の教養人たちの小さなサークルにしばしば呼ばれ、絵画は無論、哲学、文学、音楽について語り合ったという。彼は看病し続けた恋人が原因で、ペストで三十二歳で亡くなる。優しさや思いやりに満ちた魅力的な人柄であっただろう。彼の女性観を典型的に示すのが『ユディット』である。

この絵でまず目に付くのは、彼女が低い城壁に寄りかかっている事である。絵の遠景には町の様子が描かれていることから、彼女は城壁の外にいることになる。広くユーラシア大陸において、城壁は単に敵から身を守るためのものではなく、人為つまり文化を自然から隔離するものであった。とりわけ中世ヨーロッパにおいては、城壁に囲まれ得た町は神が守る所、自然は悪魔の棲む場所という意味を持っていた。つまり、城壁は、自然から文化を切り分けるものなのだ。しかしここでのユディトは切り分けられる前の、城壁の外、つまり自然の中に立っている。元来、そして今でもなお、文化の担い手は男性が圧倒的である。男は自然を征服するものとして、そして女は自然それ自体、というジェンダーがあちこちで見られることになる。この時代においても、ユディットとは単なる女性ではなく、自然という意味も負って、ホロフェルネ

スが文化を意味していることは十分にあり得る。
ルネッサンスは、いわば自然の再発見の時代であった。城壁の外が決して悪魔の支配する領域などではなく、美と豊穣に満ちた新しい世界であることを彼らは発見した。それはそのまま男と女の関係の象徴でもある。ルネッサンスになって初めて、西欧は女性の美しさを再発見する。この絵の言わんとしていることは、自然は自らを隷属させようとする文化の首を切り落として、城壁の外つまり自然の中へ持ち出し、そこで文化を足蹴にすることで、一つのルネッサンス的な宥和を達成しているということである。その結果であろう、城壁の内側にも多くの木々が見られる。自然は文化を取り込み、文化は自然を取り込む。こうして両者の境は消えていき、最終的には、ジェンダーレスの世界へと繋がっていく。となると、この絵もまた、ジョルジョーネの廃墟の絵のヴァリエイションに加えることが可能となる。
これと同様、俊成女もまた、徹底的に人工美を目指した壮麗華美な最勝光院をまず描いて、そこから離れて、一見みすぼらしいが、実は自然と調和したエコロジカルで高雅な山里の寝殿造りの屋敷へと飛躍を敢行することで、男に対する女の立場を慎ましい形で示すのだ。

「忘れがたき節」

話を『無名草子』に戻そう。壮麗な寺院と半ば荒廃した寝殿造りの建物は、都市と田園、さらには人為と自然という、対の暗喩となっている。一方は、野の花の咲き乱れる荒れた邸宅、他方は、贅の限りを尽くした壮麗な寺院。それはどこか月と太陽の関係にも似ている。実際、文学における重要なエレメントは何か、ということをめぐって、主人公の女性と、ひなびた寝殿造りに住む若い女性たちが議論を交わすことになるが、その筆頭にあがるのが「月」である。

花・紅葉をもてあそび、月・雪に戯るるにつけても、この世は捨てがたきものなり。情けなきをもあるをも嫌はず、心なきをも数ならぬをも分かぬは、かやうの道ばかりこそ侍らめ。それにとりて、夕月夜ほのかなるより有明の心細き、折も嫌はず所も分かぬものは、月の光ばかりこそ侍らめ。春夏も、まして秋冬など、月明き夜は、そぞろなる心も澄み、情けなき姿も忘れられて、知らぬ昔・今・行く先も、まだ見ぬ高麗・唐土も、残る所なく、はるかに思ひやらるることは、ただこの月に向かひてのみあれ。されば、王子猷は戴安道を尋ね、簫史が妻の、月に心を澄まして雲に入りけむも、ことわりとぞ覚えはべる。この世にも、月に心を深く染めたるためし、昔も今も多く侍るめり。勢至菩薩にてさへおはしますなれば、暗きより暗きに迷はむしるべまでもとこそ、頼みをかへてたてまつるべき身にてはべれ。

花や紅葉を楽しみ、月や雪と戯れていると、この世は捨てがたいものだと記される。そして、情緒を理解する者もしない者も、教養のある者もない者も、さらには社会的地位の高い者も低い者も、誰にでも共通するものが、この世界であるといっている。ここで重要なのは「花、紅葉、月、雪」の一組の語列が、二度この作品に登場することである。

一部読み果てて、「滅罪生善」など数珠押しすりて、「今は休み侍りなむ」とて寄り臥しぬれど、この人々はそぞろごとどもも言ひ、経の良き悪しきなど賞め譏り、花・紅葉・月・雪につけても、心々とりどりに言ひ合へるも、いとをかしければ、つくづくと聞き臥したるに三、四人はなほ居つつ、物語をしめじめとうちしつつ「さてもさても、何事か、この世にとりて第一に捨てがたき節ある。おのおの、心におぼされむこと宣へ」といふ人あるに、花・紅葉をもてあそび、花・紅葉・月・雪に戯るるにつけても

この名詞の連鎖の反復は単なる偶然ではなく、ある意味をその背後に隠し

ている可能性が高いといえる。しかも一度目は、四単語が一組であるのに対して、次の回ではそれが前後で二分されている。つまり「花・紅葉」が一つのグループ、「月・雪」がもう一つグループである。この四者のうち、前二者の花も紅葉は、どちらも色彩に満ちている。他方、後二者の月の光にも、雪にも色はない。ちなみに、ヨーロッパ語では月の光を月の語で表すことはまずない。月といえば、天体を意味し、月の光を意味する場合は、月の光と明記する。ところが当時の日本語では、月は天体であると同時に、月の光、あるいは光そのものを意味した。ここでの「月」も、当初は、天体としての視覚的形象、つまり丸い月というイメージだが、その後次第に、月の光、ひいては光そのものへとずれていく。このことから、「花・紅葉」と「月・雪」というグループ分けには、前者は色と形のあるもの、後者は光り輝くものという、二組に分かれていることが了解される。だが単にこれを、二者としてクラス分けするスタティックなものとして捉えるだけでは、作者が意図を読み取ることは、おそらくできない。というのは、感覚的レベルから出発して、次第にそれを超え出て、光それ自体へと向かう指向性が目指されているのが、後に続く文を読むとはっきりするからだ。

月に関する叙述は以下のように始まる。「月の出始めの夕方から、月が消えかかる有明まで、時空を超えているのが月である」とある。これは不思議な文である。もし月が時空を超えているのならば、月の照り始めから終わりまで、という時間的限定をあえて記述する必要などない。そこで考えられる解釈としては、月が照る時間を一応記した後で、限定された時間を超えて、実は月は心のうちにおいて常に照っている、ということを言わんとしているのではないか。これは花・紅葉から月・雪へと進む際にも見て取れた彼女の意識の向かう方向を示すベクトルである。具体的なものから始まって、想像の世界へと進んでいこうとする性向である。

次の文では、「春と夏」という上昇する季節と、「秋と冬」という下降する季節がグループとして提示されていると考えられる。確かに春夏秋冬を二つに分ければ、このように分けることになるだろうが、春夏秋冬とは元来、一連のものであって、二分の観念はない。その点で、二分したことそれ自体に注意が注がれるべきであろう。春と夏は王朝時代のいわば最盛期にあたり、その時代には、意識は目の前に広がる感覚世界を動き回っていた。だが、「秋と冬」によって示される院政期から鎌倉時代にかけての時代においては、意識は目の前にある感覚世界を乗り越え、時空の制約を突破していく。そうした意味が「ましてや」の部分に込められていると考えられる。どのような方向に読者を持っていくか、という目指すものの方向がこのクラス分けにも見て取れる。

そぞろなる心も澄み、情けなき姿も忘れられて、知らぬ昔・今・行く先も、まだ見ぬ高麗・唐土も、残る所なく、はるかに思ひやらるることは、ただこの月に向かひてのみあれ。

（訳）月の光を見ていると、ぼんやりと曇っていた心が覚醒して、自分のお粗末な姿からも解放されて、闇に閉ざされているはずの過去の時間、現在、そしてこれからやってくるであろう未来まで、すべての時間を見渡すことができ、時間の制約が取り外されるばかりではなく、空間的にも解放され、自分の意識は、遠い韓国や中国の有様まで、この月の光に照らされ導かれて、明確にイメージすることが出来る。これはただただこの月のお蔭である。

されば、王子猷は戴安道を尋ね、簫史が妻の、月に心を澄まして雲に入りけむも、ことわりとぞ覚えはべる。

（訳）そのようなことであるから、王子猷は戴安道を尋ねたし、簫史の妻は月に意識を集中させて雲の中に入っていったということもいかにも理解できるものとなるのです。

王子猷は、月の光に導かれて、遠くに住む戴安道の家のそばまでやってくるのだが、不思議にも彼はそこまで来ると、帰ってしまう。しかしここでは尋ねたとある。あたかも出会いが実現したかのように書かれている。さて、これまでは月というものがどのようなものであるかを規定することに費やされてきたが、これ以降は、それがどのような働きをするかに焦点を絞ることになる。簫史の妻に関しては、月の明るい晩、鶴に乗って仙界へ旅立ったというのが故事にあるが、作者はそれを「月に心を澄まして雲に入りけむ」と言い換えている。この個所にも作者の創作が入っている。ここでも月が人間の意識に与える作用における能動性が改めて繰り返される。

この世にも、月に心を深く染めたるためし、昔も今も多く侍るめり。勢至菩薩にてさへおはしますなれば、暗きより暗きに迷はむしるべまでもとこそ、頼みをかへてたてまつるべき身にてはべれ。

（訳）これまで月について深い思いを寄せた人々が過去にも現在にも数多く見受けられます。月は同時に勢至菩薩でもありますので、和泉式部の歌にあるように、「暗きより暗き道にぞ迷ふべし」の通り、心の迷いの際に道しるべにもなるという月を信仰する身ともなるのです。

月についての叙述は、最終的に勢至菩薩を登場させ、さらに和泉式部の和歌を引用することで、宗教世界へと読者を導く。改めてここで「月」についての叙述を概観すると、月はまず天体としてあらわれるが、たちまち、感覚世界を超え出て、人間の意識自体と関わりを持つ、光へと意味を純化させていく。さらにその意識なるものが、時空の限界を乗り越えて、それのみならず、身体から離れて意識だけが行くのであるにしても、あらゆる所へ行き来できる能力を持つものとして描かれている。そして最後に添えるようにして、月というものが、そのまま宗教的な世界へと通じるものでもある、と述べている。これらを総合して「月」の意味するものを、あえて現代語で命名するとすれば、人間の表象作用全体とでも呼ぶべきだろう。天体の月では断じてありえない。ここまで月を褒め上げたので、言い過ぎの感があると思ったからであろうか、別の女性が、次の視点からその弱点を明らかにする。

かばかり濁り多かる末の世まで、いかでかかる光のとどまりけむと、昔の契りもかたじけなく思ひ知らるることは、この月の光ばかりこそ侍るを、同じ心なる友なくて、ただひとりながむるは、いみじき月の光もいとすさまじく、見るにつけても恋しきことおおかるこそ、いとわびしけれ。

（訳）このような穢れた末世までも、このように光という姿をとって、人間の意識の純粋さが残っているというのも、かつて昔の人々が、こうしたことを記してきたおかげなのであり、大変ありがたいことだとは思うのですが、同じような世界を共有することのできる友人が居ずに、ただ一人で月の光を眺めるとなると、本来、このようにありがたい月の光も興を欠いていて、こうした際には、心にはただ欠落感と寂寥感だけが残るのです。

次に取り上げられるのは「文」である。これはそれ自体を触ることは出来ないのだから、物そのものではない。ただし紙という物の上に記されていなければならず、しかも文字には筆跡も含まれている。筆跡とはその人の意識にコントロールされた筋肉の軌跡である。その意味において、「月」の場合とは違って、はるかに物質に固着していて、しかも肉体性を帯びている。

この世に、いかでかかることありけむと、めでたくおぼゆることは、文にこそ侍るなれ。『枕草子』にかへすがへす申して侍るめれば、こと新しく申すに及ばねど、なほいとめでたきものなり。はるかなる世界にかき離れて、幾とせ会ひ見ぬ人なれど、文といふものだに見つれば、ただ今、さし向かひたる心地して、なかなか、うち向かひては思ふほども続けやらぬ心の色も現はし、言はまほしきことをもこまごまと書きつくしたるを見る心地はめずらしく、うれしく、あひ向かひたるに劣りてやはある。

（訳）この世界に、どうしてこんなに素晴らしいものがあるのだろうかと改めてありがたい感じがするのは、紙に書かれた文字なのだと思います。『枕草子』に見事に書かれているので、ここで改めて申し上げるほどのことでもないのですが、それでも本当に素晴らしいものです。はるか遠くに離れていて、何年も会わずにいる人であっても、紙に書かれた文字を見ていると、今まさに、その人と面と向かっている心地がして、しかも、面と向かってはなかなか言いにくい心の内もそこに表わすことができて、そこに言っておきたいことすべてが書き込んであるのを目の当たりになっているのを見ると、本当に稀有のことであると思われ、それを読む嬉しさもひとしおであって、直接、顔を合わせているのに比べて、見劣りがするとはとても思えません。

つれづれなる折、昔の人の文見出でたるは、ただその折の心地して、いみじくうれしくこそおぼゆれ。まして亡き人などの書きたる物など見るは、いみじくあはれに、年月の多く積りたるも、ただ今筆うち濡らして書きたるやうなるこそ、かへすがへすめでたけれ。何ごともたださし向ひたるほどの情けばかりにてこそ侍れ、これは、昔ながらつゆ変はることなきも、めでたきことなり。いみじかりける延喜・天暦の御時の古事も、唐土・天竺の知らぬ世の事も、この文字というものなからましかば、今の世のわれらが片端もいかでか書き伝へましなど思ふにも、なほかばかりめでたきことはよも侍らじ。

（訳）時間を持て余した時、昔、友人からもらった手紙を取り出して見ていると、かつてのあの時空に紛れ込んだような気がして、なんともいえずうれしい気持ちになります。まして、なくなってしまった人の書いたものを見ていると、本当に、切ない気持ちになり、多くの年月が経ってしまっているのに、まるで筆を濡らして今書いたように見えるというのは、本当に稀有のことです。物事というものは、何であれ、その場その時限りの思いや印象だけのものであって、それは時間の経過と共に、あっという間に消えてしまうものです。これに対して、紙に書いた文字というものは、どんなに時間がたっても変わることがないというのも、本当に素晴らしいことです。輝かしい時代であった延喜・天暦の時代の過ぎ去った歴史も、そしてまた中国や、インドの、私たちが知りえない歴史にしても、万一、紙に書かれた文字というものがなかったならば、今私たちが、その一端でもいいから、なんとか後の世にまで、これらのことを今後も書き伝えていきましょう、などと思わない人がどうしているでしょうか。紙に書かれた文字という、これほど素晴らしいものがほかにあるわけがありません。

前半では、書かれた文字が場合によって、直接会って話すよりも良い自己表現に連なり、相互理解を深めることが記されている。後半では、書かれた文字が時間を超えて存在する意味が強調されている。この後はさらに抽象的な表現に入り「月」の際には、それが照らすことの出来る時間として、過去、現在、未来が明示されるが、こちらの「文」では、そうした抽象的な時間それ自体ではなく、歴史である延喜・天暦という時代名が挙げられている。さらに「月」では、地名・地域として高麗、唐土が触れられるのに対して、「文」の場合には、同じ地名でも、唐土・天竺が言及される。「月」の場合は、意識の方向を示すものでもあるので、まず日本があって、その隣に韓国があり、さらにその向こうに中国があるという、いわば意識の地理的な連想が暗示されている。これに対して、「文」の場合は、仏典が書かれた場所として、そこから韓国が脱落し、インドが書き加えられている。このようにして、紙に記された文字は、元来は、永遠を目指しているという。さらには記された文字は、主体を離れた客体的存在として、歴史資料の意味を持つという点に到る。そして最終的には、これまで紙に書かれた文字というものが、過去から伝承されてきたと同様に、我々自身が、これを未来永劫にわたって書き伝えていかなければならない、という当為が示される。

全体を改めて再度まとめてみると、まず紙に書かれた文字というものが、主観的印象によって描写され、次第に客観的な過去の記述へ移行していく。最終的には、紙に書かれた文字が、単なる個人の感情を超えて、永遠に残る歴史的資料へと上昇していく。ここで重要なことは、彼女が、文字というものを理解する際に、それを固定的な概念規定ではなく、文字というものがどのような志向性を持つかを表わしていることだ。次に「忘れがたき節」として取り上げられるのが、夢である。

> 何の節と定めて、いみじと言ふべきにもあらず、あだにはかなきことに言ひ慣らはしてあれど、夢こそあはれにいみじくおぼゆれ。はるかに跡絶えにし仲なれど、夢には関守も強からで、もと来し道もたち帰ること多かりき。昔の人も、ありしながらの面影を定かに見ることは、ただこの道ばかりはべり。上東門院の、「今はなきねの夢ならで」と詠ませ給へるも、いとこそあはれに侍れ。

> （訳）どの点がいいと特定して素晴らしいということはできないのですが、頼みにならず、はかないことと言われていますが、夢こそは、私たちの心を揺さぶるすばらしいものです。とうの昔にその関係が絶えてしまった人であっても、夢にあっては、関守もうるさく言わないので、かつてそこからやってきたところの、昔の道に戻っていくことも、しばしば可能になります。そして亡くなってしまった人でも、在りし日の面影をはっきりとみることができるのは、ただ夢を通じてのことなのです。その妃である上東門院が、亡くなった一条天皇のことを思って「今はな

きねの夢ならで」と詠まれたのも、本当に感慨深いことであります。

月や文に比べて、その叙述が三分の一程度である。重要度が幾分薄いのであろう。月の意味するところのものが人間の表象作用で、文の意味するものが、史料であるとするならば、夢とは人間の願望の形象化であり、突き詰めれば、無意識である。夢に話題が移ることで、ふたたび、マテリアから心の働きへと回帰する。次に来るのが涙である。

あまた、世にとりていみじきことなど申すべきにはあらねど、涙こそ、いとあはれなるものにて侍れ。情けなき武士の柔らぐことも侍り。色ならぬ心のうち現はすもの、涙に侍り。いみじくまめだちあはれなる由をすれば、少しも思はぬことにははかりにもこぼれず。殊にはかなきことなれど、うち涙ぐみなどするは、心にしみて思ふらむほど推し量られて、あはれに心深くこそ思ひ知られ侍れ。亭子の帝の御使いにて、公忠の弁の「泣くを見るこそあはれなりけれ」と詠みけむ、ことわりにぞ侍るや。

（訳）こうした現世においては、素晴らしいことやものがいかに多くあるにしても、それを次から次へと採り上げるべきだとも思わないのですが、涙こそ本当に素晴らしいものです。非情な武士であっても、涙を見ると心がやわらぐことがあるといいます。目には見えない心の内を現すものが涙なのです。心の底から誠実なふりをしてみても、心に少しも感じるところが無ければ、涙はかりそめにもこぼれるものではありません。ちょっとしたことに涙ぐんだりしているのを見ると、その人の心の内が感じられます。亭子の院（出家した宇多天皇）の時代に公忠の弁の「泣くを見るこそあはれなりけれ」と詠んだのも本当に納得がいくのです。

現世に執着することになるので、素晴らしいことを次々列挙するのは避けたいが、それでも涙は素晴らしいものだという。非情な武士の心を和らげることすらあるという。目に見えない心を視覚化するのも涙だという。ある女官が泣くのを見て、亭子の院がその理由を訊いたところ、彼女は何も答えなかったので、公忠は歌を詠んで「泣くを見るこそあはれなりけれ」と院にお答え申し上げた。これも、この女性にとっては、共感できるものであった。月は心の作用、文は史的資料つまりマテリアであるのと同じく、夢も心の作用、そして今度も涙という、実際に物質として存在するマテリアとなっている。しかも面白いことに、夢は現実とは対立する一方、涙は、心の内と外とが一致し、同一化することを示す徴となっている。夢と涙というこの二者だけ見ると、ここには対立と一致という二項が認められることになる。心と物という視点で見れば、月と夢は同一のグループ、文と涙もまた同一のグループにまとめられる。四者を総合すれば、月と文とはこうした二元的対立関係を持たないのに対して、夢と涙には現実と夢、心の内と外という二項対立が見られることになる。次は阿弥陀仏である。これに関する記述はこれまでのうちで最も長い。

こと新しく申すべきにはあらねど、この世にとりて第一にめでたく、おぼゆることは、阿弥陀仏こそおはしませ。念仏の功徳の様など、はじめて申すべきにならず。「南無阿弥陀仏」と申すは、返す返すめでたくおぼえ侍るなり。人の恨めしきにも、世の業のわびしきにも、ものの羨ましさにも、めでたきにも、ただいかなる方につけても、強いて心にしみてもののおぼゆる慰めにも、「南無阿弥陀仏」とだに申しつれば、いかなることもとく消え失せて、慰む心地することにて侍れ。人とはいかがおぼさるらむ、身にとりてはかくおぼえ侍れば、人の上にも、ただ「南無阿弥陀仏」と申す人は、思ふならむと、心にくく、奥ゆかしく、あはれに、いみじくこそ侍れ。「左衛門督公光と聞こえし人、もと見馴れたる宮仕人の、異心などつかひけると聞きて後、たまたま行き会ひて、今はその筋のことなどつゆ懸けず、おほかたの世の物語・内裏わたりのことばかり、言少なにて、南無阿弥陀仏、南無阿弥陀仏と言はれて侍りけるこそ、来し方行く先のこと言はむよりも恥づかしく、汗も流れていみじかりしか」と語る人侍りしが、まして後の世のためいかばかり。

（訳）改めて言うには及ばないのではありますが、この世において何よりもすばらしいと思われるのは、阿弥陀仏様でいらっしゃいます。念仏がもたらす功徳については、今さら言うまでもありません。「南無阿弥陀仏」と唱えることは本当にすばらしいものだと思います。人様が恨めしい時も、世間の仕事上のことでいやな思いをした時でも、嫉ましい気持ちになった時でも、また嬉しい時にも、どんな気持ちになった時でも、何かが強く心に働きかける時にも、それを沈静化させるものとして、「南無阿弥陀仏」とお唱え申し上げると、どんな強い感情もすぐに消え去って、心が自然と慰められるものでございます。ほかの方にとってはこれがどういうものかは、わかりませんが、私にとっては、このようなものでございますから、他の方であっても、ひたすら「南無阿弥陀仏」とお唱え申し上げる方がいらっしゃると、私と同じように考える方なのだなと親しみを覚え、奥ゆかしいかぎりであり、しみじみとした気分になり、心惹かれるのです。「左衛門督公光という方は、かつては懇意にしていた女官が他の男性に心変わりをしてしまったと、噂で知った後のこと、偶然邂逅した際には、もうかつてのことなどはまったく触れることなく、世間話や、内裏のことを言葉少なげに話すと、南無阿弥陀仏、南無阿弥陀仏とおっしゃられたのですが、この方が、その女性に対して、これまでのことや、今後のことについて、どう言及するのかと、私は思っていたものですから、そうした自分が恥ずかしく、冷や汗をかくおもいでした」という方がおりましたが、南無阿弥陀仏とお唱え申し上げることは、ましてや、来世のことともなると、どんなにか大切なことではないかと思うのです。

阿弥陀仏は、一般的な理解を超えた、それ自体、霊的かつ宗教的な性格が濃厚に現れた存在となっている。まずは、阿弥陀仏の我々の心に作用する強い効能が述べられ、後半では、演繹的に下降して、その具体的で典型的な例が述べられる。阿弥陀仏とは、見ることも触ることもできない非物質的な呪文である。文と阿弥陀仏とのこのような対照的な描出を見る限り、作者が、いかに帰納と演繹という思惟方法を自覚していたかがよく分かる。阿弥陀仏という単なる、念仏に対して、作者がこのような深い意味と大きな作用を与えたということに対して、筆者は驚嘆する。旧来、仏教を信奉する明恵は、その安直な宗教観には大いに問題があるとして、法然に対して激しい攻撃を加えた。しかしこの阿弥陀仏に対する俊成女の理解と共感は、実に説得力に富む。それは、おそらく、法然に帰依していた、式子内親王の歌を精読していたからこそだろう。畢竟、阿弥陀仏とは作者にとっては、この世のしがらみをすべて断ち切る特別な力を持っているのみならず、来世の安寧にとって不可欠なモーメントなのだ。

次に取り上げられるのが法華経である。

「功徳の中に、何事をかおろかなるおと申す中に、思へど思へどめでたくおぼえさせ給ふは、法華経こそおはしませ。いかにおもしろく絵物語といへど、二、三遍も見つればうるさきものなるを、これは千部を千部ながら、聞くたびにめづらしく、文字ごとに初めて聞きつけたらむことのやうにおぼゆるこそ、あさましくめでたけれ。『無二亦無三』と仰せられたるのみならず、『法華最第一』とこそあめれば、こと新しくかやうに申すべきにはあらねど、さこそは昔より言ひ伝へたることも、必ずさしもおぼえぬことも侍るを、これは、たまたま生まれ合ひたる思ひ出に、ただこの経に会ひたてまつりたるばかりとこそ思ふに、など『源氏』とてさばかりめでたきものに、この経の文字の一下一句おはせざるらむ。何事か、作り残しかき漏らしたることと、一言も侍る。これのみなむ、第一の難とおぼゆる」といふなれば、あるが中に若き声にて、「紫式部が、法華経を読みたてまつらざりけるにや」と言ふなれば、「いさや。それにつけても、いと口惜しくこそあれ。あやしのわが歌に」

これまでの「忘れがたし節」が、異常なまでに整合的な構造を持ち、その意味付けも明瞭であったのに対して、この法華経の項では、「ただただすばらしい」としか記されていない。しかも『源氏物語』に法華経の一文字も現れないのはどうしてか、といぶかしがっている始末である。法華経とは、一体この節にあって何を意味するのか、理解不能である。そこでこの導入部全体を振り返ってみると、この「捨てがたき節」に至るまでに数回、法華経への言及があることに思い当たる。まずは東山を歩き回って、最勝光院に行き当たるまで唱え続けていた「三界無安猶如火宅」、次に寝殿造りの檜皮の棟の住人から話し掛けられた際、応えた言葉の中に見られる、提婆達多品第十二に登場する仏陀の前世「阿私仙」の名前、さらにその高欄辺りで読み上げた「方便品比丘尼偈」、そして最後に、法華経の「陀羅尼本」を読む「羅刹女」の徳によって自分は室内に招き入れられたのだと結ぶ。ちなみに仏教では、女性は悟りを得られないとされるが、法華経はその例外で、女性である作者をひきつけた理由といえそうである。女性である作者にとっては、法華経とは、社会的弱者としての自分たちを保護してくれる心強い守護者であったから、それ以上の意味を法華経に与える必要もなかったと考えられる。改めてこの書物全体の導入部を思い返してみると、年老いた老婆は、いろいろな世界を次々通過していくのが描かれている。その際、そこに描出されたいろいろな世界とは、里山の屋敷で女たちが挙げる、六つの「捨てがたき節」とどこかで重なっているように見える。「捨てがたき節」の描出においては、すでに述べたように固定的な概念規定ではなく、それぞれがどちらに向かうかという、進むべき方向を指し示している。彼女はそれぞれの節に歩み込んで、それを超えて、最終的には宗教的な方向に向かって進んでいく。

最後に六要素を総合してみよう。「月」は形なき光、意識であり、それに対峙するものは見当たらない。文字は史料であって、それは記述されたものに対立するわけではない。両者は共に一元的である。次に無意識の「夢」は、現と対立する。「涙」もまた、心の外と内とが一致した際、現れると記されるように、内と外との二元的対立を含む。「南無阿弥陀仏」はそうした対立関係の解消を呼び出す形なき重さなき呪文である。「法華経」は「三乗は一乗なり」の統一思想を含む書籍という物体。さらにまとめてみると文、涙、法華経は手に取ることのできるモノで、他方の月、夢、南無阿弥陀仏は触ることの出来ないコト、という対照化も見えてくる。しかもこれらの要素は、文学の重要なエレメントとして、螺旋状に配列されて、2×3の構造を形成しているのも見逃せない。その際、最後の二者は、三番目であり同時に、二元的なものの解消の意味を負っている。そこで筆者は、この構造が、そのうちに「一と二とゼロ」の数字を含んでいる、唯識の三性説の三要素、依他起、遍計所執、円成実から取られた可能性を推定する。第一のものは、他に依って起る認識で、主体が確立される以前のシンプルな一元性を示す。次の遍計所執は、主体と客体を分ける西欧的な認識である。第三のものは、主客分裂も、第一のような客体の前提もない、仏の最終的な悟りの境地である。おそらく俊成女は、この唯識の三性説を念頭に、六つの「捨てがたき節」をまとめたと思われる。「捨てがたき節」は、俊成女が、いかに文学に整合を求めていたかを知る大いなる手立てとなっている。

注
1）杉山信三『院家建築の研究』（吉川弘文館、１９８１年）２６６頁。
2）『埼玉学園大学紀要（人間学部篇）』第五号（２００５年）。

あとがき

「幼稚園の休み時間になると、ポケットに手を突っ込んで、『つまらない、つまらない』を連発していたね」と私を引き取った叔母はよく言っていた。五歳での家庭崩壊が関わっているのだろうか。小学校の通信簿には一年生の時から六年生に至るまで、必ず「落ち着きがない」と特記され、特殊学級に入れたほうがいい、と担任の先生からも言われていた。こうした環境によるものなのか、それとも生まれつきなのか、とにかく自分はＡＤＨＤの節がある。それは自分の先祖がユリウス・スクリーバという明治時代のお雇い外人であるからで、ドイツの血がそうしているのだ、と信じることにしていた。（しかし、最近になって、日本滞在が永いドイツ人からさえも、お前は何国人であれ、普通ではない、と言われるに至り、そうした幻想も見事、打ち砕かれてしまった。）そんなわけで、高校時代は、Ａ・モンベルト、Ｈ・ホーフマンスタール、Ｅ・ミュアなどのドイツおよびドイツ系の詩人の翻訳された詩、他方で、ベックリン、フォイアバッハ、キリコ、ジョルジョーネなどのドイツおよびドイツ系の画家の複製画、それに同じくドイツ系のＣ・フランクと晩年のリストのレコード、これらのものに夢中になって、受験勉強を疎かにした。そんなことだから、麻布高校に通ってはいたが、都立大学に入るのがやっとだった。初めから人生に敗北していた青春であったので、自分のやりたいことは諦めて、経済学部に入学するが、どうせなら実用的な経営学がいいと学び始めたものの、とてもこんなことはやっていられない、とたちまち放り出し、シェリング初期の自然哲学が好きで、哲学専攻に移る。しかし今度は、もともと生きるのが下手な上に、これでは将来の生活が危ない、とまたたちまち諦めて、ドイツで一年間、語学を学んだこともあって、これなら就職も何とかなるだろうと、ドイツ文学科に進んだ。そこで幸運にも、おそらくこれが人生一番の幸運であると今でも思うのだが、川村二郎先生にお会いした。先生は、初期ホーフマンスタールとドビッシーの類似性や、ジョルジョーネを訪ねてヨーロッパ中を旅したことを話すと面白がってくださった。やがてしばらくすると「お前はおっちょこちょいだからドイツ語もまともに読めないが、俊敏だ。大学院に来い」と言われて、反対する父を説得して頂いた。その上、これは後から聞いた話だが、私が英語もろくろく出来ないことを知った川村先生は、当時の英文科主任の篠田一士先生にも、いろいろと相談をされたらしい。そうしたすべてがあわさって、私はかろうじて、都立大学の独文専攻の修士課程に進学することが出来た。そこで、高校時代に知ったヘルダリンの詩学について、修士論文を書いた。

今このようにこの本を出すことが出来るのも、ひとえに川村二郎先生の御蔭である。しかしその後私は、ドイツ文学とは縁もゆかりもない方向にずれていってしまった。先生の御恩を忘れて、ドイツ語教員として就職すると間もなく、ドイツ文学の貧困さに嫌気がさし、まずドイツ十九世紀美術へと関心を移し、次にイタリア・バロック絵画へと関心を移し、さらにそこからはるかに跳んで、高麗から六朝文化へ、そして中国からクメール美術へと脱線していき、六十歳になる頃には、高校時代に一時夢中になっていた平安詩歌に舞い戻り、最近は、自分が一番嫌いだったはずの江戸時代の美術まで行き着いてしまった。川村二郎先生も日本文学に関しても多くのことをお書きになっておられるが、自分の性格が災いして、先生と私とでは関心の方向が随分、違ってしまった。雲の上でこの本を見ている先生はなんとおっしゃるのか。呆れられるだけに違いない。

最後に一言。この本は従来の国文学研究に対する慎ましい不発弾のつもりである。出版後、誰の目にも留まらないまま、やがてゴミとして処分されるかもしれない。ただ、何時の日か、何かの拍子に、どこかの本棚の片隅に残った最後のぼろぼろの一冊が、ある読者の心に、この本を焦がすほどの小爆発を起こしてくれるかもしれない、と密かに期待して、出版を決意することにした。

2016年12月22日

なお本書は、次の初出論文に大幅な加筆を施し、部分的に書き下ろしを加えて再構成したものである。発表順に列挙しておく。

俊成女と梅と桜［その１］（『明治大学人文科学研究所紀要』２０００年３月）
桜と梅と俊成女［その２］（『明治大学人文科学研究所紀要』２００１年３月）
桜の歌について（『明治大学教養論集』２００４年１月）
俊成卿女の和歌［その一］（『明治大学教養論集』２００６年９月）
俊成卿女の和歌［その二］（『明治大学教養論集』２００８年３月）
俊成卿女の和歌［その三］――桜と梅（『明治大学教養論集』２００８年９月）
俊成卿女の和歌［その四］――昇華と超越（『明治大学教養論集』２０１０年３月）
歌人・伊勢――怒濤と超出（『明治大学教養論集』２０１１年１月）
俊成卿女の和歌［その五］――仏法と桜（『明治大学教養論集』２０１３年１月）
貫之と永遠（『明治大学教養論集』２０１４年１月）
復古歌人としての崇徳院（『明治大学教養論集』２０１５年３月）
式子内親王――隣接の孤絶（『明治大学教養論集』２０１６年１月）

これ以外の収録を見送った論文も含め、拡散するばかりだった過去の成果の、全体的な整理から構成（校正）等まで、本書がなるまでの多くの部分で、日本文学・文化研究者の柿谷浩一先生の力を借りた。和歌にテーマを絞ったとはいえ、ここまでの研究のいったんの「決算」となる本書は、文学のみならず編集面にも詳しい氏なくしては実現しなかった。記して、お礼を申し上げたい。

収録図版一覧

構成・編集協力 —— 柿谷浩一

著者紹介

山田哲平（やまだ・てっぺい）

明治大学法学部教授。1946年東京
生まれ。東京都立大学大学院修士
課程修了。専門は比較文化史。

反訓詁学　平安和歌史をもとめて

刊　行　2017年1月
著　者　山田 哲平
刊行者　清 藤　洋
刊行所　書 肆 心 水

135-0016　東京都江東区東陽 6-2-27-1308
www.shoshi-shinsui.com
電話 03-6677-0101

ISBN978-4-906917-63-1 C0092